설야행(雪夜行)

김문홍 소설집

작가의 말

과작이 뭐 어때서, 어차피 글을 잘 안 읽는데…

1976년 ≪한국문학≫에 중편소설 「갯바람 쓰러지다」가 당선되어 문단에 얼굴을 내밀었으니 어언 48년이다. 그동안 낸 소설집이 이번 것까지 포함해 6권이다. 단출하다 못해 부끄러운 과작이다. 곁눈질하지 않고 한 우물만 파야 하는데 희곡, 동화, 연극평론 등 여러 군데 들락날락하며 참 무던히도 많이 집적거렸다. 다른 작가들이야 괜히 '르네상스 맨'을 자처한다고 흉을 봤겠지만, 정작 나는 쏠쏠하게 재미를 보고 많은 사람을 만나 즐거웠으니 그런대로 인생은 잘 지내 온 것 같기도 하다.

각 장르에 따라 그 특성과 본질에 맞는 글을 지어 오다 보니, 잃는 것보다 얻은 것이 더 많아 인생을 아주 다채롭게 살아본 것 같기도 하다. 거기에 맞는 정서와 감정으로서의 서사 구조와 표현의 미학이 달라 그때마다 변신을 거듭했으니, 어떻게 보면 다른 작가들보다 더 긴장하고 설렜기에 더 다양한 삶을 경험했는지도 모르겠다.

이제는 좀 더 자유로워지고 싶어 그동안 매달려 왔던 문학의 장르를 하나씩 버리기로 마음먹고 희한한 이별식을 마련해 오고 있다. 재작년에는 여섯 번째 창작희곡집을 낸 뒤 '희곡 고별 북 콘서트'로 이별식을 했고, 올해 이 소설집을 낸 뒤에도 '소설아, 그동안 미안했어.'라는 조촐한 모임의 이별식을 생각하고 있다. 동화는 이제 두 돌을 맞는 첫 손자에게 읽을거리를 연신 주어야겠기에 평생을 나와 함께 할 운명인 것 같다. 동심이 천심이니 이보다 더 좋은 독자는 없을 것 같기도 하다.

이번의 소설집에는 그동안 써 두었던 단편 7편과 이번에 새로 쓴 중편을 함께 실었다. 표제작인 단편 「설야 행」, 그리고 「귀」, 「이옥」은 희곡으로 써서 공연했던 것인데 다시 소설이란 새로운 형식으로 선을 보인다. 단편 「눈길」, 「개망초꽃」, 「달밤」 등 세 편은 동화로 발표한 것들인데 아이들에게는 너무 무겁고 심각해, 다시 소실이란 형식으로 다시 태어난 것이다. 중편 「사초」는 이번에 새롭게 쓴 작품으로, 일종의 대체 역사에 판타지를 버무린 것으로 '동호 직필'을 한번 얘기하고 싶었다.

글 쓰는 서생을 만나 묵묵한 외로움으로 곁을 내준 아내에게 이 소설집을 바친다.

2024년 가을 수문재에서
김문홍

차례

작가의 말   004

귀   009
이옥(李鈺)   035
설야행(雪夜行)   061
눈길   089
개망초꽃   111
달밤   135
모텔 파라다이스   157
사초(史草)   183

작품 해설
불멸의 예술혼에 대한 갈망 / **김경복**   264

귀

도처에 봄빛이 완연하다.

대숲 저 건너 도림사 대웅전 추녀 끝의 풍경소리가 잡힐 정도로 사위가 고요하다. 허연 속살을 드러낸 찔레꽃이 어질어질 눈부시다. 코를 벌름거리게 하는 향기 또한 상사병을 도지게 할 만큼 아찔하다.

볕 좋은 평상 위에서 복두장이가 일감을 놓은 채 꾸벅꾸벅 졸고 있다. 그의 곁에는 만들다 만 복두가 휑하니 널려져 있다. 복두 만드는 일은 그의 아비 때부터 이어온 가업이다. 복두는 검은 비단으로 만든다. 형태는 사모처럼 앞이 두 단으로 층이 진 사각형이고, 좌우에 돌출한 날개를 단다. 이 날개는 수평이거나 밑으로 처지게 만든다.

도림사 대숲 아래 복두장이는 서라벌에서 그중 이름이 크게 알려져 있다. 그의 잠결 속으로 뻐꾸기 울음이 잦아든다. 이따금 대숲 쪽에서 새어 나오는 말 울음소리가 혼곤한 잠을 토막토막 끊어낸다.

 일순 대숲 끝자락이 흔들리며 복두장이의 아들 상화가 모습을 드러낸다. 치맛자락에 손을 씻으며 나오던 며느리 미원이 '쉿' 하고 입가에 손가락을 갖다 댄다. 두 내외가 도둑고양이 걸음으로 평상 가까이 다가간다. 미원이 고개를 숙여 복두장이의 숨결을 살피다 이내 지아비에게 속삭인다.

 "쉬이, 쉿! 우리 아버님, 봄날 꿈에 한껏 취한 것 같으니 숨소리 죽이세요."

 "아버님, 요즘 부쩍 잠이 많아지셨어."

 "아마 동쪽 하늘에 살별이 나타나고부터 부쩍 그러셨죠."

 "살별은 흉조의 징조라고 하지 않던가?"

 "아니, 여보! 그렇담 홍수가 일고 전염병이 돌고…. 게다가 황룡사 탑이 벼락을 맞은 것도 그것 때문일까요?"

 미원이 복두장이의 얼굴을 찬찬히 들여다본다. 이내 허리를 펴는 미원의 얼굴에 장난기 많은 웃음이 번진다.

 "어머, 웬 일로 아버님이 웃고 계실까?"

 "허허, 우리 아버님. 꿈길에서 어머님 제쳐 두고 고운 님이라도 만나셨나. 아니면 이즈음 꽃잎이 할랑할랑 간지럼이라도 태워서 그런가?"

 "어머님이 지금 계신데 고운 님은 무슨 고운 님이람."

다시 대숲 끝자락이 할랑이며 복두장이의 아내 석여령이 약초 망태를 둘러메고 나타난다. 아들 내외가 어머니를 향해 입술에 손을 갖다 대며 사르르 평상 주위를 맴돈다. 복두장이가 문득 떨구고 있던 고개를 슬며시 들어 올리며 혼잣소리를 한다.

"전하! 입은 말을 조심하라 구멍이 하나지만, 귀는 많은 소릴 들으라고 두 구멍이온줄 압니다."

아내 석여령이 틈을 주지 않은 채 얼른 그 말을 받는다. 장난기가 가득하다. 아들 내외는 잠이 깰세라 안절부절못한다.

"눈은 바른 것을 바르게 보라 또 두 구멍이옵지요."

복두장이가 다시 그 말을 받는다. 꿈속의 누구인지, 아니면 꿈 밖의 아내인지는 알 길이 없다.

"아닙니다, 그게 아니옵니다. 복두로 귀를 감추면 소리를 옳게 듣지 못하시옵니다."

"귓구멍을 닫으면 당연히 바른 소릴 듣지 못하시지요."

"아니 되옵니다. 그건 정말 아니 되옵니다. 복두로 귀를 감추면 육신의 부끄러움이야 없앨 수 있습니다만, 옳은 소릴 못 들어 마음에 얼룩이 집니다."

갑자기 아내 석여령이 대숲 저쪽을 향해 손을 내젓는다. 잠시 물러나 있던 뻐꾸기 울음소리가 그녀의 손끝에 잡혀오기 시작한다.

"뻐꾹아, 뻐꾹아. 네 그 맑은 울음으로 이 양반, 꿈길에서 불러내 주지 않으련, 응?"

갑자기 뻐꾸기 울음소리가 사위에 가득한 고요를 밀치며 흥건하게 쌓이기 시작한다. 모두들 귀가 멍멍한지 놀란 눈빛으로 주위를 둘러본다. 복두장이가 일순 몸서리를 치다 잠결 밖으로 뛰어나온다. 그는 한동안 식구들을 휑하니 둘러보다가 머리를 가볍게 흔들어 덕지덕지 묻은 잠의 부스러기들을 털어내고 물어 온다.

"그래, 여기가 어디지?"

"아니, 당신! 꿈속에서 고운 님이라도 소매를 붙잡더이까?"

"아니, 당신은…? 허허, 그러고 보니 내가 꿈을 꿨었네."

"아버님. 저희도 그 꿈속 일을 엿들으면 안 될까요?"

"그래요, 아버님. 누가 복두로 귀를 감추고 싶어 하더이까?"

"내, 꿈속에서 서라벌 우리 임금님을 만났구나."

"네? 몸과 마음이 아프시다던 그 임금님을요?"

"그 분이, 그 분이 글쎄… 당나귀 귀를 하고 시름에 겨워하시더구나."

"어머, 그렇다면 그 소문이 거짓이 아니었네."

그건 사실 맞는 말이다. 며느리 미원의 말이 옳다. 언제부터인가 서라벌 골목골목에 귀 소문이 파다했다. 모두들 임금님의 귀가 당나귀 귀처럼 커서 우리들의 아픈 마음 아픈 상처를 잘 듣겠거니

하며 좋아했다. 한때는 백성들의 지아비인 임금님이 우리들 소리에 귀 막고 눈 감으면 우리는 누굴 믿어야 하냐며 불평불만이 많았다. 그런데 임금님의 귀가 크면 입조심, 말조심, 죽은 듯이 지낼 필요가 뭐 있겠느냐며 반겼다.

복두장이가 몸을 일으키다 말고 잠시 비틀거린다. 그는 한동안 청청한 대숲 쪽에서 눈을 떼지 못한 채 무엇인가를 좇고 있다. 모두 의아한 눈빛으로 그의 동정을 살피기 시작한다. 그는 두 귀를 대숲 쪽으로 가까이 한 채 소리의 정체를 좇고 있다. 며느리 미원이 다가가 부축하며 묻는다.

"아니, 아버님! 무슨 소리가 들린다고 그러세요?"

"너희들 귀엔 저 소리가 들리지 않는단 말이냐?"

"아니, 당신! 무슨 소리가 들린다고 그러시오?"

"저 대숲 안쪽에서 당나귀 울음소리가 들리는데도 그렇소?"

"무슨 소린지 소리가 들려야 밝히고 말고 하지요."

"저기 저 대숲 한 켠에서 당나귀 울음소리가 들리지 않는단 말이요? 저것, 저것 좀 보거라. 당나귀 울음소리가 온 대숲을 집어삼킬 듯한 기세구나."

"아버님. 제발 진정하세요. 바람결에 댓잎 서걱이는 소릴 잘못 들으신 게지요. 그렇죠, 어머님?"

"당신 그러고 보니 꿈속에서만 그런 게 아니라, 엊그제 임금님께

불려가서도 호되게 당하신 모양이네요. 그러시지요?"

사실 그건 아내 석여령의 말이 옳다. 엊그제 금군 대장이 부하들을 이끌고 복두장이 오막살이에 도착했다. 금군 대장은 복두를 잘 만든다는 소문의 꼬리를 용케도 붙잡은 모양이다. 그는 서슬이 시퍼런 목소리로 말했다.

"어명이시다. 어서 입궐할 채비를 해라. 너에겐 오늘부터 임금님의 복두를 만들어야 할 중대한 임무가 주어졌다."

아들인 박상화가 서라벌 고샅마다 파다한 소문의 진상을 확인하려는 듯 불쑥 말을 꺼낸다.

"그렇다면 임금님께서 귀가 크다는 소문이 사실이옵니까?"

"뚫린 입이라고 함부로 말하는 게 아니다. 그런 헛소문을 어디서 들었는지 바른대로 말하여라."

"아니, 그럼 우리 임금님의 귀가 크지 않다는 말씀이신지요?"

"넌 어떻게 생각하느냐?"

"당연히 커야지요. 지금 우리 임금님께선 개혁 군주로 명망이 자자하십니다. 백성들은 그런 개혁을 반기고 있습니다만, 어떤 사람들은 그걸 오히려 못마땅하게 생각하고 있을지도 모르는 일이지요."

"너, 이제 보니 너무 많은 걸 알고 있구나. 때론 너무 많이 아는 것이 모르는 것보다 병이 될 때가 있다는 걸 모르느냐?"

하나밖에 없는 아들이다. 복두장이와 아내 석여령이 얼른 금군 대장과 아들 사이로 끼어들어 머리를 조아리며 말한다.

"나리, 이 사람 입이 무거우니 염려 않으셔도 되옵니다."

바짝 긴장한 탓인지 아무런 기억도 없다. 입궐하면서 주마등처럼 지나친 봄의 들녘 풍경이 어느 것 하나 남아 있지 않다. 복두장이가 바들바들 떨리는 손으로 응렴 임금이 쓰고 있는 복두를 벗기기 시작한다. 금군 대장은 경계의 빛을 감추지 않은 채 칼집에 손을 바투 붙이고 있다. 응렴 임금은 두 눈을 지그시 감으며 옅은 웃음을 연신 입가에 흘리고 있다.

갑자기 어디선가 '히히히 힝' 하는 당나귀 울음소리가 들려온다. 그에게만 들리는 환청인가 싶어 일순 머리를 탈탈 턴다. 그는 복두를 벗기다 말고 소스라치듯 놀라며 숨을 죽인다. 금군 대장이 이상한 낌새를 알아차린 듯 곁으로 바짝 붙어 선다. 응렴 임금이 복두장이를 향해 말문을 연다.

"그래, 네가 보기엔 내 귀가 어떠냐? 정말 당나귀 귀처럼 크냐?"

"아닙니다, 아니옵니다!"

"아니라니? 그럼, 그것보다 더 크냔 말이냐?"

"여느 사람들 여느 귀처럼 그대로입니다. 크지도 않고 작지도 않고 보기 좋을 만큼 알맞은 크기이옵니다."

"아니, 그럴 리가 없을 텐데? 혹시 네가 잘못 본 건 아니냐?"

금군 대장도 그의 말이 믿기지 않는 듯 바짝 얼굴을 들이밀어 살핀다. 한동안 고개를 갸웃거리던 금군 대장이 응렴 임금에게 말한다.
　"전하! 이 자가 본 그대로입니다."
　"그래? 우리 왕후는 침소에서 분명 내 귀가 당나귀 귀처럼 크다고 했는데… 내가 만져보아도 분명 컸었느니라. 혹시, 너희 두 사람이 잘 못 본 건 아니냐?"
　"전하, 이 자의 말이 사실 그대로입니다."
　"그렇다면 그 커다란 당나귀 귀는 육신의 눈으로 본 게 아니라 마음의 눈으로 본 것이란 말이냐?"
　금군 대장이 한 발짝 뒤로 물러서서 머리를 조아린다. 잽싸게 움직이는 그의 눈빛이 예사롭지가 않다. 그의 미간으로 음흉한 그늘이 언뜻 스치고 지나간다. 금군 대장이 더욱더 허리를 굽히며 강단 있는 목소리로 말한다.
　"전하께서 백성들의 어려운 살림살이, 그들의 고통과 아픔의 소릴 듣고 싶어 하시는 그 마음… 그 마음이 크게 자라 귀가 크게 자란 것처럼 보이게 한 것이라 생각되옵니다."
　처소의 문이 불쑥 열리며 흥륜사 주지인 범교사가 불쑥 들어와 허리를 조아린다. 그는 한때 화랑의 우두머리로 재직하며, 그로 하여금 전대 왕인 헌안왕의 두 딸 중에 못 생긴 맏딸을 간택하도록 절절하게 간청했던 장본인이기도 하다. 응렴은 금군 대장과 귓속말을 주고받는 범교사에게 구원을 청하듯 물어온다.

"그래, 범교사께선 내 귀를 어떻게 보시오?"

"전하! 괜한 걱정이시옵니다. 백성들의 어려운 살림살이를 걱정하시다 보니, 그 마음의 키가 자라니 덩달아 귀도 자란 것처럼 느껴지신 것인가 봅니다."

"그러시오? 그렇다면 내, 침소에 다시 들어 이 밤을 지새며 한 번 더 지켜봐야겠구나. 복두장인 집에서 걱정이겠다만 오늘은 이곳에서 지낸 뒤 내일 아침에 다시 한번 더 귀를 살펴줘야겠구나. 범교사, 그리고 금군 대장! 복두장이가 이 밤을 지내는데 불편함이 없도록 잘 보살펴 드리도록 하오."

응렴 임금이 수심 가득한 얼굴로 복두장이를 비롯한 여러 사람을 물린다. 복두장이는 범교사와 금군 대장을 따라 하룻밤 묵을 처소로 따라간다. 그들은 복두장이를 한쪽으로 밀쳐놓고 한동안 귓속말을 주고받는다. 범교사가 복두장이 가까이 다가와 아무 말도 없이 노려보기 시작한다. 그런 서슬에 옴쭉달싹 못하고 있는데 이윽고 범교사가 말문을 연다.

"그래, 네가 볼 땐 우리 임금님의 귀가 소문처럼 크게 보이더냐, 아니면 고만고만하게 알맞은 크기이더냐?"

"모두 보신 것처럼 여느 귀처럼 고만고만한 크기였습니다."

"아니야, 그게 아니지! 백성들의 바른 소리, 고통과 시름을 들으려면 우리 임금님 귀가 당나귀 귀처럼 커야 하지 않겠느냐? 그래, 맞아! 이제부턴 우리 임금님 귀는 당나귀 귀처럼 커 보여야 하는 거다, 무슨 말인지 알겠느냐?"

"네? 소인이 보기엔 여느 귀와 다를 바 없는데… 커 보이다뇨?"

금군 대장이 갑자기 칼집을 바투 잡으며 부르르 떤다. 그는 복두장이 가까이 걸어와 은근한 목소리로 으름장을 놓는다.

"너, 이놈! 우리가 크다고 하면 그 말대로 커야 하는 거야, 알겠느냐?"

"……?"

범교사가 두 사람 사이로 끼어들어 금군 대장을 한 발짝 뒤로 물린다. 복두장이의 두 손을 덥석 잡아 어루만지며 서늘한 목소리로 으름장을 놓는다.

"이제부터 넌, 어느 누구든지 임금님 귀가 어떠냐고 물어오면 당나귀 귀처럼 커 보인다고 말해야 하느니라, 내 말뜻 알겠느냐?"

"…….."

"그래도 이놈이! 알아들었냐고 묻고 있지 않느냐?"

"네, 네, 알아들었습니다."

도림사 대숲 아래 오막살이로 돌아왔어도 복두장이의 마음은 편치 않다. 시름을 씻어내리려면 걷고 또 걸어야 한다. 대숲을 지나

그늘진 곳 오동나무 그늘 아래로 들어선다. 떨어진 오동나무 꽃잎을 성큼성큼 밟기가 안쓰러운지 그의 걸음걸이가 자못 위태롭다.

궁궐을 떠나올 때 자신의 손을 잡고 보내기 싫어하던 응렴 임금의 간절한 눈빛이 연신 눈에 밟힌다.

"네 말대로라면 복두로 짐의 귀를 가릴 필요가 없겠구나. 참, 너는 바깥에 나가면 내 귀를 두고 뭐라 소문내고 싶으냐?"

"마마의 귀가 크지 않다 말하고 싶습니다."

"왜? 짐의 소망은 내 귀가 크다고 말해줬으면 하는데?"

"크지 않다고 주문처럼 외워대야 실제로 마마의 귀가 당나귀 귀처럼 커질 게 아니옵니까? 범교사를 비롯한 신하들은 전하의 귀가 크지 않는데도 크다고 소문내고 싶어 합니다. 그들에겐 전하의 귀가 커야 백성들의 소리를 잘 듣는 성군으로 추앙받으실테니까요."

"오, 그래야 자신들이 짐을 잘 섬기고 있다는 충신으로 기억될 테니까요."

"사실 그들의 본심은 전하의 귀가 크게 자라는 걸 원치 않으니까요. 크지 않다, 크지 않다… 이렇게 주문처럼 외워대는 것은, 사실은 귀가 크게 자라는 걸 원하는 마음이니까요."

"오, 그래? 그 말 참 역설적이구나. 크지 않다고 말해야, 커져야 한다는 너의 그 진정한 소망이 당나귀 귀로 자랄 거라는 그 말이렸다. 그래, 정 그러고 싶으면 그리하도록 해라. 그런 너의 마음이 곧 짐의 마음이 될 테니까 말이다. 내, 실로 오랜만에 도림사 아랫마을에서 참다운 귀인을 만나게 되었구나. 그래, 이제부터 넌 날이면 날마다 대숲으로 들어가 짐의 귀가 얼른 커지게 '크지 않다, 크지 않다'라고 외치도록 하여라."

복두장이는 다시 발길을 돌려 대숲으로 들어선다. 바람에 댓잎 서걱이는 소리가 심상치 않다. 서슬 퍼런 댓잎이 흡사 금방이라도 살을 베일 예리한 칼날로 비쳐온다. 떠나올 때 범교사와 금군 대장은 서슬 퍼런 댓잎처럼 그에게 으름장을 놓았다.

"지금부터 우리가 하는 말을 새겨 들어라. 우리 임금님 귀는 당나귀 귀처럼 크다, 백성들의 아픈 소릴 듣고 싶어 나날이 귀가 커졌다, 그래도 우리 임금님은 복두로 귀를 가리시지 않으려 하신다…. 이렇게 서라벌 고샅 고샅마다 소문이 퍼져 나가도록 해라."

"약속만 지키면 아무 탈 없을 것이니라. 오늘 여기서 있었던 일, 우리 세 사람만 아는 거다, 알겠느냐? 오늘 이후부터 우리 금군 병사들의 눈과 귀가 너의 뒤를 그림자처럼 좇을 것이니라."

"세상 살다 보면 말하고 싶더라도 입을 닫아야 할 때가 있고, 듣고 싶어도 귀를 막아야 할 때가 있느니라."

복두장이는 발걸음을 재게 놀린다. 한걸음에 귀를 막으면 '임금님의 귀는 당나귀'라는 댓잎 같은 날카로운 소리가 일어선다.

다시 한걸음에 귀를 열면 '임금님의 귀는 크지 않다.'라는 은근한 속삭임이 마음 저 밑바닥에서부터 솟구친다. 복두장이는 그만 그 자리에 털썩 주저앉아 두 귀를 열었다 닫았다 한다. 흡사 실성한 사람 같다.

　이즈음 복두장이의 마음은 꿈으로 뒤숭숭하다. 그는 조금 전만 해도 뒤숭숭한 꿈에 넋을 놓았다. 게슴츠레한 눈으로 사위를 훑어본다. 들판엔 지칭개 꽃이 한창이다. 꽃잎에는 진딧물이 와글거리고 있다. 이따금 무당벌레도 찾아들어 법석을 피운다.

　꽃잎에 와글거리는 진딧물이 문득 뱀으로 비쳐온다. 응렴 임금님이 처소 침실에서 잠에 곯아떨어져 있었지. 온몸에 열꽃이 피어올라 응렴 임금이 몸을 뒤척이고 있었지. 백성들의 아픈 마음을 다독이고 싶다, 백성들의 고통과 앓는 소리를 놓치고 싶지 않다는 열망이 열꽃으로 피어오른다. 그런데 열꽃으로 들끓는 응렴의 뜨거운 가슴 위로 뱀의 무리가 찾아들어 차갑게 식히려 안달이다. 쉬, 쉬잇 저리 가거라, 쉬 쉬잇 널름거리는 혓바닥을 냉큼 거두어들여라. 그런데 뱀의 무리 속에 범교사의 간교한 얼굴이 어른거리고 있다.

　아, 그렇구나. 뱀의 무리는 범교사의 사주를 받고 있는 권력의 하수인들이구나. 백성들의 아픈 마음을 다독이려는 응렴 임금의 열망을 잠재우려는 찬물 같은 존재들이구나. 아픈 마음을 보지 못하게, 고통과 신음을 듣지 못하게 겹겹으로 쳐놓은 장막이구나.

복두장이는 소스라치듯 놀라며 잠에서 깨어난다. 온몸에 소름이 돋아나 있음에 찬 기운을 느낀다. 그래서 지칭개 꽃잎 속의 진딧물 떼가 꿈속 뱀의 무리로 비쳤던가 싶다. 문득 사위를 둘러보고 있는데 대숲 끝자락이 요란하게 흔들리며 금군대장이 이끄는 병사들의 무리가 나타난다. 말발굽 소리에 놀라 아내를 비롯한 아들 내외가 혼비백산 쏟아져 나온다. 범교사가 말에서 내려와 서슴없이 복두장이를 몰아세운다.

"내 분명 네놈에게 다짐했었지. 입이 있어도 말하지 않아야 할 때를 알고, 귀가 있어도 듣지 말아야 할 건 듣지 말라 신신당부했거늘… 그런데 네 놈이 그 약속을 헌신짝처럼 버렸겠다?"

금군 대장이 칼을 빼어 들어 복두장이의 목에 겨눈다. 예리한 칼날이 햇살을 받아 살의로 충만하다. 칼끝이 여린 목살을 간질이며 다가온다.

"임금님의 귀는 크지 않다, 임금님의 귀는 당나귀 귀가 아니다라는 소문이 지금 서라벌 고샅을 꽉 메우고 있느니라."

복두장이의 아내 석여령이 파랗게 질린 얼굴로 지아비의 앞을 가로막는다. 이번에는 칼끝이 지어미의 가슴을 겨누고 있다. 그녀는 이미 지아비의 마음을 헤아리고 있다.

"이이가 그런 소문을 낼 리 없사옵니다. 이인 나날이 서라벌

쪽을 향해 목을 뺀 채 우리 임금님이 왜 날 부르시지 않나, 왜 그 큰 귀를 가릴 복두를 만들라 하명을 내리시지 않을까… 이런 걱정으로 밤잠을 설쳤사옵니다. 그런데 우린 나으리들이 오는 소리 듣고… 아, 이제야 이이를 부르시는구나, 아, 이제야 복두가 필요하신 모양이구나, 그런 생각으로 들뜬 마음을 재우고 있었나이다. 그런데 이이가 그런 소문을 내다니요?"

"그래, 그럼 그 소문을 실체를 한 번 들어보겠느냐?"

범교사가 금군 대장의 칼을 받아들어 칼끝으로 대숲 저쪽을 가리킨다. 한 무리의 바람에 대숲이 놀란 가슴처럼 일렁이고 있다. 문득 대숲이 조화를 부리고 있다. '임금님의 귀는 크지 않다.', '임금님의 귀는 당나귀 귀가 아니다.'라는 수상쩍은 말들이 대숲 안에서 비죽비죽 새어 나오고 있다. 다들 바람 소리뿐으로 알고 있는데, 복두장이의 귀에는 소문의 실체가 선명하게 박힌다.

범교사가 금군 대장과 귓속말을 주고받는다. 금군 대장이 부하들을 향해 추상같은 명령을 쏟아붓는다. 부하들이 복두장이의 외아들인 박상화를 에워싸기 시작한다.

"그놈을 볼모로 잡는 수밖엔 없다. 그러니 네놈 아들을 살리고 싶으면 대숲 안으로 들어가 임금님의 귀는 당나귀 귀라고 목에 피가 터지게 외쳐야 한다. 밥 먹고 잠자는 일처럼 외쳐대어 소문이 바뀌게 해야 하느니라."

금군 병사들이 우루루 달려들어 외아들 박상화를 포박한 채 앞세운다. 에미 석여령이 피울음을 토해 가며 가로막지만 속수무책이다. 아들의 자취가 보이지 않자 사위가 텅 빈 것처럼 허전하다. 문득 아내 석여령이 며느리를 데리고 대숲 안으로 들어간다. '우리 임금님의 귀는 크다.', '임금님의 귀는 당나귀 귀'라고 외쳐대는 두 여자의 목소리에 핏빛이 선연하게 배어 있다.

 몇 날 며칠이 흘렀을까. 이즈음 복두장이에겐 부쩍 꿈이 많아진 모양이다. 어느 날은 응렴 임금이 그를 꿈속으로 불러들인다. 응렴 임금이 범교사를 불러들여 호통을 치고 있다. 곁에서 듣고 있으려니 내려치는 한 마디 한 마디가 소름을 돋게 한다.

"범교사는 왜 시키지도 않은 일을 하는가?"

"무슨 말씀이온지요?"

"복두장이의 외아들을 궁 안에 볼모로 잡아 두었다는데, 그게 사실이오?"

"마마. 사실대로 아뢰겠습니다. 소신이 복두장이더러 마마의 귀가 크다고 소문내라 일렀습니다."

"아니, 짐의 귀가 크지도 않은데 당나귀 귀처럼 크다 소문내다니… 그게 어인 영문이오?"

"마마! 지금 진골 귀족들은 자신들의 세력이 약화되니까, 육두품 세력과 힘을 규합해 정권을 호시탐탐 노리고 있사옵니다."

"그건 짐도 알고 있소만… 그래, 그게 어쨌단 말이오?"

"마마! 왕권이 강화되지 못하면 반대 세력들이 가만있질 않을 것입니다. 마마의 귀가 크다는 건 왕권을 상징하는 것이옵고, 그래야만 그들이 함부로 넘보지 않을 것이 아니옵니까? 그래서 복두장이더러 그런 소문을 내라 일렀는데, 그놈이 우리 생각을 뒤집는 역모를 꾸민 것이옵니다."

"허허, 그렇다면 짐의 귀가 커져야 한 목숨을 구할 수 있겠구려."

문득 복두장이는 자신의 눈을 의심한다. 눈앞에 벌어진 경천지동할 모습에 아연 실색하지 않을 수 없다. 응렴 임금의 고만고만한 귀가 점점 자라고 있는 것이다. 두 귀가 솟아올라 당나귀 귀처럼 커지고 있다. 범교사도 두 눈이 휘둥그레 놀란 입을 다물지 못한다. 문득 응렴 임금이 손을 내저어 복두장이를 가까이 불러 귀를 살피게 한다.

"전하. 이제 이렇게 귀가 커졌으니 많은 소릴 듣게 되셨습니다."

"그래, 네 말대로 좋은 소리만 들을 수 있다면 얼마나 다행한 일이겠느냐. 봄이면 노란 산수유 꽃망울 터지는 소리, 얼음장 밑으로 물 흐르는 소리, 서라벌 고샅 고샅마다 백성들 웃음보 터지는 소리, 만백성들 한껏 부른 배 두드리는 소리라면 얼마나 좋으랴만…."

"마마! 이제부턴 듣기 싫은 소리에도 귀를 기울이셔야 하옵니다. 백성들이 무슨 일로 원한을 품으며, 무슨 일로 고통의 신음 소릴 내고 있는지… 이 큰 귀로 하나하나 놓치지 말고 들으셔야 하옵니다."

"그래서 그걸 보다 못한 하늘이 노해 짐의 귀를 이렇게 크게 만들었지 않겠느냐? 참, 그건 그렇고… 이 보기 흉한 귀를 가릴 복두가 시급하다고 신하들이 하루가 멀다하고 성화인데, 그래 네 생각은 어떠하냐?"

"백성들의 온갖 소릴 잘 들으시라 귀가 이렇게 커졌는데, 복두로 그걸 가린다면, 오히려 그 소릴 더 못 듣게 되지 않습니까?"

"그렇다면 귀를 가리라는 신하들의 생각이 그르단 말이냐?"

"그건 마마와 백성들의 말길을 막으려는 의도입니다. 마마께서 백성들의 바른 소리 쓴 소릴 들어서는 안 된다는 두려움 때문일 것입니다. 그 소릴 듣고 마마의 생각과 마음이 변하는 걸 그들이 두려워하기 때문인 게지요."

"그래? 네 말이 가슴이 척척 와 닿는구나. 참, 이 얘긴 너하고 나만 아는 거다, 알겠느냐?"

복두장이가 문득 꿈에서 깨어난다. 사위를 휘둘러보니 심상치 않다. 찔레꽃 향기에 정신이 아득한 걸 보니 뭔가 좋은 징조가 있을 것 같다. 문득 대숲 끝자락이 흔들리며 외아들의 모습이 나타난다. 볼모에서 풀려난 걸 보니 응렴 임금의 귀가 당나귀 귀처럼 길어진 모양이다. 온 가족이 외아들을 얼싸안고 막혔던 웃음보를 봇물처럼 터뜨린다. 외아들은 당나귀 귀 소문이 서라벌에 파다하다며 연신 터져 나오는 웃음을 거두지 못하고 있다.

"복두장이는 대숲 안으로 들어선다. 두 손을 입에 모아 '임금님의 귀는 크다. 임금님의 귀는 크다.'라고 한껏 큰 소리로 외친다. 그런데 대숲은 '임금님의 귀는 크지 않다. 임금님의 귀는 당나귀 귀가 아니다.'라고 그와는 전혀 다른 마음을 메아리로 보낼 뿐이다. 가슴이 철렁 내려앉으며 섬뜩한 기운이 온몸을 휘감기 시작한다. 바람에 서걱이던 댓잎들이 예리한 칼날이 되어 그의 온몸을 옥죄어 오기 시작한다. 나쁜 징조이다.

복두장이가 가족을 한 자리에 모아 두고 나쁜 징조가 엄습해 오고 있음을 알린다. 모두들 짐 보퉁이를 꾸리다 말고, 그의 어두운 낯빛을 흘금흘금 살피기 시작한다.

"아버님! 이게 무슨 조화입니까?"

"여보, 귀신의 희롱이 아니고선… 이게 말이나 되는 소립니까?"

"그러게 말입니다. 아버님! 누군가 아버님을 골탕 먹이기 위해 대숲에 숨어 장난질하는 건 아닐까요?"

"아니다, 그건 아닌 것 같다. 이건 필시 사람의 장난이 아닌 하늘의 뜻이리라. 아무래도 이곳 서라벌을 떠나야 할 때가 온 것 같구나. 나 혼자 여기에 남아 있을 터이니 모두들 먼 곳으로 몸을 숨기도록 해라."

"아니, 여보! 고향을 버리고, 이 나라를 뒤로 하고 도대체 어디로 가야 한다는 말입니까?"

"어머님, 그건 아버님 말씀이 옳으십니다. 임금께서도 몹쓸 병을 앓아 옥체가 말이 아니라는 소문이 파다합니다. 이러다 변이라도 생기면 옴짝달싹을 못하니, 아버님 분부를 따르는 게 순리일 것 같습니다."

가족들의 모습이 점점 멀어져 간다. 아들 내외는 발걸음을 재게 놀리는데 지어미는 돌아보고 또 돌아보고 눈물이 앞을 가린다. 그들의 자취가 사라지고 발걸음 소리가 잦아질 무렵, 범교사와 금군 대장의 무리가 오막살이로 들이닥친다. 범교사가 칼을 뽑아 들어 그의 머리통을 지그시 누른다.

"이 머릿속, 이 머릿속이 화근이다. 벙어리 냉가슴 앓듯 입 다물고 있었으면 행복에라도 취해 나날이 봄날이었을 걸⋯ 이 머릿속의 생각이 권력을 우습게 알고, 이 머릿속의 방자한 생각이 권력에 도전하였겠다. 그래, 너 이놈! 어디 용기가 있거든 다시 한번 외쳐 보거라."

"내 목은 아주 짧으니 아주 조심해서 자르시오. 백성과 임금 사이에 말길이 트이지 않으면 생각이 썩고 마음이 어두워지지요. 이 몸은 임금님 귀가 크다 말하고 싶은데, 저 대숲이 그걸 배반하니

나더러 어쩌란 말이오."

"이 가증스런 머릿속! 이 방자한 머릿속이 화근이다."

"내 아비도 머릿속의 생각이 화근이 되어 목숨을 잃었소. 그 아비에 그 아들이라고…. 지극히 당연한 일이지요."

금군 대장이 칼을 냉큼 뽑아 복두장이의 목을 내려친다. 덜렁 나뒹구는 머리통이 그들을 비웃적거리고 있다. 병사들이 나뒹구는 머리통을 유현한 대숲의 그늘 속으로 휙 내던져 버린다.

나뒹구는 머리통의 입이 움직인다. 입 속에서 시퍼렇게 살아있는 말들이 봇물처럼 터져 나온다. 대숲도 이에 질세라 배반의 말들을 쏟아내기 시작한다.

"임금님의 귀는 크지 않다. 임금님의 귀는 당나귀 귀가 아니다."

이렇게 뒹구는 복두장이의 머리통이 말을 쏟아내면

"임금님의 귀는 크다. 임금님의 귀는 당나귀 귀다."

이렇게 대숲의 적요한 침묵이 웅얼웅얼 대꾸하기 시작한다.

"좋은 소리만 들을 수 있다면 얼마나 다행한 일이겠느냐. 봄이면 노란 산수유 꽃망울 터지는 소리, 얼음장 밑으로 물 흐르는 소리, 서라벌 고샅 고샅마다 만백성 웃음보 터지는 소리, 백성들이 한껏 부른 배를 토닥토닥 두드리는 소리라면 얼마나 좋으랴만… 안 그렇느냐?"

움트는 죽순 속에서 응렴 임금의 말이 실꾸리 풀리듯 흘러나오

면

"이제부턴 듣기 싫은 소리에도 귀를 기울이셔야 하옵니다. 백성들이 무슨 원한을 품고 있는지, 무슨 일로 그들이 고통의 신음 소릴 내고 있는지… 그렇게 그렇게 열망을 쏟아내다 보면 언젠가는 전하의 귀가 커질 것이옵니다. 그러면 그 큰 귀로 하나하나 백성의 소릴 놓치지 말고 들으셔야 하옵니다."

하고 나뒹구는 머리통의 입에서 피울음 섞인 절절한 소리가 대꾸한다.

가을 끝 무렵에 범교사의 밀명이 내려진다. 도림사 아래 대숲을 깡그리 베어내고 산수유나무를 심는다. 그 어느 누구도 대숲에 홀로 나뒹구는 복두장이의 잘린 머리통을 찾아내지 못한 모양이다. 이듬해 봄기운이 돌자 노란 산수유 꽃망울이 예서 제서 비명처럼 터져 나온다. 터지는 꽃망울 따라 범교사의 사주를 받은 병사들이 약속이나 한 듯 소리친다.

"우리 임금님의 귀는 길다. 우리 임금님의 귀는 길다."

그러나 뒤이어 메아리가 되어 돌아오는 복두장이의 청정한 목소리는 이를 배반하기만 한다.

"우리 임금님의 귀는 크지 않다. 우리 임금님의 귀는 크지 않다."

도처에 봄빛이 완연하다.

저 건너 도림사 대웅전 추녀 끝의 풍경소리도 들리지 않을 정도로 산수유 숲이, 죽은 복두장이가 뱉어내는 배반의 유음으로 왁자지껄하다. 살별 하나가 동쪽 끝에서 밤하늘을 휙 그으며 떨어지고 있다. 응렴 임금이 못내 눈을 감은 모양이다.

이옥(李鈺)

미명의 적요에 잠겨 있는 사위가 고요하다.

어디선가 '뎅그렁'하고 풍경소리가 적요 속으로 살풋 떨어진다. 김려는 문득 그 소리에 눈을 뜬다. 어느새 창호의 문살이 귤빛으로 밝아오고 있다. 창호지 빛깔로 봐서 묘시(卯時)임이 분명하다. 늘 그렇다. 이 무렵이면 풍경소리가 잠속으로 떨어지고 그 소리에 이끌려 깨어난다.

그래도 봄이라서 조금 낫다. 겨울이면 대중을 잡지 못한다. 한 번 깨었다 하면 축시(丑時)이고, 그러면 이리 뒤척 저리 뒤척이며 어둠과 씨름을 한다. 그러다 한 번 잠에 빠져들면 어느새 묘시를 넘긴다.

뜰로 내려선다. 주위의 풍경들이 비로소 제 모습을 완연하게 드러내기 시작한다. 휘적휘적 몇 걸음을 옮긴다. 뒤란에서 인기척이 느껴져 걸음을 재촉한다. 웬 사내 하나가 우두커니 앉아 거울로 자신의 모습을 비춰보고 있다. 소스라치듯 놀라며 김려가 소리친다.

"거기 누구, 누구…시오?"

사내는 말이 없다. 뚫어질 듯 바라보니 그 모습이 어딘가 눈에 익어 보인다. 정체를 알고 뒷걸음질 치며 내뱉는다.

"아니, 이옥! 자네가 여긴 웬일인가? 이승 떠난 지 두 해가 넘었는데… 그럼, 지금 자넨 귀신이란 말인가? 내 초라한 꼴, 비웃으려 그러는 겐가?"

이옥이 김려 쪽으로 얼굴을 돌리며 대답한다.

"거울하고 몇 마디 얘길 나누고 있었지."

문득 이옥의 글 '경문(鏡問)'이 떠오른다.

"지금 자네 그 모습… 그렇다면 자네 글 '경문'에 나오는 그 장면 말인가?"

"글쎄 이놈에게 '내 얼굴이 어찌 이런데, 글쎄 왜 마른 나무처럼 죽어 있느냐니까, 이끼 낀 바위처럼 왜 이리 검푸른 빛이냐'고 물었더니 글쎄…"

"그랬더니 거울이 뭐라 대답하던가?"

"젠장! 즐거워할 것도, 슬퍼할 일도 아니라는군. 이보게, 김려. 내 이제야 깨달았지. 아름다움, 그거 오래 안 가! 명예? 그건 더더욱 오래 못 가지."

다시 '뎅그렁'하고 풍경이 두어 번 처연하게 운다. 이옥이 그 소리에 갑자기 슬픈 얼굴을 하며 뒤돌아선다. 쓸쓸한 그의 뒷모습에 가슴이 저려온다. 김려가 몇 발짝 그의 곁으로 다가서며 묻는다.

"여보게. 이옥! 왜 그렇게 쓸쓸하게 돌아서는가? 내게 무슨 할 말이라도 있는 게지, 응?"

"부탁 하나 해도 되겠는가?"

"그러지."

"오늘, 날이 밝으면 누군가가 자넬 찾아올 걸세. 고집불통 이옥, 천하 꼴통 이옥… 한 번 도와주는 셈치고 하소연이나 들어주게. 아, 산 사람 소원도 들어준다는데… 자네, 이 이옥의 청을 거절하면 안 되지."

"알았네, 알았어. 우리 정조 임금 앞에서도 무릎 꿇지 않았던 자네 고집, 그 누가 막을 수 있겠나."

이옥이 갑자기 김려를 지그시 바라보다 소리 없이 비웃적거린다. 가슴 속에 못다 푼 한이 서리서리 맺혀 있을 것이다. 그 비웃음은 어쩌면 자신의 초라한 모습 때문일 것이라고 김려는 자문해 본다. 이옥이 안쓰러운 눈빛으로 김려를 바라보다 이윽고 말문을 연다.

"자넨 지금 지칠 대로 지쳐 있어. '비어옥사'에 연루되어 십 년 유배 생활을 했지. 성균관 동기들은 벼슬길 쭉쭉 막힘 없는데 자넨 자꾸 뒤처지지… 하하, 똥줄깨나 땡길 거야. 그러나 이보게. 벼슬, 거 지나고 보면 개똥만도 못한 거야."

이옥이 뒤란을 돌아 앞마당 쪽으로 홀연히 사라진다. 다시 바람결에 실려 오는 풍경 한 점에 더 한층 밝아진다. 먼 데서 개 짖는 소리가 아슴하게 들려온다.

아침상을 물리기가 무섭게 이옥이 꿈속에서 예언했던 사람들이 찾아왔다. 사랑채로 안내하고 차를 대접하게 하고 잠시 기다리라 하명했다. 이옥이 예언한 사람들이라면 정중하게 모셔야지 싶어 의관을 제대로 갖춰야 할 것 같았기 때문이다. 사랑채로 올라서자 준수한 외모의 청년이 김려 앞에 정중하게 절을 한다.

"소생은 이 자 옥 자, 이옥의 아들이옵고, 여기 이분은 제 어머님이십니다."

이마가 훤하고 콧날이 갸름한 여인이 단아한 모습으로 예를 갖춘다. 김려는 짐짓 환하게 웃어 보이며 말문을 연다.

"밤길 마다 않고 이곳까지 절 찾아오신 걸 보니… 무슨 급한 용무라도 있으신 모양이지요?"

이옥의 아들이 어머니 옆에 정갈하게 놓아둔 보퉁이를 건네받아 김려 앞에 내밀며 조심스럽게 말한다.

"아버님이 살아생전 홧김에 불태우시려 한 걸… 겨우 겨우 몰래 빼낸 원고 뭉치이옵니다. 유고의 교열을 어르신께 부탁드리고자 염치 불고하고 이렇게 먼길을 달려 왔사옵니다."

이옥의 부인이 다짐을 못박기라도 하듯 또박또박 한마디 한마디에 힘을 실어가며 천천히 부탁한다.

"성균관에서 함께 수학한 절친한 벗이라고 늘 자랑스럽게 말씀하셨습니다. 그분의 생각과 마음을 누구보다 잘 아시리라 생각되어… 이렇게 염치없이 들렀습니다."

문득 이옥의 모습을 어렴풋이 떠올려 본다. 그의 윤곽이 또렷해지자 가슴 한켠에서 울컥 설움의 덩어리가 치밀어 오른다. 김려는 설움이 사그라질 때까지 한동안 기다렸다가 애써 태연한 척 말을 꺼낸다.

"네, 정말 그러했지요. 이옥은 어딜 내놓아도 부끄러움 없는 진실한 문인이었지요. 늘 당당한 목소리로 이렇게 입버릇처럼 말했지요. 나는 요즘 세상 사람이다, 내 스스로 나의 시, 나의 문장을 짓는데 사대부 문체가 웬 망발이며, 도덕군자의 문체가 무슨 소용이냐며… 끝까지 자신만의 문체를 고집했었지요."

이옥의 아들이 김려의 칭찬에 맞장구를 치기 시작한다.

"아버님께선 시정잡배의 문체로 조정의 권위와 사대부의 근엄한 도덕에 저항한 분이셨죠."

"그래, 아무렴 그렇고 말고! 모든 사대부들이 진정한 문장은 중국의 옛글처럼 품위가 있어야 한다며 꼭두각시처럼 그걸 좇았지만, 자네 아버님은 조선 사람은 조선의 문체를 써야 한다며… 무지렁이 백성들의 땀과 숨결이 배인 자신만의 문체로 시문을 지었었네."

"네, 그러하셨습니다. 아버님은 여느 사대부들과 다르셨지요. 그들은 책상머리에서 형식에 얽매여 틀에 박힌 문체를 고집했지만, 아버님께선 직접 백성들 삶 속으로 들어가… 당신께서 직접 보고 들으며 진정으로 느낀 것만을 쓰셨지요."

이옥의 부인도 그들 두 사람의 대화에 제법 흥이 난 듯 불쑥 끼어들었다. 지어미의 칭송에 이옥은 그의 펄떡이는 문체처럼 현현하게 살아 움직이기 시작했다.

"여느 사대부들은 보지도 않고 이 꽃 저 꽃, 이 구름 저 강물 모두 비슷하다고 했지만, 그이는 직접 눈으로 보고 귀로 들은 것만을 손에 잡힐 듯 실감나게 쓰셨다지요?"

김려는 말을 끝낸 부인의 얼굴을 슬쩍 훔쳐본다. 마치 이옥이 살아나 그녀를 와락 끌어안은 듯 부인의 얼굴은 발갛게 상기되어 있다. 슬쩍 건드리기라도 하면 못내 가둬 두었던 말의 봇물이 터져 나올 것만 같았다. 양쪽 볼우물이 가녀리게 씰룩이는 모습이 정말 그러한 것 같았다. 김려가 부인의 말에 맞장구를 친다.

"성균관 유생 시절에도 그랬었지요. 다른 유생들은 모두 벼슬자리에만 급급해 사대부들이 즐겨 쓰는 문체의 틀에 맞춰 시문을 지었지만, 이옥 그 사람은 진정 백성들의 들끓는 감정을 그만의 개성 있는 문체로 절절하게 노래했지요."

김려는 보퉁이를 풀어 이리저리 뒤적이며 살피다가 이옥의 글 한 편을 찾아내어 읽기 시작한다. 김려가 이옥의 글이 적힌 종이를 펼치자 성균관 기숙사의 여러 방문들이 활짝 열리며, 울긋불긋한 치마저고리를 차려 입은 여인들과, 형형색색의 옷가지를 걸친 사내들이 나타나 성균관 뜰 앞으로 나선다.

김려가 이옥의 글 「화설(花說)」의 한 대목을 낭랑한 목소리로 읊기 시작한다. 형형색색의 옷가지를 걸친 사람들이 춤을 추어대는 도원경이 펼쳐지기 시작한다. 그들 무리 속에 문득 이옥이 우뚝 서 있다. 그들의 춤사위를 지켜보며 자신의 시를 낭송하기 시작한다.

"서울 장안의 꽃은 여기에서 벗어남이 없으며, 이 밖의 벗어난 것이 있다 하더라도 또한 볼만한 것은 못 된다. 그런데 그 속에서도 때에 따라 같지 않고 장소에 따라 같지 않다."

여인들과 남정네들의 눈부신 군무가 펼쳐진다. 형형색색의 옷가지들이 여기저기 나름대로의 모양을 만들며, 가락에 맞춰 글의 내용을 춤과 동작으로 형상화하기 시작한다. 이옥은 더욱더 신이 난 듯 흥에 겨운 낭송을 계속한다.

"달빛을 받은 꽃은 요염하고, 돌 위의 꽃은 고고하고, 물가의 꽃은 한가롭고, 길가의 꽃은 어여쁘고, 담 밖으로 뻗어 나온 꽃은 손쉽게 접근할 수가 없고, 수풀 속의 꽃은 가까이 하기가 어렵다. 그리하여 이런 가지각색 그것이 꽃의 큰 구경거리다. 여자도 그렇다. 다 나름의 어여쁨을 지니고 있다."

김려는 문득 잠시 동안의 환상에서 빠져나온다. 이옥의 부인과 아들이 몽상 속에서 허우적이는 김려를 고개를 갸웃한 채 들여다보고 있다. 김려는 다소 계면쩍은 생각에 헛기침을 하며 목청을 가다듬는다.

"다른 사대부들은 꽃 하나하나의 모습을 무시한 채 모든 꽃을 하나로 몰아붙여 아름답다 노래했지만, 자네 아버님은 꽃 하나하나를 불러내어 그것들에게 제 나름의 생명을 불어넣으셨던 게야. 꽃 하나하나마다 모두 타고난 제 나름의 개성이 있다고 보신 거야."

이옥의 부인이 잠시 허공을 올려다보며 깊은 한숨을 내쉰다. 그러다가 어느 누구에게라도 질책하듯 가시 돋친 원망을 쏟아낸다.

"사대부들 문체를 곧이곧대로 따르라는 어명을 받아들이셨다면 결코 외롭지 않았을 터인데… 군대를 따르는 벌도, 유배도, 혹독한 시련도 당하지 않았을 겁니다."

이옥의 아들이 지금도 아버지의 방외적인 기질이 믿기지 않는다는 듯, 김려에게서 의문의 꼬투리라도 낚아채려 자객의 칼날처럼 파고든다.

"어르신. 정조 임금께선 왜 그런 아버님의 문체를 싫어하셨을까요?"

"정조 임금이 보시기엔 아버님의 그러한 글쓰기 태도가 당시 사대부들의 기강을 어지럽게 하지는 않을까, 모든 선비들이 개성적인 문체의 자유로운 글쓰기로 윤리 강령이 흐려지지 않을까 염려해서였겠지."

"어르신! 아버님의 문체에 끊임없이 시비를 건 임금님은 그렇다 치더라도, 끝내 임금님의 지엄한 명령을 따르지 않은 아버님의 고집은 더더욱 이해하기 어렵습니다."

"이보게, 문체를 고치라는 어명을 순순히 따르면 글쓰기에 대한 지금까지의 모든 신념이 무너지는 판인데, 그게 자네 아버님에겐 목숨을 내어놓는 거나 마찬가지였을 텐데…. 그래, 자네 같으면 어찌 했겠는가?"

"아버님보다 훨씬 고매한 박지원 선생이야 임금님의 눈 밖에 날 만도 했지만, 저희 아버님은 그런 축에도 끼지 못하는 분이셨던 걸로 아옵니다."

"이보게! 박지원 선생을 비롯한 북학파의 문인들이 주자학의 근간을 뒤흔드는 글을 쓴다고, 심환지 대감을 비롯한 노론 벽파들이 잔뜩 벼르고 있었다네. 임금은 그 돌파구로 문체반정을 일으켰는데, 자네 아버님이 거기에 잘못 걸려든 것이나 다름없었지. 말하자면 자네 아버님은 희생양인 셈이었지."

"문체반정의 저의가 자못 의심스럽습니다."

"그럴 만도 할 거네. 심환지를 비롯한 노론 벽파들이 서학을 하는 남인들을 감싸고 도는 임금을 마뜩찮게 생각했었지. 그래서 주상께선 그들의 관심을 딴 데로 돌려놓기 위해 문체반정이란 꼼수를 쓴 거지. 거기에 자네 아버님이 걸려든 거지."

갑자기 천둥이 일기 시작한다. 마른하늘에 번개가 휙휙 불기둥을 내리긋기 시작한다. 이옥의 부인과 아들이 잠시 동요하기 시작한다. 김려는 그들 앞으로 두 손을 내저으며 동요를 잠재우려 한다. 소나기가 후둑후둑 듣기 시작한다. 뜰의 화초들이 내리치는 빗줄기에 대궁이를 내맡긴 채 대책 없이 흔들리고 있다.

그날, 성균관에 행차한 임금은 유생들을 불러 모아 응제문을 짓게 했다. 시문을 적은 답안지 하나하나를 넘겨보던 임금의 매서운 눈이 이옥의 답안지에 꽂혀 한동안 움직일 줄을 몰랐다. 대사성을 불러 이옥을 대령하라 일렀다. 이옥이 임금 앞에 엎드린 채 불안한 침묵의 시간을 견뎌내고 있었다. 임금은 시문을 적은 종이를 이옥의 눈앞에 들이밀며 무거운 목소리로 물었다.

"공이 쓴 글을 읽어보니 실로 황당하여 과인은 얼굴을 붉히지 않을 수 없구나. 그래, 이게 정녕 사대부의 시란 말인가?"

이옥은 한 치의 흔들림도 없는 꼿꼿한 자세로 대답했다.

"전하! 삼십 년이 지나면 세대가 변하고 백 리를 가면 풍속이 같지 않다고 했습니다. 어떤 공간도 동일한 공간이 아니며, 모든 시대 또한 동일한 시대가 아니옵니다. 그리고 모든 개별적인 것은 나름의 존재 의미를 갖는다고 소신은 생각하옵니다."

대사성이 불같은 호통으로 이옥의 기를 꺾으려 했다.

"어느 안전이라고 주둥아릴 함부로 놀리느냐?"

임금이 이번에는 희미하게 웃으며 이옥을 지그시 내려다보았다. 다소 비웃적거리는 말투로 이옥의 심중을 가늠하기 시작했다.

"그래, 사대부가 어떻게 이런 생각을 할 수 있단 말이냐. 이런 시정잡배들이나 쓰는 추잡한 문체를 응제문에 내놓다니…. 과인, 가만 생각해 보니 공은 그동안 명나라 청나라의 소설, 소품을 많이 읽고 고증학을 받아들이고 서학 책에 몰두한 결과 이런 글이 나온 것 같구나. 과인의 생각이 틀린 거냐, 아니면 공의 생각이 무지한 것이더냐?"

이옥은 한 발짝도 물러서지 않는다. 그 꼿꼿한 모습은 바위처럼 단단하게 굳은 이옥의 마음을 받쳐주고 있었다. 이옥은 목청을 가다듬어 당당하게 나섰다.

"전하! 소신은 일찍부터 인간의 마음과 감정을 통제하려고만

하는 성리학에 염증을 느껴, 사람의 감정 그 자체를 소중한 거라 생각하게 되었습니다. 성리학에서는 희노애락과 같은 감정은 가능한 한 절제하고 밖으로 드러내지 말아야 할 것으로 간주하지만, 소신은 감정을 그대로 솔직하게 표현하고 그 감정을 글에 실어 표현해 왔사옵니다."

임금이 대사성을 향해 크게 꾸짖었다. 분노로 인해 입술이 파르르 떨리고 있었다.

"성균관 대사성은 과인의 말을 잘 들거라. 앞으로 성균관 시험의 답안지 가운데 만일 조금이라도 패관잡기와 관련된 답이 있으면 문장이 아무리 주옥같다 해도 낙방으로 처리하도록 해라. 그리고 그 자의 이름을 확인해 밑으로 낙방 처리하고, 그 자로 하여금 앞으로 과거에 응시하지 못하도록 하라."

임금은 이옥에게 무거운 과제를 내렸다. 그날부터 일과로 사륙문 오십 수를 지으면서 문체를 완전하게 고치도록 명했다. 저속한 문체를 완전히 고친 뒤에 다시 과거에 응시하라는 조건도 함께 첨부했다.

문체를 고치라는 임금의 하명은 이옥에게는 소귀에 경 읽기나 다름없었다. 어느 봄날이었던가. 느닷없이 성균관에 임금의 행차가 있었다. 유생들이 부들부들 떨며 임금 앞에 부복했다. 임금은 대사성이 건네는 시권을 펼치며 이옥 가까이 다가와 걸음을 멈추었다. 낮지만 싸늘한 임금의 목소리가 한기를 느끼게 했다.

"네놈이 아예 과인과 맞서기로 작정하고 나섰구나. 그렇지 않고서야… 내 그렇게 간곡히 일렀거늘 아직도 네놈이 그 순정치 못한 문체를 고집하고 있구나. 네놈은 어찌하여 시속이 문체에 좌우된다는 걸 모르느냐?"

"전하! 시속이 문체에 좌우된다는 것은 지나친 걱정에서 비롯된 것이옵니다. 이 세상에 변하지 않는 문체는 없사옵니다."

"그건 또 무슨 해괴한 생각이냐?"

"춥고 더운 절기가 시시때때로 바뀌면 사물 또한 그에 따라 변합니다. 여름이 되면 얇은 옷을 입고 겨울이 되면 두꺼운 옷을 입게 되는 것이옵니다. 그것은 누가 시켜서 그렇게 되는 것이 아니라 백성들 스스로 때에 맞추어 옷을 입었을 따름입니다. 산천이 지방을 달리하면 민속도 달라지는 법이옵니다. 그런데 그런 지방에 가서 모두 어느 한 곳의 습속을 따르라고 한다면 그것은 억지에 지나지 않습니다."

"이제 보니 네놈이 지금 과인을 가르치려 드는구나. 네놈보다 학문이 훨씬 뛰어난 이덕무도 자송문을 쓰다 죽었고, 연암도 엊그제 자송문을 쓰고 문체를 고치겠다고 했거늘…. 유독 네놈만이 고집 아닌 고집을 피우는구나."

"전하! 나라가 개인에게 간섭할 일이 있고, 간섭하지 말아야 할 일이 있습니다. 다른 건 몰라도 개인의 글쓰기까지 간섭함은 부당한 줄 아옵니다."

"너, 이놈! 네놈이 문체를 고집하겠다함은 과인의 권한에 도전하겠다는 역모 행위나 다름없다. 내, 앞으로 과인의 권한을 우습게 보는 행위는 그 어느 누구도 용납하지 않으리라. 대사성, 알았느냐고 묻는데 뭐하고 있는 거요?"

임금이 싸늘한 눈길로 대사성의 아래위를 훑었다. 죽비를 들고 있는 대사성의 손이 파들파들 떨렸다. 대사성이 엎드려 있는 유생들의 어깻죽지를 죽비로 내려치기 시작했다. 유생들은 얼어붙은 채 미동도 하지 않았다. 마지막으로 대사성이 미친 듯이 이옥의 어깨를 내리치며 거의 울음에 가까운 소리를 내뱉었다.

"전하께서 마음을 바꿨느냐고 묻고 있지 않느냐. 어서 대답해라."

임금이 벌떡 일어서며 대사성을 만류했다. 대사성은 휘청거리는 다리를 주체하지 못하고 그 자리에 털썩 주저앉았다. 임금이 부드러운 목소리로 말했다.

"그래, 그래. 과인이 마음을 바꾸마. 여봐라! 여기, 이놈 꼴도 보기 싫다. 이젠 숨소리조차 귀에 거슬린다. 그러니 아예 제놈 고향에 묶어놓고 저 좋아하는 글만 실컷 쓰다 죽게 하라."

임금이 이옥을 뚫어질 듯이 내려다보며 한동안 비웃적거렸다.

그러다가 들고 있던 시권을 이옥 곁에 툭 내던지고 바람처럼 성균관을 빠져나갔다. 대사성이 다시 죽비로 이옥의 머리통을 연신 내려치며 발악에 가까운 소리를 내뱉었다.

"이, 이런 호로자식을 봤나! 이놈아, 고치라면 고쳐라. 그러면 너 편하고 나 편하고 세상이 편해지느니라."

갑자기 이옥이 벌떡 일어나 허공을 향해 소리쳤다. 범접할 수 없는 결기가 느껴져 그 어느 누구도 일언 반구할 틈새가 없었다.

"나으리! 차라리 저 보고 죽으라 하십시오. 그까짓 벼슬은 그만둘 수 있지만 글은 정말 어찌할 수가 없습니다."

이옥이 미친 사람처럼 웃어제끼기 시작했다. 유생들이 혼비백산 흩어지기 시작했다. 대사성도 보이지 않는 영혼에 사로잡힌 것처럼 그 자리에 멈추어 선 채 버둥거렸다. 마른하늘에 천둥이 울고 번개가 어두운 하늘을 획획 그었다. 굵은 소나기 빗방울에 흙먼지가 탁탁 튀어 올랐다. 그날, 그것이 김려가 마지막 본 이옥의 모습이었다.

어느덧 소나기가 멎어 있다. 빗물 세례에 풀 죽어 있던 화초들의 대궁에 생기가 돌고 있다. 김려는 문득 곁에 있는 두 사람을 감지하고 옷매무새를 고친다. 슬며시 아들의 손을 잡으며 다소 젖은 목소리로 묻는다.

"낙향한 아버님은 어땠었나?"

"아버님께서야 꿈을 접어 실망이 크셨겠지만, 어머님과 저는 오히려 편안하고 나날이 행복이었습니다. 그런데 어느 날 갑자기…"

"어느 날 갑자기?"

"아버님은 서책을 불태우려 하시고 어머님과 저는 극구 만류하고…. 밀고 당기고, 밀어붙이고 물러서고, 한바탕 전쟁이었습니다."

김려는 잠시 두 눈을 감는다. 밀고 당기는 가족의 팽팽한 긴장이 눈앞에 어른거리기 시작한다. 이옥이 서책을 마당 한가운데에 쌓아 놓고 불태우려고 하자, 부인과 아들이 혼비백산하여 그 앞을 가로막는다. 이옥이 시퍼렇게 날선 목소리로 으르렁거리기 시작했다.

"어서 비켜라! 지금까지 내가 써 온 이것들을 모두 불태워 버려야 한다. 이것들이 있는 한 내 문체를 바꿀 순 없지 않느냐."

부인이 한발 물러서며 낮고 무거운 목소리로 대꾸한다.

"당신 손에서 떠난 이 글, 이 문장들은 이미 당신 것이 아닙니다. 당신 소설을 읽고 가슴앓이를 하던 아녀자들, 구구절절 아름다운 시문을 읽고 새로운 세상에 눈을 뜨고 밤을 지새우던 사내들… 이 글은 모두 그들의 것이옵니다. 그러니 당신이 싫다고 이걸 불태울 순 없지 않습니까?"

"나도 이러는 내가 정말 싫소. 나는 오늘의 나를 있게 한 이 글들이 정말 역겹고 싫소. 그러니 어서 비키시오. 이 글들이 내 눈앞에서 한 줌 재로 사그라지는 걸 봐야 정말 속이 시원해질 것 같소. 아들아, 내 아들아. 넌 앞으로 벼슬을 하지 말고 초야에 묻혀 살아라."

이옥의 아들이 털썩 그 자리에 주저앉는다. 핏물이 흥건하게 번지듯 주먹을 땅바닥에 짓뭉개며 발악한다.

"아닙니다, 아닙니다. 소자, 아버님처럼 살기 싫습니다. 아버님은 권력 밖에서 아무 힘 없는 호통을 치셨지만, 전, 권력 속으로 들어가 힘 있는 호통을 치겠습니다."

"그렇다면 너도 권력에 길들여진 문체를 쓰겠다 그 말이냐? 그럼, 영혼을 팔아 그들의 개가 되고 싶다 이 말이구나."

"아버님! 저도 이 세상이 싫고 이 나라가 싫습니다. 국가 권력이 한 개인의 글까지 간섭하는 이런 세상에 살고 있는 제 자신이 부끄럽고 부끄럽습니다. 그래서 이제부턴 그 속으로 깊숙이 걸어 들어가 세상을 한 번 바로잡아 보고 싶습니다."

이옥의 아들이 목을 놓아 운다. 그 울음은 전염병처럼 번져 나가 모든 것들을 끌어안는다. 뜰의 화초를 끌어안고, 뒤돌아 선 풍경을 바로 세우고, 얼어붙어 있는 그들 가족까지 끌어안는다. 그들 세 사람은 서로 한 덩이가 되어 서로를 보듬고 어루만졌다.

김려는 이옥의 시문이 들어있는 보퉁이를 어루만진다. 마치 곁에 있는 이옥의 손을 어루만지는 기분으로 정성 들여 그의 시문들을 쓰다듬는다. 어느덧 해가 기울고 있었다. 어둠은 스멀스멀 기어들어와 사물들의 본색을 뒤로 감추고, 풍경을 한걸음 물러서게 한다.

세 사람은 사랑채에 앉아 밤이 이슥하도록 이옥의 환상에 휩싸인다. 그들 세 사람은 그 환상 속으로 걸어 들어간다. 어둠에 잠긴 풍경 저쪽에서 사람들이 하나둘씩 걸어 나온다. 그 속에 이옥도 함께 있다. 김려는 그들을 가리켜 보이며 부인과 아들에게 찬찬히 설명한다.

"저 사람들은 모두 이옥의 글에 나오는 등장인물들이지요. 저기 저 어여쁜 여자는 이옥의 소설「심생전」에 나오는 호조계사의 외동딸이지요. 저, 저것 좀 보세요. 이옥에게 정중하게 예를 표하고 있지 않습니까."

호조계사의 외동딸이 이옥에게 반듯하게 절을 한다. 이옥이 고개를 갸웃하며 물어온다.

"오, 어느 집 규수이기에 날 아는 체 하는고?"

"소녀는「심생전」에 나오는 호조계사의 외동딸이옵니다. 양반 자제와 중인 처녀의 사랑을 다뤄… 제게 사랑이 이렇게 눈부시고 아름다운 것이라는 걸 일깨워 주셨지요. 눈물 나게 고맙고 고마울 따름입니다."

"그래, 하늘나라에선 아무런 방해도 받지 않고 도령과 사랑을 나누고 있겠지?"

"이승에서 이루지 못한 사랑, 저승에서 활짝 꽃 피우고 있습니다. 그런데 유배지 생활, 외롭지 않으시옵니까?"

"내 문장이 이렇게 살아있는데, 그 속의 너희들이 이렇게 잘 지낸다는데… 외롭긴 뭐가 외롭다고 그러느냐."

이번에는 이옥의 산문 「신아전(申啞傳)」에 나오는 칼의 명인인 벙어리 신 씨가 등장하여 수화로 이옥에게 말을 걸어온다. 이옥이 반가워 활짝 웃으며 말한다.

"오오, 이게 누군가? 칼의 명인 벙어리 신 씨 맞지?"

벙어리 신 씨가 활짝 웃으며 꾸벅 인사를 한다.

"통역으로 자네의 손발이 되어 주었던 아전이 죽었을 때, 자넨 그의 널을 매질하며 마치 개 우는 소리처럼 슬퍼하였다며? 그래, 그 고마운 아전은 저승에서 만났겠지?"

벙어리 신 씨가 고개를 끄덕이며 활짝 웃는다.

"그래? 그런 속 깊은 사람은 만나기가 힘들다네. 이승에서 자네가 되로 받았던 그 은혜, 이제 거기선 말로 돌려주게. 알았나?"

벙어리 신 씨가 고개를 끄덕이다가 이옥을 안쓰럽게 바라본다.

이옥(李鈺) 55

"뭐라고? 유배 생활을 하는 게 억울하지 않았느냐고? 아니다, 아니다! 내 글이 이렇게 시퍼렇게 살아 있는데, 그 글속의 너희들이 이렇게 행복해 하는데 이 이상 무얼 더 바라겠느냐, 응?"

김려가 손을 들어 그들을 가리켜 보인다. 이옥의 부인과 아들도 마치 아버지가 곁에 있다는 듯 숨소리가 거칠어진다. 이옥의 모든 시문과 산문에 등장했던 인물들이 모두 이옥 앞에 무릎을 꿇고 정중하게 예를 갖추어 절을 올린다. 이옥의 얼굴에 웃음이 꽃처럼 벙글어진다. 그들은 이옥을 가운데에 세워두고 서로가 손을 맞잡고 원을 그리며 춤을 추어댄다.

김려가 서책 보퉁이를 조심스럽게 묶으며 말한다.

"나도 임금에게 반성문을 쓰고 문체를 고쳤지만, 자네 아버님은 끝내 소신을 굽히지 않았네. 자신의 지조를 바르게 펼쳐 보인 진정한 선비였으니 마음껏 자랑해도 될 걸세."

이옥의 아들이 활짝 웃으며 김려의 손목을 움켜쥔다.

"그렇다면 아버님의 글을 교열해 주시는 겁니까?"

"암, 여부가 있겠나! 비록 필사본이긴 하지만 정성스레 엮어주는 게 내 책무고 소임이지 않겠나."

이옥의 부인이 정중하게 예를 갖추며 말한다.

"말씀만 들어도 가슴이 뿌듯하고 그이가 자랑스럽습니다."

"정성들여 엮어 후대에 전해야지요. 그래야 후세 사람들이 이옥은 비록 세상의 그물에 갇혀 살았어도, 자신만의 개성 있는 글을 쓴 훌륭한 문인이었구나 하고 칭송이 자자할 게 아닙니까. 저것, 저것 좀 보세요. 이옥이 그의 작품 속 사람들로부터 얼마나 많은 칭송을 받고 있습니까. 저게 바로 진정한 글쓰기의 보람이지요. 이옥은 우리 조선의 진정한 문인이었습니다."

김려는 손을 들어 이옥을 배웅한다. 작품 속 사람들도 서로 약속이나 한 듯 손을 들어 이옥을 배웅한다. 이옥은 달덩이처럼 환한 얼굴로 그들의 환대에 답하다가 이윽고 뒤돌아서서 걷는다.

김려가 책 보퉁이를 헤집어 서책 하나를 집어 들어 훑어 나가다가 글 하나를 발견하고 활짝 웃는다. 아들에게 그 글을 읽어보라고 재촉한다. 아들이 이옥의 산문인 「시기(市記)」의 한 부분을 낭랑한 목소리로 읽는다.

내가 더부살이하는 점사는 저자에서 가깝다. 12월 27일은 장이 서는 날이다. 나는 대단히 무료하여, 혁자의 구멍을 통하여 바깥 저자의 광경을 엿보았다. 이때 눈이 올 듯한 기세가 제법 짙어, 잔뜩 찌푸린 날씨라서 시각을 제대로 알 수 없지만, 이미 정오는 지난 듯하였다. 서로 화를 내어 맞싸우는 자, 손을 잡아당기며 노는 남녀, 갔다가 다시 오는 자, 왔다가 다시 갔다가 다시 오기를 바삐 하는 자, 넓은 소매에 긴 옷자락 옷을 입은 자, 솜 도포를 위에 입고 치마를 입은 자, 좁은 소매에 긴 옷자락 옷을 입은 자, 좁은 소매에 짧고 옷자락 없는 옷을 입은 자, 상건을 쓰고 흉복을 입은 자, 중 옷에 중의 삿갓을 쓴 중, 패랭이를 쓴 자 등이다.

이게 다 제각각 모양과 가치를 가지고 사는 삶의 난장이 아니고 무엇이겠는가?

김려는 그들의 잠자리를 살핀 뒤 돌아와 눕는다. 지그시 두 눈을 감는다. 어느 따스한 봄날의 한 귀퉁이에 그는 이옥과 함께 서 있다. 김려가 밝아오는 하늘을 올려다보며 이옥에게 말한다.

"여보게, 이옥! 저기 저 하늘 좀 보게나. 어제 해 뜰 무렵에도 하늘을 발갛게 물들이더니 오늘 아침에도 여전하네그려."

"이보게, 김려. 다시 한번 하늘빛을 찬찬히 올려다보게. 그래, 오늘 아침도 정말 어제 그 하늘 그 빛인가?"

"에끼, 이 사람! 그럼, 그 하늘 그 빛이지 않고?"

"이보게, 그게 아닐세. 만물이란 만 가지 물건이니 진실로 하나로 할 수 없다는 걸 왜 모르나. 하나의 하늘이라 해도 하루도 서로 같은 하늘이 없고, 하나의 땅이라 해도 한 곳도 서로 같은 땅이 아니라네."

김려가 다시 밖으로 나온다. 아직 사랑채의 불이 꺼지지 않고 있다. 그 자신의 가슴 속에도 이옥에 대한 그리움의 불이 꺼지지 않고 있다. 김려는 잠시 비틀거리다가 두 눈을 지그시 감는다. 이제 이옥을 만나러 갈 때가 된 것 같다는 생각을 해본다.

깊은 어둠의 중심에서 손 하나가 불쑥 나와 김려의 손목을 잡는다. 잡은 손이 은근하게 따스하다. 가슴 저 밑바닥의 어둠 속으로 별 하나가 휘익 빛을 그으며 떨어지고 있다.

설야행(雪夜行)

투투 툭.

어디선가 뭔가 부러지는 소리가 들려온 것 같다. 무슨 소리일까? 게슴츠레한 눈을 비벼본다. 투투 툭. 다시 그 소리가 들려온다. 두 귀를 바짝 세워 소리의 행방을 좇는다. 휘청하는 느낌으로 봐 나뭇가지 부러지는 소리는 아닌 것 같다. 뭔가 무거움에 짓눌려 둔탁하게 허리를 꺾는 소리임이 분명하다.

최북은 숨을 죽인 채 다시 소리의 행방을 좇았다. 두 눈을 다시 비볐다. 시야가 좁아 보였다. 살며시 몸을 일으켜 호롱불을 켰다. 그제야 방 안의 물건들이 제각각 희미하게 드러나기 시작했다. 먼발치에 수양딸 옥선의 몸체가 닿았다. 옥선은 잔뜩 몸을 웅크린 채 새우잠을 자고 있다.

그녀는 늘 그런 자세로 잠을 잤다. 어미 뱃속이 그리운 탓일까? 그렇지 않고서야 태반에 들어있을 때의 그 모습을 할 리가 없다. 아비가 곁을 지키고 있어도 늘 외로움을 타기는 마찬가지였을 것이다. 언제 한번 그녀 곁을 오롯이 지킨 적이나 있었던가? 낳고 길러준 것이 아니어도 엄연히 아비는 아비이다.

투투 툭, 투투 툭.

예의 그 소리가 다시 들려왔다. 최북은 작은 봉창을 열어 흘낏 밖을 내다보았다. 희끗희끗한 여명이 마당 한쪽으로 기어들고 있었다. 어둠 위로 폭설이 무너져 내리고 있었다. 선반 위의 보퉁이를 내렸다. 가지런히 쌓인 그림들이 드러났다. 가지런한 것을 보니 옥선의 온기를 받은 게 틀림없었다. 맨 밑바닥에 '풍설야귀인'이 오롯이 한 자리를 지키고 있었다.

"이것 말고는 다 쓰잘데 없는 것들이야."

다른 것들은 제쳐두고 그것 하나만을 호롱불 가까이 가져가 비춰보았다.

최북은 손바닥으로 그림을 쓰윽 더듬어 보았다. 뭔가 모를 온기가 손끝으로 전해져 왔다. 그림을 다시 찬찬히 훑어보았다.

눈보라 몰아치는 밤길을 헤치고 가는 사람이 둘이다. 눈발 속의 어둑한 풍경이 흐릿하게 모습을 드러내기 시작한다. 병풍처럼 우뚝 솟은 산의 위세가 화면을 압도하고 있다. 세찬 눈바람 속에 갇힌 나뭇가지들은 금방이라도 휘어져 부러질 듯 산 쪽을 향해 머리를 풀어헤치고 있다. 눈 덮인 산의 우람한 기세가 으름장을 놓는다.

"단원 그 양반도 이 그림 하나는 건질만 하다고 했었지."

최북은 나지막하게 중얼거렸다.

설야 행 속에는 단 두 사람뿐이다. 나그네와 시동의 모습이 예사롭지 않다. 기세등등한 산의 위용과 산발한 나뭇가지들, 어둠을 들쑤시는 바람 소리와 눈발이 세상을 온통 집어삼킬 듯하다. 나그네는 필시 나일 텐데 저 시동의 정체는 뭔가? 옥선을 눈밭에서 얻은 후였다면 시동 대신에 옥선을 그렸을 것이라고 생각했다. 두 사람은 무엇 때문에 집으로 돌아오는지 알 길이 없다.

"저 나그네가 나라면 뭣 때문에 눈보라를 뚫고 오두막으로 돌아오는 것일까?"

최북은 누가 들을까 기어 들어가는 소리로 중얼거렸다.

나그네는 그림다운 그림 하나를 얻기 위해 눈보라 같은 세상을 헤쳐가는 최북 자신인지도 모른다는 생각이 퍼뜩 들었다. 도대체 그림다운 그림이 어떤 그림인가? 단원의 말대로라면 혼이 들어간 그림일지도 모른다는 생각이 들었다. 얄팍한 감성으로 그린, 손끝 재주만이 아닌 혼과 지성이 스며있는 그림일지도 모른다.

그림 속의 검둥개는 그악스럽게 나그네를 향해 짖어대고 있다. 글쎄 이놈이 제 주인도 몰라보고 짖어대고 있구나. 그림다운 그림도 못 그리는 제 주인을 타박하고 멸시하는 뜻인지도 모른다. 그 그림은 당나라 시인 유장경의 시를 읽고 나서 그린 그림이었다.

설야행(雪夜行)

날이 저물고 푸른 산은 아득한데
　　차가운 하늘 밑 시골집이 쓸쓸하네
　　사립문 밖엔 개 짖는 소리 들리는데
　　눈보라 치는 밤에 돌아가는 나그네.

　투투 툭, 투투툭.
　예의 그 둔탁한 소리가 다시 뒤꼍에서 들려왔다.
　최북은 문득 추위 속에 얼어붙은 기억의 실마리를 놓지 않으려 마음을 다잡았다. 그러고 보니 저 풍경은 헛것이다. 먹물을 손에 덕지덕지 묻혀 자신이 그렸던 지두화 '풍설야귀인'이 아니었던가. 눈보라 치는 밤에 집으로 돌아가는 사내는 곧 그 자신임이 분명하다. 자신은 그 누추한 오두막으로 돌아가고 싶은데, 검둥개 이놈까지 들어오지 마라 그악스럽게 짖어대고 있다.
　"그래, 알았으니 이제 그만 짖어라. 그렇지 않아도 집을 떠날 참이었다."
　최북은 그림 보퉁이를 벽장 속에 넣어두고 옷 보퉁이를 챙겼다. 그림 속의 나그네는 집으로 들어가려는데, 저놈의 검둥개는 아직 멀었다고 사립문 앞을 막고 있다. 그래, 그것은 확실하다. 단원의 말대로 지금까지 자신이 그린 그림들은 모두 가짜고 헛것이었는지 모른다는 생각이 들었다. 자신이 너무 비참해질까 봐 '풍설야귀인' 하나만 거론해 억지로 치켜세운 것이 분명하다.

단원을 만난 것은 천둥 벼락이나 마찬가지였다. 그가 아니었다면 자신은 여전히 쓰잘데 없는 그림 몇 점 가진 채 여전히 깨춤이나 추고 있었을 것이다.

모든 것은 주모 월향 때문이었다. 그녀가 사단만 내지 않았으면 모든 것은 제자리를 지키고 있을 터였다. 남공철과 그림 얘기를 주고받고 있는데 월향이 오두막으로 들이닥쳤다. 그녀에게 옷소매를 붙잡혀 주막에 들어섰다. 친구인 이단전과, 최북을 따르는 남공철이 김홍도와 이미 불콰하게 취해 있었다. 그들은 이미 단원과 대면을 튼 모양인지 활짝 웃었지만, 최북은 어정쩡하게 술판에 끼어들었다. 김홍도가 남공철을 흘깃 본 뒤 말문을 열었다.

"대제학 남유용 자제분한테서 이미 말씀 많이 들었습니다. 제게도 그림을 일별할 수 있는 호사를 주시려나 싶어 주모를 보냈던 것입니다."

이단전이 최북의 그림 보퉁이를 낚아채 그림들을 펼쳐 보였다. 공산무인도, 메추라기와 조, 게, 기우도, 풍설야귀인 등의 그림이 평상 위에 어지럽게 늘어섰다. 김홍도는 그림을 일별하더니 먼 산만 바라볼 뿐 묵묵부답이었다.

이단전이 그림들을 다시 매만지며 불쑥 물었다.

"매의 눈으로 보시기에 이놈 그림이 어떻습니까?"

남공철도 애가 타는지 마른 입술을 혀로 축이며 한마디 덧붙였다.

"더하거나 덜하지 마시고, 있는 그대로 말씀해 주시지요."

김홍도가 몇 번이고 최북의 눈치를 살폈다. 단원의 눈빛이 어슴푸레한 것으로 봐서 마음에 흡족하지 않은 모양이었다. 김홍도가 주저 없이 말문을 열었다.

"고깝겐 생각하지 마십시오. 여기 이 '풍설야귀인' 말고는 썩 내키지 않습니다."

이단전이 최북의 손등을 지그시 눌러 화를 가라앉히며 물었다.

"뭐가 어떻게 빠지고, 또 뭐가 어떻게 잘못됐는지요?"

"예리한 감성은 있는데 냉철한 이성이 보이질 않습니다."

최북이 배시시 웃으며 단원의 품평에 찬물을 끼얹었다.

"예리한 감성이 이성의 힘을 누를 수 있다는 걸 모르시나 본데…."

김홍도 역시 고삐를 늦추지 않은 채 싸늘하게 되받았다.

"감성이 너무 넘치면 객기로 떨어질 위험이 있지요."

이단전이 최북의 허리께를 툭 치며 너스레를 떨었다.

"그래 맞아! 네놈 그림엔 객기와 호언장담이 너무 넘쳐."

"네놈이 이제 보니 오늘 내 부아를 슬슬 부추길 낌새구나."

"그림 한 장 그려 끼니를 구하고, 슬쩍슬쩍 또 한 장 그려 술값으로 셈하니 가치가 떨어지지, 이놈아."

최북을 사사하고 존경하는 남공철이 최북의 진면목을 슬쩍 추켜세웠다.

"그걸 잘 다스려 조절만 한다면 낭만적 반항으로 승화될 수도 있지요."

김홍도는 그 어떤 것도 개의치 않았다. 최북의 비범한 기예가 간단없이 소모되는 것이 안타까울 뿐이었다.

"예술이 이성적 사유와 도덕적 행위에 기반을 두지 않을 땐 객기에 떨어지고 마는 것이지요."

이단전이 최북의 눈치를 살폈다. 최북이 불끈하는 허세를 부려 좌중의 얼어붙은 기운을 떨쳐버리지 않고서는 뭔가 사단이 날 것만 같다. 그래서 한마디 불쑥 객기를 부렸다.

"우리 단원 선생이 정확하게 잘 짚으셨네. 그래 맞이! 네놈 그림엔 쓰잘데 없는 반항의 기질이 너무 넘쳐 나."

최북이 벌떡 일어섰다. 김홍도를 빤히 내려다보며 싸늘하게 말했다.

"이런 젠장맞을! 그래서 날 보고 어쩌란 말이오?"

김홍도는 눈 하나 까딱하지 않은 채 먼 산을 보며 말했다.

"그건 우리 최 선생께서 알아서 하실 일이지요. 제가 뭐라 왈가왈부할 일이 아닌 것 같습니다."

최북이 갑자기 좌중이 떠나가라 웃어제꼈다. 좌중은 찬물을 끼

없은 듯 냉랭했다.

"흐흐흐. 그런 내가 지금까지 그린 그림이 모두 가짜라 그 말이네."

김홍도가 최북의 손목을 잡아 앉혔다. 한동안 최북의 손을 놓지 않은 채 가슴 뛰는 것을 감지하는 양 귀를 기울였다. 최북의 화가 잦아들자 단원이 차분하게 말했다.

"그런 건 아닙니다. 객기와 허세를 좀 줄이시고, 그 대신 그 자리에 이성을 녹여 넣으라는 것이지요."

월향이 술 주전자를 들고 오다 싸늘한 낌새를 알아채고 그 자리에 멈칫 섰다. 최북을 바라보는 그녀의 어깨가 한동안 들먹거렸다. 여차하면 그에게로 달려가 온몸을 감싸 안으며 울음보를 터뜨릴 것만 같았다. 두 사람의 눈길이 마주쳤다. 최북이 무너지듯 주저앉으며 술잔을 연거푸 들이켰다.

최북은 그날 이후 몇 날을 곡기를 끊은 채 두문불출했다.

쌀자루를 가지고 온 주모 월향이 문고리를 흔들며 고함을 내질러도 아무런 기척이 없었다. 아비의 성미를 익히 알고 있는 옥선은 가슴 속의 화가 가라앉기만을 기다린 채 일언반구도 하지 않았다. 이따금 방안에서 투박한 머리로 툭, 툭 벽을 치는 소리만 간간이 새어 나올 뿐이었다.

최북이 곡기를 끊은 지 벌써 사흘 째였다.

최북은 벽장 안에서 그림 보퉁이를 꺼냈다. 방안 여기저기 그림들을 어지럽게 펼쳤다. 그림 속의 곤충들이 스멀스멀 기어 나왔다. 메추라기가 휘익 날아올라 자신의 머리를 콕콕 쪼아댔다. 게들이 옆걸음으로 엉금엉금 기어와 그의 사타구니 쪽으로 파고들어 궁시렁거리는 것 같았다.

"가짜, 가짜, 가짜…."

"그림 한 장 그려 밥 한 끼 떼우고, 또 한 장 그려 술 한 사발 얻어 마시고…."

"도대체 네 놈 정체가 뭐야?"

"객주 집 여인네 앞에서 바지춤이나 벌린 값으로 그림 한 장 후딱 해치우고…. 도대체 네 놈 정체가 뭐야?"

"헛것, 헛것, 헛것, 헛것만 좇다 신세 망치는 줄도 모르고."

최북은 밀려드는 부끄러움에 치를 떨었다. 수모도 이런 수모가 없었다. 그림 속의 모든 것이 일제히 들고 일어나, 그의 몸이고 마음이고 마구 쪼아댔다. 화끈한 기운이 온몸에 열꽃을 피웠다. 바람벽에 이마를 찧어댔다. 핏자국이 벽에 선연했다. 몰려드는 부끄러움이 자신의 온몸을 짓이겨 정신을 차릴 수 없었다.

"그래, 너희들 말대로 지금까지 그린 내 그림들은 모두 헛것이고 가짜야."

최북은 방안에 널려 있는 그림들을 움켜쥐고 호롱불 가까이 들이댔다. 쌀자루를 가지고 왔던 주모 월향과 수양딸 옥선이 문을 따고 들이닥쳤다. 옥선이 뒤에서 최북의 온몸을 옥죄는 사이에 월향이 그림들을 챙겨 바깥으로 내뺐다. 월향이 부리나케 사립문을 열고 냅다 주막을 향해 뛰었다.

최북이 이마를 천으로 둘러 감은 채 옥선의 부축을 받은 채 일행이 앉아 있는 평상으로 엉거주춤 다가왔다. 하얀 천 바깥으로 핏물이 섬뜩하게 번져 나와 있었다. 옥선이 핏물에 몸서리를 치고 다시 천을 바꿔 감았다.

수양 딸 옥선이를 한동안 바라보고 있던 단원이 조심스레 말문을 열었다.

"저 아이 눈매 참 곱습니다. 그런데 그 속에 예리한 통찰력이 엿보입니다."

월향이 단원의 술잔에 술을 따르며 한마디 불쑥 건넸다.

"아이고 우리 단원 선생이 눈매 하난 깊으시네요. 그러면 제 눈은 어떠신지요?"

단원이 최북과 월향의 얼굴을 번갈아 보다가 슬쩍 농을 던졌다.

"사랑이 가득한데 남자가 그걸 받아들이지 않는군요. 허허, 식을 듯 꺼져가니 안타깝기 그지없습니다."

이단전이 얼른 눈치를 채고 최북의 옆구리를 꾹 찌르며 말했다.

"여기 목석 같은 사내 하나가 있습지요. 참 그건 그렇고, 주모가 이따위 녀석을 연모하는 이유가 뭔지 그거 한번 알아봅시다."

월향은 선뜻 대답하지 않은 채 먼 산만 쳐다보았다. 이윽고 마음이 선 듯 푸념 같은 사설을 늘어놓았다.

"한 예술가에 대한 연민이고 동정이지요. 내가 그 사람 빈자리를 차지한다면… 세상 사람들에 대한 그 사람의 불평불만을 오롯이 받아줄 수도 있겠구나, 어디 마음 붙일 데가 없어 술만 마시는 그 사람의 말벗이라도 될 수 있겠구나, 내가 곁에서 다그친다면 그 사람이 후대에 좋은 그림 몇 점은 남길 수도 있겠구나… 그런 연민과 동정이 나도 모르게 사랑으로 바뀌었나 보지요."

남공철이 최북의 눈을 빤히 들여다보며 농을 걸었다.

"그 사람이 바로, 이 분, 우리 선생님 아닙니까?"

이단전이 월향의 무안함을 감추어 주기라도 하듯 화제를 바꾸었다.

"그렇다면 우리 제수씨께서 이놈이 지은 '가을날의 감회'라는 시에 곡조를 붙여 창이라도 한 가락 뽑아 보시구려."

"엎드려 절 받기 아닌가요?"

월향이 잠시 목청을 다듬더니 슬픔이 덕지덕지 묻어있는 소리로 가락을 읊었다.

백록성변으로 지는 해가 기운다.

누런 잎 몇 그루 나무가 보이는 곳은 나의 집
금년 8월에 맑은 서리가 일찍 내리니
울타리 국화는 마음을 일으켜 이미 꽃을 피웠네.

월향은 소리를 끝내자마자 다시 먼 산을 바라보았다. 그녀가 노래하는 동안 한 뜸을 비워주던 바람 소리가 다시 일행 속으로 잦아들었다. 모두들 그녀의 허한 마음을 읽어낸 듯 말이 없었다. 바람 소리만이 그녀의 마음 여백을 대신하듯 구슬프게 울었다.

최북은 그녀의 옆얼굴을 한동안 바라보았다. 그녀가 울고 있다고 생각하자 자신의 마음도 처연해지는 느낌이었다. 그렇게 사랑이 가고 있었다.

이단전이 최북이 감고 있는 이마 위의 천을 흘깃 바라보며 주모에게 물었다.

"주모, 글쎄 이놈이 왜 이런 야단법석을 피웠답니까?"

주모 월향이 최북의 눈치를 살피다가 말문을 열었다.

"우리 단원 선생한테 한 방 먹은 게지요."

단원이 겸연쩍은 표정으로 한마디 거들었다.

"내 기준으로만 그림들을 품평한 건 사과드리지요. 내 그림은 내 그림만의 개성이 있는 것이고, 우리 최북 선생의 그림엔 또 그 나름의 세계가 있는 것이지요. 단지 좋은 솜씨가 후대에 어떻게 남을까 심히 걱정되어 그런 것뿐입니다."

단원은 말을 끝내고 흉하게 일그러져 있는 최북의 오른쪽 눈을 지그시 바라보았다. 이단전이 단원의 궁금증을 풀어주기라도 하듯 불쑥 말을 꺼냈다.

"이놈 눈 한 번 보세요. 그 알량한 자존심과 불쑥 하는 반항기가 이 눈을 이렇게 만든 것이지요."

단원이 호기심에 말꼬리를 붙잡았다.

"사고가 아니라, 그럼 자해한 것이란 말입니까?"

"개뿔도 모르는 양반들에게 시위한 것이나 다름없지요."

최북은 겸연쩍은 표정으로 짐짓 고개를 돌려 먼 산을 바라보았다. 흉하게 일그러진 자신의 오른쪽 눈을 지그시 눌렀다. 악몽 같은 기억이 불현듯 스치고 지나갔다. 박 대감의 천박힌 얼굴의 기억이 눈두덩을 짓눌렀다.

몇 해 전 봄이었다.

아침나절에 평상 위에 앉아 옥선과 함께 그림을 그리고 있는데, 화가 치밀대로 치민 박 대감이 들이닥쳐 다짜고짜 행패를 부렸다. 박 대감 뒤에는 몽둥이를 든 장정 셋이 씨근덕거리고 있었다.

"이보게 칠칠이, 이 그림 이거 며칠 전에 봤던 그대로가 아닌가? 산수화란 게 뭔가? 산이 있으면 필시 물이 있어야 할 터인데… 여기 이 그림 속엔 없지 않은가?"

여기서 한 발 더 물러나면 갈 데가 없을 것 같았다.

"대감 나리, 도대체 몇 번을 말해야 알아듣겠습니까? 여기 이 산 말고는 죄다 물이라고 했잖습니까? 아직도 나리 눈엔 물이 안 보인단 말입니까?"

최북이 산수화를 박 대감의 코앞으로 들이밀며 냅다 소리쳤다. 박 대감도 이에 지지 않겠다는 듯 한발짝 다가서며 제법 아는 체를 했다.

"허허, 이놈 이거 갈수록 태산이로구나. 산수화 하면 중국 걸 제일로 치는데, 그래 그쪽 그림에도 물이 없더냐?"

"눈에 보이는 그대로 만을 그리는 게 실경산수가 아닙니다. 난 눈에 보이는 것만을 그린 것이 아니라, 마음의 눈으로 산천을 바라본 것입니다."

"뭐, 마음의 눈? 술주정뱅이 주제에 마음이나 제대로 있긴 한 것이냐?"

"대감 나리! 무릇 사람의 풍속도 중국 사람들 풍속이 다르고 조선 사람 풍속이 다 다릅니다. 그것처럼 산수의 형세도 중국과 조선이 서로 다른데, 대감께선 어찌 중국 산수 형세만을 고집하시는지 모르겠습니다."

"요즘 조선에서 잘 나가는 겸재와 단원의 산수화에도 물이 있는데, 네놈 그림엔 왜 그게 없느냐 이 말이다."

"나리! 겸재는 겸재고 단원은 단원입니다. 난 조선 사람 최북입니다. 조선 사람은 마땅히 조선의 산수를 그려야 한다고 생각합니다."

곁에서 보다 못한 옥선이 앞으로 나서며 한마디 건넸다.

"아버지, 대감 나리께서 물이 보고 싶다는데 물을 그려 넣지 그러세요?"

"아니, 이것이 어느 안전이라고 끼어드느냐?"

최북은 박 대감을 노려보았다.

박 대감은 지금 개뿔도 모르는 그림에 대한 식견을 감추려는 듯 이것저것 얄팍한 지식을 끌어다 설을 풀고 있었다. 양반들은 모두 그랬다. 제법 괜찮은 그림을 들이대면 그들은 하나같이 헛다리를 짚었다. 그림의 진가도 모른 채 더 나은 것이 없냐며 고개를 절레절레 흔들었다. 돈 몇 닢 쥐어주며 못 이기는 척 그림을 가져갔다.

그것만이 아니었다.

그들은 쓰잘데 없다고 생각한 그림을 보면 악다귀처럼 달라붙어 극성을 부렸다. 생각지도 않은 거금을 쥐어주며 그림을 취하려 안달을 부렸다. 기가 막히고 배알이 틀렸지만 천박한 감식안을 나무라며 그림을 갈기갈기 찢었다. 그러면 그들은 하나같이 윽박지르고 심통을 부리며 위협했다. 언제 한 번 골탕 먹이려 벼르고 별렀는데 용케도 박 대감이 걸려든 것이다.

박 대감이 그림을 땅바닥에 내팽개치며 옥선의 뺨을 후려쳤다. 옥선이 볼을 싸쥐며 비틀비틀 평상 위에 주저앉았다. 최북의 가슴 저 밑바닥에서 불같은 화가 불끈 치솟아 올랐다. 몽둥이를 든 장정들이 길길이 날뛰었다. 평상 위에 있는 그림들을 갈기갈기 찢는가 하면, 오두막 안에까지 들어가 세간살이를 닥치는 대로 부셔댔다.

평상 위에 널브러져 있는 찢어진 그림들을 바라보자 가슴 저 밑바닥에서 불덩이가 치솟아 올랐다. 안쓰러운 심사로 찢어진 그림들을 이리저리 끌어모아 맞추려 하자, 이번에는 최북의 손등을 몽둥이로 후려쳤다.

박 대감이 급기야 최북의 가슴 속에 불을 놓았다.

"그림 하나 그려 밥 한 끼 얻어먹고, 또 한 장 그려 술이나 처먹는 주제에 알량한 자존심은 살아서… 여봐라! 저 놈 정신이 들게 다 때려 부셔라."

최북은 무너져 내리는 가슴을 어찌할 수 없어 이리저리 휘둘러 보았다. 문득 화구통 안에 들어있는 송곳이 눈에 들어왔다.

최북은 예리한 송곳을 오른쪽 눈 가까이 가져가며 소리쳤다.

"오냐, 너희들이 날 저버리느니 차라리 내 눈이 날 저버리게 하겠다."

최북이 번쩍하고 살기를 내뿜는 송곳으로 자신의 오른쪽 눈을 냅다 찔렀다. 맨드라미꽃보다 더 붉은 피가 눈에서 뚝, 뚝 떨어졌다. 최북은 땅바닥의 산수화를 집어들어 선혈이 낭자한 눈을 훔쳤다. 핏빛으로 얼룩진 산수화를 박 대감의 발치에다 집어 던지며 음산하게 웃었다.

"어이구 이 화상아, 그래 눈은 왜 찌르고 이 난리냐?"

"세상이 보기 싫다. 거기다 사람 꼬락서니까지 거슬린다."

"세상과 타협하지 않는 네놈 그림은 보기 싫지 않고?"

"밥벌이로 그림을 그려 온 내가 싫다. 단원 선생 말처럼 생각도 없이, 사상도 없이 풍경만 베껴 온 내 그림이 싫다. 세상과 사람이 안 보이면, 이 못난 내 모습도 안 보이겠지. 그래, 내가 내 눈을 저버렸다. 그런데, 그런데 이 한쪽 눈이 또 보이지 않느냐. 그래, 이놈까지 저버려야 그림이 제대로 보이겠구나."

최북이 다시 송곳을 왼쪽 눈으로 가져가자 옥선이 와락 뛰어들며 냅다 고함을 내질렀다. 박 대감은 서슬 퍼런 살의에 주눅이 들어 멈칫 서서 진저리를 쳤다. 새파랗게 질린 박 대감은 엉금엉금 뒤로 물러나 사라져 버렸다. 두 부녀는 그렇게 부둥켜안은 채 설움을 꾸역꾸역 쏟아냈다.

"아버지! 앞으로 그림은 어떻게 그리려고 눈을 찔러요?"

"저 천박한 놈들이 싫다! 내 그림을 몰라보는 이 더러운 세상이 싫어 그랬다."

옥선은 선혈의 피가 뿜어져 나오는 아바의 눈을 천으로 막으며 오열을 쏟았다. 최북은 옥선을 와락 부둥켜안으며 꺼이꺼이 울음을 쏟았다. 먼 산 숲속에서 뻐꾸기 소리가 들려왔다. 두 부녀의 기구한 삶을 애도하듯 뻐꾸기 울음소리는 해 질 녘까지 이어졌. 몇 날 며칠 곡기를 끊은 채 술로 온몸을 채웠다.

최북은 바랑을 메고 일어섰다.

방안을 잠시 휘둘러보았다. 새우잠을 자고 있는 옥선을 내려다보았다. 다리를 바로 펴 주고 이불 깃을 목까지 덮어 주었다. 지금 떠나면 또 언제 볼지 몰라 한동안 지그시 내려다보았다. 지금 이대로의 모습을 가슴 속에 고이 묻어두며 일어섰다. 검둥개가 자다 말고 일어나 꼬리를 흔들어댔다. 그림 속의 나그네는 집에 돌아오는데 자신은 다시 눈보라 속으로 걸어 들어가야 했다.

한 발 한 발 내딛을 때마다 두 발은 눈의 진창 속으로 빠져들었다. 한동안 걷고 나니 무릎 께에 알싸한 통증이 전해져 왔다. 등불 하나 없이 가없이 눈밭이 펼쳐져 있다. 어디쯤인지 분간하기 어려웠다.

몸을 주체할 수가 없었다. 싸늘하고 핏기 없는 달이라도 휘영청 밝았으면 좋지 싶었다. 그런데 이건 아니다. 무릎까지 차오른 눈구덩이에서 한 발을 빼면, 기다렸다는 듯이 또 한 발이 눈밭에 파묻혀 알싸한 추위를 감내해야만 한다. 아예 두 발을 묻은 채 잠시 숨을 돌린다. 진창에 빠져 옴쭉달싹 못 하는 자신의 처지와 같다는 생각에 피식 웃어본다. 문득 깊은 수렁에 아예 온몸을 맡겨버리는 것이 오히려 낫지 않을까 싶은 생각도 해본다. 여기서 죽어선 안 된다는 생각이 정신 줄을 바짝 죄기 시작했다. 그런데 이렇다 할 만한 것을 세상에 남겨놓지 않은 것 같아 가물가물 꺼져가는 정신 줄을 바짝 당겨본다.

이건 형벌이나 다름없다는 생각을 한다. 잘못 살아온 인생에 대한 징벌이다. 제대로 정신 차리지 못한 채 엄벙덤벙 걸어온 그림 인생에 대한 혹독한 죄이고 벌이다. 문득 가없는 저쪽에서 불빛 하나가 흔들리고 있었다. 등불이 깜박이며 말 없는 말을 걸어온다. 당신은 우리와는 아무런 상관없는 사람이지만 너무 걱정하지 않아도 된다고 말한다. 당신이 위험에 처하면 언제든지 달려가 당신 목숨을 구할 것이라는 신호 같다는 생각을 해본다.

외딴 주막이었다.

늙수그레한 주모가 뜨끈뜨끈한 국밥 한 술을 말아왔다. 온기가 온몸에 퍼지자 그동안 밀려던 잠이 와르르 쏟아졌다. 늙은 주모는 최북의 정체가 궁금한지 좀체 자리를 뜨지 않는다. 최북은 바랑을 열어 그림 뭉텅이를 꺼내 이것저것을 뒤적였다. 주모가 무릎걸음으로 다가와 그림을 찬찬히 들여다보더니 고개를 잘레잘레 흔들었다.

"솜씨는 좋소만 혼이 없어 보이네."

"안목이 좀 있어 보입니다."

"나도 옛날엔 한 가락 해서 좀 불 줄 알지요."

눈매가 예사롭지 않은 것 같다는 생각을 하자 정신이 번쩍 들었다. 자신을 시험에 들게 하는 사람을 누군가 보냈을지 모른다는 생각을 하자 온몸을 전율이 훑고 지나갔다. 지나가는 바람인 양 슬쩍 말문을 던져 보았다.

"혼이 없다는 말은 손끝 재주만 능하다는 그런 말씀인가요?"

"뭘 좀 아시네. 진정성이 없다 그 말이외다."

"꼭 진정성이 있어야 하나요?"

"날 가르치던 옛 스승이 그러더이다. 진정성이 쌓이면 그게 진심이 되고, 진심이 생기면 이게 내 진심이오 하고 굳이 말하지 않아도, 상대는 너끈하게 그 진심을 알아본다고 했소."

"그러니까 제 그림에 진심이 보이지 않는다 그 말씀입니까?"

"손끝 재주로만 그리니까 진심이 없어 보이지."

"진심이 느껴지게 하려면 어떻게 해야 합니까?"

"사랑의 마음으로 그리면 진심이 생기게 된다오."

최북은 정신이 번쩍 들어 자세를 고쳐 앉았다. 세상 이치에 도가 튼 신선과 마주앉아 선문답을 하고 있다는 생각이 들었다.

"어디 마땅히 갈 곳이 없으면 여기 오래 묵어도 된다오."

주모가 밥상을 들고 방을 나갔다. 최북은 지금 꿈을 꾸고 있는 것은 아닌가 하는 생각에 한동안 어리둥절했다. 주모는 가만히 앉아 자신의 속마음까지 환히 꿰고 있었다. 그림을 손끝으로 그럴싸하게 그릴 줄만 알았지, 눈에 보이는 세상 만물에 사랑을 준 적이 없다는 자신의 흉허물을 환히 내다보고 있었다.

몇 달을 주모 곁에 머물러도 그림 한 점 나오지 않았다. 자신의 마음을 통째로 바꾸지 않는 한 없던 진정성이 생길 리가 없었다. 지금까지 자신은 눈에 보이는 것만을 손끝 재주 하나로만 그렸지, 그 속에 깃들어 있는 사랑의 진정성을 깨치지 못한 채 청맹과니로만 살아왔던 것이다. 그림을 그린 것이 아니라 헛것을 좇아 여기까지 달려온 셈이었다. 거기까지 생각이 미치자 무섬증이 확 끼쳐 왔다. 부끄러움에 주모의 얼굴을 제대로 바라볼 수도 없었다 부끄러움에 견딜 수 없어 주막을 뛰쳐나왔다. 가다가 뒤돌아보니 주막은 온데간데없이 사라져 버렸다. 꿈속을 걷다 신기루를 본 것이 아닐까 생각하니 얼굴이 화끈거려, 몇 발자국도 걷지 못하고 흐물흐물 쓰러졌다.

최북은 주막에서 정신없이 술을 퍼 마셨다.

엊그제 여름이었는데 세월이 후딱 지나친 것 같았다. 바깥은 눈보라가 가득했다. 터벅터벅 하염없이 걸었다. 도성 문은 이미 닫힌 지 오래였다. 웬 여인 하나가 성문 주위를 서성거리고 있었다.

가까이 다가가 보았다. 눈매 곱고 이마가 훤한 아내가 최북 쪽으로 걸어오고 있었다. 아무리 소리쳐 불러도 대답이 없었다.

성문 오른쪽 켠에서 이단전이 걸어오고 있었다. 가까이 다가가도 이단전은 조금 전의 거리만큼 뒤로 멀어져 있었다. 이번에는 남공철이 성문 오른쪽 켠에서 이쪽으로 걸어오고 있었다. 최북이 다가가도 남공철 역시 다가간 거리만큼 멀찍이 물러나 있었다. 이단전이 휙 다가와 얼음장 같이 차가운 목소리로 말했다. 그의 손에는 '풍설야귀인'이 들려 있었다.

"그래 바로 이거야! 필치와 선은 거친 듯 보이지만 그 속에 고요함이 깃들어 있지 않느냐 말이다. 젊은 날의 네놈 그림은 표면으론 고요하게 보이지만, 그 밑의 속은 아주 거칠었어. 남들 비위 맞추기 위해 그럴 듯 부드럽게 그렸지만, 그 속엔 세상에 대한 거친 반항이 잔뜩 깔려 있었어. 그런데 지금의 네놈 그림은 그 반대란 말이다. 겉으론 세상에 대한 반항이 보이듯 거칠지만, 그 속은 한없이 고요하고 맑다 이 말이거든. 그래, 정신만 차리면 이런 명작이 나올 수 있다니까."

이번엔 남공철이 휙 다가와 나긋하게 속삭이고 저만치 물러났다.

"선친께선 늘 말씀하셨습니다. '공철아, 내 생전에 아끼고 사랑한 예술가 한 분이 계셨다. 그 사람은 천한 신분에 주눅 들어 술과 광기로 재능을 썩히고 있다. 그 사람은 오만방자함으로 세상 사람들을 대했지만, 그의 그림을 아끼고 이해하는 이 아비한테 만큼은 살갑게 다가왔느니라. 후세에 이름을 떨칠 그분의 예술적 재능이 꺾이지 않도록 네가 잘 보살펴 드려야 한다'고 입버릇처럼 말씀하셨습니다."

이번에는 주모 월향이 슬픈 얼굴로 다가와 말한 뒤 저만치 스르륵 물러났다.

"한 예술가에 대한 연민이고 동정이지요. 내가 그 사람 빈자리를 차지한다면… 세상 사람들에 대한 그 사람의 불평불만을 오롯이 받아줄 수도 있겠구나. 어디 마음 붙일 데가 없어 술만 마시는 그 사람의 말벗이라도 될 수 있겠구나. 내가 곁에서 다그친다면 그 사람이 후대에 좋은 그림 몇 점은 남길 수도 있겠구나… 그런 연민과 동정이 나도 모르게 사랑으로 바뀌었나 보지요."

허깨비 놀음만 같았다. 다가와서 말하고 다시 물러나고, 물러나 크게 소리치고 또 이만큼 다가왔다. 최북은 차가운 성벽 돌담에 등을 붙인 채 중얼거렸다.

"빈산에 아무도 없구나. 물이 흐르고 꽃이 피듯 세월만 스쳐가고 있구나. 세상은 물이 흐르고 꽃이 피듯 봄날인데, 나 혼자만 눈보라 겨울 속을 홀로 가고 있구나. 거기 누구 없소? 나 좀 보시오. 나 좀 보시오. 아무리 불러 봐도 세상은 돌아앉아 묵묵부답이구나.

설야행(雪夜行)

이 그림 어떻소이까? 이 그림 어떻소이까? 아무런 기척도 없이 모두 제 갈 길만 가는구나. 여보시오? 내가 지금 제대로 그림을 그리고 있는 거요? 내가 지금 세상을 제대로 살고 있는 거요? 빈산에 아무도 없지만 조금만 눈여겨보면 날 볼 수 있을 것이오. 흐르는 물 보듯 피는 꽃 보듯 날 좀 봐 주시오. 여기 사람 하나 있소이다. 여기 외로운 사람 하나 있소이다."

이튿날 저녁 어스름녘이었다.

행인 하나가 도성 밖을 지나치다가 눈구덩이에 쓰러져 있는 최북을 발견한 뒤 관가에 알렸다. 이단전을 비롯해 모두 모였다. 남공철이 시신 곁을 지키고 서 있다가 일행을 보자 쓸쓸하게 말했다.

"그렇게 최북 선생은 술에 취한 채 눈보라 속에서 동사했습니다. 어느 주막에서 늦은 밤까지 술을 마시다가 성문이 닫히는 바람에 들어가지도 못한 채 성곽 담벼락에 기대어 얼어 죽었습니다. 옥선이가 있는 집으로 돌아가는 길이었는지, 그저 하염없이 떠도는 길이었는지 알 길이 없습니다. 드디어 그림에 대한 깨달음을 얻었는지, 아니면 풀지 못한 숙제처럼 회한에 젖어 있었는지 알 길이 없습니다. 천민으로 태어난 울분을 술과 광기, 그리고 오만방자한 기이한 행동으로 세상에 반항하던 불우한 천재 화가가 이렇게 허망하게 숨을 거두었습니다. 부디 좋은 곳으로 가시기만을 빌어야 할 것 같습니다."

일행은 최북의 시신을 들것에 옮겨 실었다.

지천으로 쏟아지던 눈발이 그쳤다. 주위를 휘둘러보던 남공철은 깜짝 놀랐다. 어느새 한겨울의 먼 산이 춘삼월의 푸른빛으로 변해 있었다. 기적이었다. 최북의 그림 '공산무인도'의 산처럼 푸른빛 풀들이 돋아나고, 물 흐르는 소리가 산새들의 지저귐과 어우러지고 있었다. 빈산에는 아무도 없었다. 그런데 어디선가 발자국 소리가 들려오고 있었다. 사람은 없는데 발자국 소리만 가득했다. 자기만 보는 환시인 양 자신에게만 들리는 환청인 양 종잡을 수 없었다.

남공철만 그런 것이 아니었다. 모두 다 그렇게 느낀 듯했다. 어안이 벙벙한 채 모두 한마디씩 했다.

"아니, 이게 웬 조화인가? 한겨울에 봄풀이 돋아나고 나무들이 푸른 이파리를 달다니요?"

"꽃 피고 물 흐르는 풍경은 유정하거나 무정하지 않다 하지 않습디까? 시 짓고 그림 그리는 이가 저 혼자 겨워할 따름이지요."

"스스로 그러해서 자연이라 하지요. 저 빈산, 무엇이 아쉬워 사람 손길을 기다리겠습니까. 칠칠이 이놈아, 투정하지 말고 훠이 훠이 저승길이나 어서 들어라."

옥선과 월향이 빈산을 향해 팔을 저어 보이며 한마디씩 툭 던졌다.

"아버지, 어서 저승길 드시지요. 꽃같이 어여쁜 우리 엄니가 마중 나왔을 거예요."

"거기서 이승에서 못다 한 사랑이나 실컷 하시구려."

갑자기 다시 엄동설한 눈발이 쏟아지고 있었다.

주위가 어두워지고 있었다. 일행은 또 한 번 놀라 전전긍긍했다. 최북이 그렸던 그림 속의 소재들이 저마다의 형상과 몸짓으로 나타나 눈밭을 돌아다니기 시작했다. 그것들이 최북의 시신이 누워 있는 들것 주위를 맴돌기 시작했다. 들것의 거적을 들어 올리며 최북이 스르르 일어섰다. 그것들을 데리고 빈산 속으로 걸어 들어가기 시작했다. 시간이 뒤엉키고 모든 경계가 무너지는 순간이었다.

최북이 잠시 뒤돌아서며 환하게 웃었다.

반짝하고 세상이 잠시 환해진 듯했다.

눈길

소년은 문득 고개를 들어 들녘 저쪽을 바라본다. 곁의 어머니도 그 시선을 따라붙지만 어디를 향하고 있는지 알 길이 없다. '갈갈갈' 가래 끓는 소리를 하며 눈발 속에 몸을 움츠리고 있는 버스들인지, 아니면 그 너머 아득히 잠겨가고 있는 흐릿한 연봉(連峰)들인지 헤아리기가 어렵다.
"아야, 희철어. 시방 어디를 보고 있어야?"
"……."
"아야, 희철어. 이 엄니 말 안 들리냐? 어째 말이 없다냐."
"아부지 낯뿌닥이 어째 생겼을까… 그걸 생각하고 있었어라우."
"니가 이 엄니 뱃속에 있을 때 병원에 갔응께 너는 모르재."
잠시 시선을 거두어 들였던 소년이 다시 저쪽을 바라본다. 눈발이 자욱하다. 눈발 저편의 아득한 산들이 훨씬 가까워 보인다. 두 사람의 고갯짓이 닮아 있는 것으로 보아, 이제는 그 곁의 어머니도 소년의 눈길 가는 곳을 얼추 헤아리고 있는 듯하다.

"워매, 워매… 불쌍해서 어쨌까이. 저 남자 저 사람, 오월 광주에서 몰매 맞아 미쳤다는 그 사람 아니여라우?"

소주잔을 비우고 있는 중년의 사내 곁에서 오징어 다리를 질겅질겅 씹고 있던 아주머니가 금세 눈물이라도 쏟을 듯 말한다. 그러나 그 옆에서 소줏잔을 비우고 있던 중년의 사내가 불콰한 낯으로 맞받아친다.

"아니여, 그거이 아니재. 지 동생이 총 맞아 죽는 걸 보고 머리가 확 돌아부렀다 안 합디야."

"뭔 잘못이 있다고 사람을 짐승 잡듯 했다요. 워매, 워매… 참말로 징한 놈들이여라우."

시외버스터미널 안은 돌아오고 떠나는 사람들로 북적이고 있다. 뭇 사람들의 안쓰러운 눈길을 받으며 웬 미친 사내 하나가 터미널 안 여기저기를 기웃거리고 있다. 질척이는 바닥에서 담배꽁초를 집어 피우기도 하고, 가게 아주머니가 건네주는 빵 한 조각을 우적우적 씹어대기도 한다. 남루한 차림새며 산발한 머리에도 천진무구한 표정 하나만은 티 없이 맑고 깨끗하다.

소년은 미친 사내가 안쓰러워 그만 슬며시 눈길을 거두어들여 외면한다. 소년의 어머니는 그 사내가 남들 같지 않은지 연신 슬픈 얼굴로 바라보고 있다. 사내가 빵 조각을 바닥에 떨어뜨리면 금세 내달려 주워 주기라도 할 듯 눈길을 거두어들이지 못하고 있다.

소년이 그 모습을 못 마땅한 비웃적거림으로 내쏘기 시작한다.

"엄니, 시방 아부지 생각하고 있재라우?"

"뭐, 뭣이야… 아따 니 아부진 저런 사람하곤 달라야."

"아따, 다르긴 뭐가 달라라우. 그거이 그거재라우."

"아야, 희철어. 느그 아부진 인자 다 나아서 병원에서 퇴원한다고 안 하냐."

"엄니, 그건 장담 못 해라우. 병이 도지면 다시 입원해야재… 뭔 용 빼는 재주 있어라우?"

"아야, 이놈아! 오늘같이 좋은 날 뭔 재수 옴 붙는 소릴 한다냐."

소년의 아버지 역시 그날, 오월의 광주에서 영업용 택시를 몰다 계엄군에게 몰매를 맞아 정신을 놓아 버리고 만 것이다. 그런 충격으로 트라우마에 빠진 아버지는 여러 차례 병원을 들락거렸지만 차도가 보이지 않고 있다. 그런 아버지가 오늘 외삼촌의 손에 이끌려 시외버스터미널에 도착하기로 되어 있다.

"아야, 희철어! 느그 아부지가 쩌그 저 버스에서 내리고 있어야."

"그래라우?"

대답은 선뜻 했지만 그쪽으로 눈길을 주기가 두려워 소년은 잠시 고개를 돌려 숨을 고르기 시작한다. 어머니가 갑자기 소년의 손목을 와락 움켜쥐기 시작한다. 가녀리게 떨리는 손의 느낌으로,

소년은 헝크러진 실꾸리 같은 어머니의 마음을 겨우 읽어낸다.

"희철이 아부지! 우릴 알아 보겄어라우?"

"……."

갈갈거리는 버스의 기관음, 어지럽게 흩날리는 행인들의 발걸음 소리, 이따금 그 어지러운 행간 속으로 떨어지는 취객들의 욕지기가 한데 어우러져 밀어닥친다. 외삼촌의 손에 이끌려 버스에서 내린 소년의 아버지는 한동안 발걸음을 떼지 못하고 주위를 휘둘러본다. 이곳저곳을 휘둘러보는 아버지의 눈은 초점을 잃고 있다. 아버지는 주위 사람들을 흘금 흘금 두려운 눈빛으로 훑고 있다. 소년의 어머니가 그런 아버지의 손목을 와락 움켜쥐며 말한다.

"아이구, 희철이 아부지! 낯뿌닥이 참말로 좋아졌어라우. 야가 우리 아들 희철인디… 얼굴 쬐깐 알아보겄재라우?"

어머니가 소년의 손목을 끌어다 남편의 손에 쥐어준다. 외삼촌이 그 위에 손을 얹어 놓으며 짐짓 호탕하게 웃어제끼며 말한다.

"아따, 매형! 우리 희철이야 뱃속에 있었응께 아부지 얼굴을 못 알아보겄재만… 매형은 기억이 삼삼할 것이여라우?"

"아부지, 나 희철이여라우."

"이놈이 이제 고등핵교에 입학해라우."

소년의 아버지는 자신의 손아귀에 잡힌 아들의 손목을 조심스럽게 쓰다듬으며 히죽히죽 웃는다. 웃음에 맥은 없어 보이지만 티 없이 맑고 깨끗해 보인다. 아버지는 소년의 손을 자신의 손아귀에서 빼내어 돌려주며 어색하게 웃기 시작한다. 묘하게 걸치적거리는 낯선 분위기를 무마하려는 듯 외삼촌이 말문을 연다.

"참, 누님! 우리 희철이 조모씬 시방 어쩐다요? 아들 돌아온다고 목 빠지게 기다리고 있겠재라우?"

"아이고 말하면 뭣 한다냐. 오늘 낼 오늘 낼 숨이 깔딱이재만 아들 기다리는 힘으로 시방 버티고 있어야."

"그라재라우. 기대리는 그리움이 큰 힘이고 희망이재라우."

소년의 어머니는 문득 눈발 가득한 들녘을 무심한 눈길로 진득하니 바라보고 있다. 그러다가는 이내 무슨 마음이라도 굳힌 듯 눈길을 거두어 들인다. 어머니는 초점이 풀려버린 남편의 눈곱을 소매로 닦아주며 말한나.

"아야, 희철어. 버스 타지 말고 집까지 걸어가면 어쩌겠냐?"

"아따, 엄니도… 여그서 거그까지 시오리 길인디 어떻게 걸어라우."

"그래, 그건 희철이 말이 맞아라우. 봄날 꽃길도 아닌 눈길을 못 걸어 가재라우."

"아야, 내 말은 그거이 아니란께. 눈에 익은 길 걸어가다 보면 느그 아부지 기억 돌아올지도 모른께 그라재."

"엄니, 시방 눈이 겁나게 오는디 그래도 쓰겠어라우?"

"아야, 희철어! 느그 아부지 기억 돌아온다면 지옥인들 어디 못 가겠냐? 눈에 익은 것들 보다 보면 느그 아부지 정신 돌아올지도 몰라야."

"아따, 우리 엄니 소원이 그렇다면 어찌겄어라우. 나가 앞장 서 겄어라우."

소년이 들녘 저쪽을 한동안 바라보다가 마음을 굳힌 듯 허리춤을 추스르며 앞장을 선다. 외삼촌과 소년의 어머니가 양쪽에서 아버지의 팔을 잡고 그 뒤를 조심조심 뒤따르기 시작한다.

읍내를 벗어나자 눈발이 거침없이 흩날리기 시작한다. 눈앞을 분간하기 어려운 눈발이 들녘에 가득하다. 야산의 잡목들이 앙상한 가지마다 눈꽃을 단 채 휘휘하게 팔을 벌리고 서 있다.

얼마를 걸었을까. 겨울 해는 무척이나 짧다. 조금 전까지 눈부시게 빛나던 눈발들이 저녁 해거름의 눅진한 빛을 받아 거뭇거뭇 물들어 가고 있다. 조금 전까지 눈발 속에서도 통통 튀는 탄력을 받았지만, 이제 그들 네 사람의 움직임은 해거름의 나른함에 붙잡혀 생기를 잃어버리고 만다.

"아야, 아야 안 되겄어야. 쩌그 쩌기서 쬐깐 쉬어가야 쓰겄어야."

"해지면 불빛이 없을 건디 그래도 쓰겄어라우."

"아야, 불빛이 없으면 달빛으로 걷재 뭔 걱정이다야."

"아따, 그건 우리 누님 말이 맞어라우. 달빛 없으면 눈빛으로 걷재라우."

그들은 내버려진 집 처마 밑에 들어서서 잠시 눈발을 피한다. 소년의 어머니가 아버지의 꽁꽁 얼어붙은 양 볼에 뜨겁게 비빈 손을 갖다 대어 문지르며 문득 말한다.

"희철이 아부지! 우리 엄니 말이여라우… 엄니 죽기 전에 꼭 당신 얼굴 보고자파 죽겄다 안 하요."

어머니와 아버지의 얼굴을 번갈아 바라보던 소년이 다시 말을 받는다.

"아부지! 그건 우리 엄니 말이 맞어라우. 조모 씨 말이여라우… 꼴딱 꼴딱 숨 넘어 가다가도 아부지 이야그만 나오면 숨이 금방 돌아와 버려라우."

"참, 희철이 아부지. 우리 엄닌 당신을 이렇게 만든 그 놈들을 뽈새 다 용서했어라우. 그랑께 당신도 엄니처럼 다 용서하고 옛날 기억을 도로 찾아야 안 쓰겄어라우, 야?"

"……"

소년의 아버지는 여전히 말이 없다. 이따금 소년의 얼굴을 지그시 들여다보며 희미하게 웃을 뿐이다. 그럴 때마다 소년은 그것을 놓치지 않고 웃음의 끄트머리를 바투 잡아당긴다. 소년은 아버지의 손을 잡는다. 아버지의 따스한 체온이 금세 이리로 건너온다.

그들은 버려진 집의 마당으로 들어선다. 마루에 걸터앉아 어둠에 묻혀가는 마당을 물끄러미 바라보고 있다. 마당 한 켠에 눈사람 하나가 오두마니 앉아 있다. 눈사람과 아버지를 번갈아 바라보던 소년이 문득 말문을 연다.

"참, 아부지! 우리 눈사람 만들어 놓고 쌈 한 번 해보면 어쩌겄소?"

외삼촌이 어둑한 눈을 빛내며 물어온다.

"아야, 뭔 쌈을 하자고야?"

"시민군하고 계엄군 쌈이라우."

"뭐라고야? 그 징한 쌈을 또 보자고야?"

"우리 아부지 기억 돌아온다면 뭔 일을 못 하겄어라우."

"아이구, 김씨 가문에 효자 나부렀어야, 효자!"

소년과 외삼촌이 버려진 집 휑한 마당에 눈사람 넷을 만들어 세운다. 머리 위에 철모를 만들어 씌우고, 우람한 손아귀에 곤봉과 총을 쥐어준다. 그날, 오월 시가지의 계엄군 모습이다. 소년은 눈뭉치를 만들어 각자의 손에 쥐어주며 말한다.

"이 눈뭉치는 총과 칼보다 더 큰 힘이 있어라우. 저들의 총과 칼에는 미움이 있고 적이 있재만… 우리들 눈 뭉치 속엔 희망이 있어라우."

소년의 아버지가 갑자기 눈뭉치를 맥없이 놓으며 무너지듯 주저앉는다. 아버지는 온몸을 움츠리며 바들바들 떨기 시작한다. 어머니가 다시 눈뭉치를 집어 남편의 손에 쥐어주며 어르기 시작한다.

"쩌그 저 놈들은 당신한테서 기억을 뺏어간 징한 사람들이여라우. 그랑께 여그 여기 눈뭉치에다 원망하는 마음을 실어 던져뿔면 미운 마음이 풀어지겄재라우."

소년의 아버지가 눈뭉치가 든 손을 들어 올린다. 아버지는 한동안 눈사람들을 바라보다 이내 촉촉하게 젖은 눈으로 모두를 둘러본다. 그 눈길에는 팽팽한 적의 대신 슬픈 연민이 내비친다. 아버지는 갑자기 환하게 웃으며 말문을 연다.

"눈에는 눈, 이에는 이… 그라면 안 되재이인? 미울수록 떡 하나 더 줘야 하재이인?"

아버지의 말문이 터지자 어머니는 환하게 웃는다. 어머니는 남편을 으스러지게 껴안으며 말한다.

"아야, 희철어. 시방 이거이 뭔 일이다냐? 느그 아부지가 참말로 말을 했어야. 희철이 아부지, 야가 누군지 쬐깐 알겄어라우?"

"매형! 야가 누군지 알겄어라우?"

"……."

"희철이 아부지, 어째 말이 없다요?"

소년의 아버지는 다시 말문을 닫아 버린다. 아버지는 다시 초점이 없는 눈으로 눈발이 가득한 어둑한 밤하늘을 무연하게 바라보고 있을 뿐이다. 소년이 갑자기 마당 한가운데로 내닫는다. 소년은 온몸으로 부딪치며 눈사람 병정들을 허물어뜨린다. 눈사람들은 금세 형체도 없이 어둠 속에 무너져 내리기 시작한다.

아직 갈 길이 멀다. 소년이 시무룩한 얼굴로 다시 앞장을 서서 걷는다. 외삼촌과 어머니는 다시 양 옆에서 아버지의 팔을 나눠 잡고 그 뒤를 말없이 뒤따르기 시작한다.

어둠 속에 묻힌 마을들을 셋이나 지난다. 어느 마을 어귀 대문 앞에 금줄이 쳐져 있다. 간난 아기의 울음소리가 귤빛 불빛이 새어 나오는 방안에서 호물호물 흘러나오고 있다. 마을의 끝 집을 지나친다. 대문 앞에 조등이 내걸려 있다. 누군가 이 저녁에 세상을 버린 모양이다. 그들은 서로 약속이나 한 듯 그 집의 마당 안을 흘깃 바라본다. 마당 한 가운데에 꽃상여가 눈발을 잔뜩 뒤집어 쓴 채 휑뎅그레 버려져 있다.

외삼촌이 잠시 걸음을 멈추어 서며 조등을 물끄러미 바라본다. 그러다가는 이내 슬픔이 진득하니 배어있는 목소리로 말한다.

"어느 집은 아그가 태어나고, 또 어느 집에선 누군가가 이 풍진 세상을 등지고… 아야, 사람 나고 죽는 거이 참말로 한순간의 일이어야. 누님, 안 그래라우?"

"아야, 시방 시 쓰고 할 시간 없어야. 우리 엄니 숨넘어가기 전에 발길 빨리 놀려야 쓰겄다."

"아부지 얼굴 보기 전엔 우리 조모 씨 눈 안감을 것이려라우."

어머니가 아버지의 팔을 바투 잡아당기며 앞장을 선다. 어머니에게 팔을 붙잡힌 채 이끌려가던 아버지가 갑자기 걸음을 멈추며 어둑한 먼 들녘을 바라보기 시작한다. 아버지는 혼잣소리처럼 중얼거리기 시작한다.

"아야, 쩌그 쩌 눈 좀 보란께. 눈은 참말로 좋은 일을 하는 것 같애야. 미운 것 살짝 덮어주고, 보기 싫은 것도 살짝 감춰주고… 달래주고 쓰다듬어 주는 것 것 같아 참말로 좋아야."

"아야, 느그 아부지가 시방 뭔 말을 하고 있다냐?"

"아따, 누님! 뭔 일은 뭔 일이다요. 사방천지 눈 내리고 어둠이 살짝살짝 덮어준께… 옛 기억이 새록새록 나는 갑재라우."

"아야, 그라고 본께… 눈 오는 밤길을 걸어볼 만도 하다야, 잉?"

"아부지가 오랜만에 눈길을 걸은께 아그들처럼 겁나게 좋은 갑재라우."

소년이 어머니를 향해 활짝 웃어 보인다. 어머니는 소년과 아버지를 번갈아 바라보며 하얗게 이를 드러내며 웃는다. 외삼촌도 그들 세 사람을 기웃기웃 하다가 제 풀에 겨워 흐느적흐느적 소리 없이 웃는다.

어디선가 풍물 잡는 소리가 바람결에 희미하게 실려 온다. 풍물 잡는 소리 속으로 이따금 무녀의 사설과 사람들의 농탕치는 추임

새가 어우러져 들려온다. 그들은 그 소리에 이끌리듯 달빛과 눈빛을 좇아 발걸음을 재게 놀리며 앞으로 나아가기 시작한다.

마을을 벗어나는 길목 어귀의 기와집 마당이 환하게 불을 밝히고 있다. 차일 아래에서 굿판이 벌어지고 있는 중이다. 병풍 앞에 젯상이 놓이고 그 앞에 하얀 종이 고깔을 쓴 무녀가 지금 막 씻김굿의 고풀이를 끝내고 있는 중이다. 무녀는 고풀이를 하던 흰 천을 펴서 양 끝을 잡게 한다. 길게 펼쳐진 천은 흔들리는 백열등 불빛을 받아 마치 저승으로 가는 강물처럼 일렁이고 있다.

소년의 어머니가 외삼촌의 허리춤을 잡으며 재촉하기 시작한다.
"아야, 상배여. 시방 우리가 굿판을 들락거릴 시간이 있겄냐?"
"아따, 누님! 굿판을 구경하다 보면 매형 정신이 돌아올지도 몰라라우. 그란께 쬐깐 구경하다 길을 재촉해도 안 늦어라우."

외삼촌에 이끌려 굿판 가까이 다가간다. 소년의 어머니는 남편의 손을 꼭 잡은 채 무녀를 뚫어질 듯 바라본다. 무녀는 네모난 대소쿠리로 만든 꽃배를 흰 천 위에 얹는다. '반야용선'이라 불리는 저승 가는 꽃배이다. 꽃배 안에 망자의 종이 넋과 놋그릇이 담겨 있다. 무녀는 반야용선을 들고 흰 천 위를 왔다 갔다 하며 빠른 장단의 슬프고도 흥겨운 사설을 풀어 놓는다.

    가자 가자 가자스라 나무아미타불

좋은 세상 가자스라 나무아미타불
백구야 물 잡어라.
녹야청강 배 띄워라.
불쌍하신 금일 망자
생왕극락으로 가옵시네.
제- 보살
제 보살이로구나.
나무 으 으으으
어야 나 - 헤에.

구경하던 마을 사람들이 저마다 돈을 들고 나와 흰 천 위에 놓은 다음 두 손을 모아 절을 하기 시작한다. 저승길 떠나는 망자를 위한 노잣돈이다. 소년의 어머니도 그들 틈에 끼어 남편의 옛 기억이 생생하게 돌아올 수 있게 축수하기 시작한다.

갑자기 꽃배를 움직이고 있던 무녀가 동작을 멈추며 불안한 낯빛으로 주위를 두리번거리기 시작한다. 망자의 가족들과 마을 사람들이 고개를 갸웃거리며 무녀의 눈치를 살피기 시작한다. 무녀가 주위를 휘익 둘러보며 탄식조의 말을 내뱉는다.

"워매, 워매… 이를 어쩌면 좋겠소? 망자들이 아직까장 저승길 떠나기가 싫은가 보여라우. 어째 갑자기 꽃배가 움직이질 않는다요?"

상주인 듯한 중년의 사내가 무녀의 말을 되받는다.

"아이고, 어떤 망자가 시방 가슴에 한이 안 풀렸다요?"

무녀가 주위에 빙 둘러서 있는 마을 사람들을 살피다가 주춤 한 발 뒤로 물러서며 놀라는 시늉을 해 보인다.

"워매, 워매… 쩌그 저 사람들 낯뿌닥 좀 보시요인. 이제 보니 살이 낀 사람들이 하나 둘이 아닌 것 같어라우. 그 사람들, 그 억울한 영혼들이 여그 이 저승 가는 사람들의 꽃배를 막고 있어라우. 이야, 이 마을 이장님 있으면 이리 한 번 나와 봐야 쓰겄소."

무녀의 갑작스런 호출에 새마을 모자를 눌러 쓴 중년의 마을 이장이 엉거주춤 앞으로 나온다. 무녀가 이장의 팔목을 덥석 잡으며 탄식조의 사설을 풀기 시작한다.

"이 동네 말이여라우… 인제 본께 살이 낀 사람들이 징하게 많은디 이를 어짜면 쓰겄소?"

"아니, 그걸 나한테 물으면 어짠다요? 쩌그 저 사람들한테… 맺힌 한이 뭐가 그리 많냐고 물어봐야 쓰겄소."

"허허, 아자씨! 여그 이 집 두 망자는 아까 한을 다 풀었단께라우. 문젠 쩌그 저 사람들 망자들이여라우. 자기네 영혼들에게도 기도하고 축수 안 해주면 저승 가는 이 배 못 떠난다고 난리법석이여라우."

둘러서 있던 마을 사람들이 갑자기 술렁이기 시작한다. 굿판의 상주 되는 중년 사내가 짚고 있던 작대기를 허공에 휘두르며 소리치기 시작한다.

"아이고, 동네 사람들 어째 이란다요? 당신네 억울한 영혼들이 우리 집 두 망자 저승 드는 걸 막는데 이를 어짜면 좋다요. 당신네들이 굿 안 해준께 억울해서 못 가겠다고 버티고 있는 거 아니여라우. 그란께 어서 이리 나와 축수하고 달래줘야 안 쓰겠소. 아이, 시방 뭣들 하고 있다요. 어서 안 나오고 뭣 한다요?"

무녀가 손에 들고 있던 종이꽃을 나풀거리며 소년의 어머니 쪽으로 다가온다. 무녀는 소년의 어머니를 빤히 바라보며 채근하기 시작한다. 소년의 어머니는 무녀의 매서운 눈빛에 이끌려 엉겁결에 앞으로 나선다.

"허허, 이 양반들! 어째 그리 말귀를 못 알아듣는다요? 쩌그 쩌길 한 번 보시오. 워매, 워매… 인제 본께 삼천리 방방곡곡 억울한 영혼들이 여그 다 모였어야. 그 억울한 영혼들이 시방 저승 가는 길을 막고 자기네들 원한도 함께 풀어달라 난리여라우. 아따, 쩌그 저길 한 번 보란께."

마을 사람들이 무녀가 가리키는 쪽을 바라본다. 어둑한 밤하늘 가득 눈발이 지천으로 쏟아지고 있다. 그 사이로 멀리서 개 짖는 소리가 아슴하게 끼어들고 있다. 소년의 어머니를 비롯한 마을 사람들이 반야용선 앞에 머리를 조아리며 축수하기 시작한다. 무녀가 악사들의 음률 소리에 맞추어 사설을 늘어놓기 시작한다.

절을 마친 사람들은 제각각 그 자리에 엎드려 때로는 오열을, 때로는 숨죽여 흐느끼기 시작한다. 어느 사이에 굿판은 울음바다가 되어 버린다. 굿을 다 끝낸 무녀가 두 주먹으로 허리를 자근자근 두드리며 말한다.

"아따, 인자 망자들이 다 떠난 거 본께 굿은 얼추 끝난 것 같어라우. 나 말이요, 그동안 수도 없이 겁나게 많은 굿을 해 봤재만 오늘 이 댁 굿같이 시원시원한 거 첨 봐라우. 이 보시오, 동네 사람들! 굿은 잘 끝났은께 인제 두 다리 쭈욱 뻗고 자도 되겠어라우."

마을을 벗어나자 소년의 어머니가 발걸음을 재촉하기 시작한다. 눈발이 날벌레처럼 살아 꿈틀거리며 날아들어 시야를 가로막는다. 사위는 쥐 죽은 듯 고요하다.

사박 사박. 사박 사박.

눈 밟히는 소리만 이따금 가라앉은 고요를 휘저을 뿐이다. 미끄러지면 다시 일어서고, 잘못 들면 길을 다시 만들며 그들은 길을 가고 있다. 마을이 내려다보이는 고갯마루에 올라서자 모두들 한숨을 크게 몰아쉰다. 마을은 깊은 잠에 빠져 있다. 몇몇 집이 아직도 그리운 불빛을 창가에 내걸고 누군가를 기다리고 있다.

외삼촌이 눈을 뭉쳐 얼굴에 문지르고 나서 말한다.

"누님, 매형 한 번 보시요인. 이 고개가 눈에 익은지 아까부터 찬찬히 둘러보고 있는 것 같어라우."

"어째, 안 그러겄냐. 쩌그 저기 자기 엄니가 목 빠지게 기대리고 있는디… 우리가 이렇게 곁에서 애타 하는디 옛 기억이 생각 안 나겄냐."

소년이 갑자기 좋은 생각이 떠올랐다는 듯 제의를 해온다.

"아야, 엄니 이라면 어짜겄소? 아부지가 우리 집을 찾는가 한번 보면 어짜겄어라우?"

"아야, 희철어! 너는 어쩌면 그런 기발한 생각을 다 한다냐. 내 자식이래도 너무 기특한 거 같어야. 안 그라냐, 상배여."

"아따, 누님! 자식 자랑은 팔불출인 거 몰라라우?"

소년의 어머니가 갑자기 아버지의 팔을 잡으며 말한다.

"희철 아부지. 인제 고향 다 왔은께 지금부턴 혼자 집 찾겄재라우? 그란께 어서 앞장서 걸어 보시요인."

소년의 어머니가 아버지의 등을 살짝 떠민다. 아버지는 익숙한 길이라도 되는 듯 성큼 성큼 발걸음을 떼기 시작한다. 그들 세 사람은 조심조심 아버지의 뒤를 따라 걷는다. 아버지는 한 번쯤 추억이 어려 있을 만한 곳에 다다르면 잠시 걸음을 멈추고 생각에 잠기는 듯 했다. 집으로 가는 고샅 어귀에 다다르자 아버지는 잠시 걸음을 멈추고 일렁이는 숨을 고르는 눈치다.

마당에 들어서던 어머니가 텃밭 쪽을 바라보다 소스라치게 놀란다.

"아야, 아야 저거이 누구다냐? 우리 엄니 아니여라우."

"맞아라우. 조모 씨가 저기서 뭘하고 계시다요?"

그들은 외양간 흙벽에 몸을 바싹 붙인 채 눈발 속의 움직임을 살피기 시작한다. 소년의 할머니는 소반 위에 놓인 정한수를 향해 허리를 조아리며 축수 기도를 하기 시작한다.

"그래, 맞어라우. 외로우면 서로 서로 보듬어 주고, 마음 아프면 서로 서로 등짝 쓸어 주면서… 천 년 만 년 살아야 안 되겠소인. 참, 영호 아부지요, 이년 부탁 하나 들어줘야 쓰겄어라우. 녹야청강 배 띄워 저승길 가다 억울한 영혼들 만나거든 살살 달래 함께 가야 쓰겄소. 죽은 사람도 죽은 사람이지만 산 사람도 살아야 안 쓰겄어라우, 그쪽 사람들이 편하고 행복해야 여그 있는 사람들도 편하고 행복하재라우. 참, 오늘 우리 영호가 병원에서 퇴원해 이 엄닐 보고자파 온다고 해라우. 그랑께 나도 인자 우리 자슥 손자들하고 남은 여생 한번 겁나게 살아볼 것이여라우. 어째, 그래도 괜찮겠재라우? 하이고, 쩌그 저길 한번 봐야 쓰겄소. 뭔 달이 저리도 곱다요. 참말로 밝재라우? 올해 우리 마을에도 풍년이 들 징조 아니겄어라우. 나 혼자만 보기에는 참말로 아까워 못 보겄어라우. 영호 아부지, 시방 녹야청강 다 와 가재라우? 여그 걱정은 말고 잘 가시요인."

소년의 할머니는 넋을 놓은 채 눈발 가득한 하늘을 올려다보고 있다. 소년의 어머니도 함께 눈길을 따라 밤하늘을 올려다보지만 달은 보이지 않는다. 소년의 어머니가 소리 없이 피식 웃으며 말한다.

"아야, 희철어. 니 눈엔 달이 보이냐? 아무래도 우리 엄니가 정신 나간 것 같어야."

소년이 어머니의 옆구리를 슬쩍 건드리며 비웃적거린다.

"아따, 엄니두… 뭔 그런 정신 나간 소리를 한다요. 쩌그 저기 밤하늘엔 달이 없재만, 우리 조모 씨 마음속엔 보름달이 환하게 안 떠 있겄어라우."

"그라냐? 그라면 우리들 마음속에도 떠 있겄재?"

"두 말 하면 입 아퍼라우."

소년의 어머니가 아버지를 일으켜 세운 뒤 슬쩍 등을 떠민다. 아버지는 무엇엔가 이끌리듯 앞으로 나서며 발걸음을 뗀다. 그러다가 문득 어머니 앞에서 무릎을 꿇고 큰절을 올린다. 소년의 할머니는 소스라치듯 놀라며 두어 걸음 뒤로 물러서며 소리친다.

"아야, 이게 누구다냐? 니가 참말로 우리 희철이 에비 맞어야?"

소년의 아버지는 문득 고개를 숙이며 짐승처럼 울부짖는다.

"엄니, 나가 왔어라우. 나, 희철이 에비… 알아 보겄재라우?"

"아이고, 이놈아! 지 새낄 못 알아보는 에미가 어디 있다냐."

마당으로 주춤주춤 들어서던 세 사람은 서로의 얼굴을 번갈아 바라보며 활짝 웃는다. 소년이 어머니의 손목을 와락 움켜쥔다. 어머니가 소년을 으스러지게 껴안으며 오열을 쏟아 붓는다.

눈발은 금세 모든 사람을 하얗게 덮어 버리고 만다. 눈발은 '엄니, 엄니!' 하고 내뱉는 아버지의 울음소리도 야금야금 삼켜 버리고 만다. 먼 어디에선가 컹컹 개 짖는 소리가 들려온다.

눈발은 밤 내내 이어질 모양이다.

개망초꽃

방문이 열려 있는데도 후텁지근하다. 열린 문으로 마당에 피워 놓은 모깃불의 매캐한 냄새가 자객처럼 스멀스멀 기어들고 있다. 까딱 잘못해 코라도 실룩거리는 날엔 들키기 십상이다. 그랬다간 지금까지의 헛잠이 탄로 나고, 둘러앉은 어른들로부터 속에 구렁이 들어앉은 능청스러운 놈이라고 한 소리 들을 게 뻔하다.

그랬다가는 왜 헛잠 자는 시늉을 했느냐 추궁당할 것은 물론, 낯선 아버지에게 어색한 인사도 해야 하고 변명거리가 하나둘이 아닐 것이다.

어른들의 말이 갑자기 뚝 끊긴다. 헛잠 자고 있는 것을 들킬지 몰라 소년은 전전긍긍하지 않을 수 없다.

"아버님, 지난 8월 6일에 일본 히로시마에 원자폭탄이 떨어졌다는군요."

보지 않아도 누가 한 말인지 알아차릴 수 있다. 그렇게 말할 사람은 어머니 아니면 아버지일 것이다. 그런데 지금 말한 사람은 남자이고, 그런 남자는 아버지밖에 더 있겠는가 지레 짐작한다.

"아범아, 그럼 조선이 독립되는 거냐?"

헛기침을 하는 것으로 봐서 방금 말을 꺼낸 사람은 할아버지가 맞다.

"저놈들이라고 별수가 있겠습니까? 연합군 앞에 무릎을 꿇는 수밖에요."

어딘가 귀에 익으면서도 낯선 목소리가 분명하다. 소년은 그만 번쩍 눈을 뜨고 만다. 눈꺼풀이 자꾸 내리 감긴다. 그래도 그 목소리의 주인공이 아버지인 것을 확인하기 위해 안간힘을 쓰다가 다시 눈을 감는다. 아버지가 분명 맞다. 그래도 못 미더워 이번에는 가느스름하게 실눈을 하고 살펴본다.

소년은 눈을 감아 버린다. 감은 눈 속에서 키리코의 얼굴이 뭉게구름처럼 피어오른다. 키리코는 보통학교 일본 선생의 딸이다. 일본이 연합군 앞에 무릎을 꿇으면 키리코도 이 마을을 부랴부랴 떠날 것이다. 어쩌면 마을 사람들에게 쫓겨날지도 모른다.

할아버지와 할머니가 소년에게 등을 보이며 앉아 있고, 그 앞에 아버지와 어머니가 어색한 모습으로 앉아 있다. 어머니 바로 옆에는 누이가 다소곳이 앉아 옷고름만 만지작거리고 있다. 손을 뻗으면 닿을 만큼 가까운 곳인데도, 자기 혼자만 덜렁 내버려져 있다는 생각에 조금은 외롭다는 느낌이 든다.

어머니가 자신 쪽으로 눈길을 주자 소년은 얼른 눈을 감아 버린다. 혹시 어머니와 눈이 마주친 것은 아닐까 걱정이 된다. 어머니가 조금은 슬픈 목소리로 말한다.

"아침이나 드시고 가시지요? 목소리라도 들어보게 우리 영훈을 깨울까요?"

어머니는 소년을 깨우지 못한 것이 못내 아쉬운 모양이다. 할머니도 그런 안타까운 마음을 아는지 한몫 거들며 말한다.

"그래라. 저놈이 아빌 무척 기다리는 눈치더라. 글쎄 학교만 파하면 일본 선생의 딸인 키리코라는 애 집에 살다시피 한다는구나."

"아니 왜요?"

아버지가 못마땅하다는 소리로 불쑥 말한다. 그 말 속에는 일본인들을 무시하는 듯한 기운이 스며있다는 생각이 들었다.

소년은 문득 키리코의 말간 얼굴을 떠올린다. 키리코의 아버지는 일본인 선생이지만 조선인 학생들을 친자식처럼 대해 주었다. 그리고 소년더러 틈나면 집에 놀러 오라고도 했다.

언젠가 키리코의 집을 찾은 적이 있었다. 그때 키리코는 뒤뜰 조그마한 밭에서 개망초꽃의 향기를 흠흠 맡고 있었다. 소년은 키리코 뒤에 서서 퉁명스럽게 내뱉었다.

"아니, 왜?"

키리코는 늘 그렇듯이 희미하게 웃으며 소년을 돌아보며 웃었다. 가지런한 하얀 이빨이 눈부실 만큼 환했다.

"난 그 꽃이 싫더라?"

키리코는 눈을 크게 뜨며 소년을 돌아보았다.

"아니 왜?"

"자꾸 계란 생각이 나서 그렇지."

"응, 그러고 보니 그렇네? 요 새하얀 꽃잎은 눈의 흰자위, 가운데 여기 이 노란 꽃술은 꼭 계란 노른자위를 닮았네."

"그래서 사람들은 개망초꽃을 계란처럼 생겼다고 해서 '계란꽃'이라 불러."

"그런데 넌 왜 이 꽃이 싫은데?"

소년은 문득 아버지의 밥상머리를 떠올렸다. 언제나 아버지 밥상 위에는 냄비에서 부친 달걀이 반찬으로 올라왔다. 군침이 돌아 몇 번이나 젓가락을 그쪽으로 내밀다가 어머니에게 종종 눈총을 받기도 했다.

아버지가 그것을 눈치챘는지 슬며시 계란 부침이 든 접시를 밀어 보였지만, 소년은 끄떡도 하지 않았다. 어머니의 쏘아보는 눈길이 연신 소년을 향해 있었기 때문이다. 하얀 흰자위가 동그스름하게 주위를 둘러싸고, 가운데에는 노른자위가 동그랗게 소년을 쳐다보는 것 같았다. 지금 자신을 쏘아보는 어머니의 눈동자 같았다.

소년은 아버지의 젓가락질을 흘금흘금 훔쳐보았다. 어느 정도만 먹고 절반은 남겨 놓았다. 아버지는 어머니가 잠시 고개를 돌리는 사이에 남은 절반을 냉큼 집어 소년의 입에 넣어주시곤 했다. 계란 부침에서는 언제나 아버지 냄새가 물씬 풍겨서 좋았다. 그래서 개망초 꽃송이만 보면 스르르 입안에 군침이 돌았고, 그럴 때마다 아버지 생각이 났기 때문이다.

소년의 이야기를 다 듣고 난 키리코는 키득키득 소리 없이 웃으며 핀잔을 주었다.

"왜 아버지가 주시는데 맛있게 먹지 않고?"

"내가 남은 절반을 오물오물 씹고 있는 것을 보고 어머니는 무섭게 쏘아 봤어."

"계란 부침이 그렇게 좋아?"

"남의 떡이 더 커 보이는 법이니까."

"그게 무슨 뜻이야?"

"아버지가 먹는 계란 부침이 그렇게 맛있게 보였다는 뜻이야."

"그런데 왜 계란 부침을 닮은 개망초꽃이 싫은데?"

"꼭 날 무섭게 쏘아보는 어머니 눈을 닮았으니까."

키리코가 소년을 한동안 바라보았다. 입가에서는 웃음이 비실비실 새어 나오고 있었다. 소년은 키리코의 웃음이 무척 궁금했다.

"왜 웃는데… 지금 날 비웃는 거야?"

"어머니가 뭐라시던 아버지가 주시는 거니까 앞으로는 맛있게 받아 먹어."

"싫어!"

"왜 아버지가 주시는데 맛있게 받아먹지 않고?"

"어머니에게 꾸중 듣지 않으려면 하는 수 없지 뭐."

"그럼 네 소원은 계란 부침을 원 없이 먹어보는 것이겠네?"

"쳇, 그림의 떡이지 뭐."

소년은 키리코의 웃는 모습을 빤히 바라보았다. 키리코가 웃다 말고 불쑥 물었다.

"왜 웃는 거야? 비웃는 거야?"

"아니 좋아서 그래."

"내 어디가 그렇게 좋은데?"

"넌 계란 부침을 원 없이 먹을 수 있어 부러워서 그런 거야."

"언제 한 번 우리집에서 밥 같이 먹자. 그때 계란 부침을 실컷 먹어."

"안 돼! 할아버지가 아시면 큰일 나. 일본인하고 함께 밥 먹은 걸 알면 날 가만두시지 않을 거야."

"왜 우리 집에서 밥 먹으면 안 되는데?"

"너희 가족은 우리 조선을 빼앗은 원수 나라의 백성이니까."

키리코가 갑자기 바람에 하늘거리는 개망초 한 무더기를 움켜쥐고 쑥 뽑아 들었다. 그러더니 소년의 얼굴에 냅다 내리친 후 되도

돌아보지 않고 횅하니 사라져 버렸다. 소년은 키리코의 모습이 보이지 않을 때까지 멍하니 지켜보았다.

소년은 다시 부옇게 밝아오는 새벽의 어스름 빛 속에 그림처럼 말없이 앉아 있는 가족의 모습을 살펴본다. 아까부터 말이 없다. 모두 서로의 마음을 찬찬히 살피기에도 바쁜 모양이다. 이윽고 아버지가 소년 쪽을 흘깃 바라보다가 무겁게 입을 연다.

"차라리 저놈을 안 보고 떠나는 게 좋을 것 같습니다. 괜히 봤다 간 떠나는 발걸음이 왠지 무거울 것 같아서요."

할머니가 소년과 아버지를 번갈아 바라보다가 슬쩍 눈시울을 훔치며 말한다.

"얼마나 아비 정이 그리웠을고. 허기야 아범 말대로 그게 아범의 발목을 잡아신 안 돼지."

할아버지가 할머니를 슬쩍 흘겨본다. 못마땅하다는 심사가 분명하다. 할아버지가 소년 쪽으로 잠시 눈길을 주다가 헛기침을 하며 말한다.

"이젠 저놈들도 연합군에게 무릎을 꿇었으니, 아범도 이젠 집으로 돌아와야 하지 않겠느냐?"

"네, 아버님. 몇몇 일만 마무리되면 집에 눌러앉을 수 있을 겁니다."

소년은 다시 눈을 가느스름하게 뜨고 여기저기를 살핀다. 할머니가 누이의 손목을 잡아 쓰다듬으며 촉촉하게 젖은 목소리로 말한다.

"우리 해연이도 아버지가 집에 눌러 앉으면 마음 든든하겠구나, 그렇지?"

"저보다 우리 영훈이가 더 좋아할 겁니다. 마을 아이들과 놀다가도, 저 멀리 웬 낯선 남자가 보이면 행여 아버지 아닌가 싶어 찬찬히 살폈으니까요."

"왜 안 그랬겠니. 눈에 익을 만하면 아비가 떠났고, 또 잊을 만하면 아비가 돌아오지 않았더냐. 너희 오누이가 시절을 잘못 만나 외로움을 많이 타는구나… 쯧, 쯧, 쯧. 그래, 그래 이젠 될 게야. 어휴, 어미도 이제 고생 끝났으니 한숨 놓아라."

어머니가 다시 소년 쪽으로 눈길을 주다 무겁게 말을 꺼낸다.

"아버님, 그래도 우리 영훈인 속이 꽉 찼습니다. 우리 집이 창씨개명을 안 했다고 보통학교 일본 선생들이 저놈을 많이 꾸짖었나 봅니다. 저놈이 그날 집에 돌아오더니, 우리가 조선 사람인데 왜 일본인 이름을 써야 하느냐고 분에 차서 씩씩거리더군요."

모두들 소년 쪽으로 눈길을 준다. 소년은 얼른 뜨고 있던 실눈마저 감아 버린다. 깜깜한 어둠이 눈앞을 가린다. 조금 전까지 어른거리던 키리코의 얼굴도 온데간데없이 사라지고 없다. 묵직한 어둠만이 소년의 눈두덩을 내리누를 뿐이다.

할아버지가 헛기침을 한다. 할아버지는 소년 쪽을 흐뭇하게 바라보다가 웃음기 섞인 소리로 어머니의 말을 거든다.

"참, 정말 그랬지. 피는 못 속인다고 저놈도 지 애비를 닮아 속말을 그냥 두지 못하고 획획 내뱉더구나."

소년은 할아버지가 자기를 잘못 본 것이라고 생각한다. 누구한테나 그러는 것은 아니다. 자기 속을 뒤틀리게 하는 사람한테만 그런다고 애써 변명을 한다. 키리코 앞에서는 아무 말도 제대로 못 한다. 속엣말이 목구멍까지 치고 올라와도 꾸역꾸역 도로 밀어 넣어 버리고 만다.

이번엔 할머니가 바튼 기침을 한 뒤 말을 꺼낸다.

"그래도 애는 애 아니더냐. 대문간이 시끄러우면 혹시 제 아버지인가 싶어 방문을 열어 내다보지 않더냐. 어이구, 힌칭 애비 사랑 받을 놈이 세상 흉한 탓에…."

할머니는 옷고름으로 눈시울을 콕콕 찍는다. 소년의 눈에도 어느새 촉촉하게 눈물이 번진다. 소년은 그 모습이 들킬까 겁이 나 슬며시 돌아눕는다. 소년의 어머니가 한동안 이쪽을 바라보다가 할머니의 말에 한몫 거든다.

"글쎄 말이에요. 일본에 원자폭탄이 떨어진 그 다음 날, 우리 마을 애들이 학교에서 돌아오는 키리코를 괴롭혔나 봐요. 그걸 보고는 우리 영훈이가 그 싸움판에 불쑥 끼어들었나 봐요."

소년은 잠시 몸서리를 친다. 다른 사람은 다 몰라도 어머니는 알 것이다. 다른 사람은 자신이 잠에 빠져있는 것을 알지만, 어머니는 자신이 헛잠을 든 것으로 알고 있을 것이다. 어머니는 언제나 소년의 마음을 꿰뚫어 봤다.

소년은 잠시 실눈을 감는다. 겁에 잔뜩 질린 키리코의 얼굴이 자꾸 눈에 떠올랐다. 그날 학교에서 터덜터덜 혼자서 돌아오는데 갑자기 저쪽에서 마을 아이들의 수런거리는 소리가 들렸다. 마을 아이들이 키리코를 포위하듯 에워싼 채 히죽히죽 웃으며 비웃적거리고 있었다.

"키리코는 조선 사람도 아닌데 왜 여기 버티고 있을까?"

"그러게 말이야. 그 무서운 원자폭탄이 떨어졌으면 조선 땅에서 물러나야 하는 거 아니야?"

"그러게 말이야. 이웃 마을에선 일본인들이 우리 조선 사람들에게 몰매를 맞고 자기 나라로 허겁지겁 쫓겨 갔다는데… 키리코는 정말 간도 크네."

"일본의 두 도시가 원자폭탄을 맞아 폭삭 내려앉았다는데, 여기 말고 어디 갈 데가 있기나 하겠어?"

"그래도 나라가 그 지경이 되도록 혼쭐나면 제 나라로 냉큼 돌아가야지."

마을 아이들은 서로 손을 잡고 키리코 주위를 빙글빙글 돌았다.

몇몇 아이는 위협하려는 듯이 땅바닥의 돌멩이를 집어 들기도 했다. 어떤 아이들은 키리코 쪽을 향해 침을 퉤, 퉤 하고 뱉기까지 했다.

소년은 아이들을 헤치고 들어가 키리코 앞을 막아서며 투덜거렸다.

"야, 야! 너희들 이러는 게 아니야."

보통학교 같은 반인 영호가 새총에 돌을 재며 위협적인 목소리로 말했다.

"야, 임마! 너야말로 왜 그러는데? 그러는 게 아니야. 우리 조선 사람들을 들들 볶은 일본 놈들을 이렇게 싸고도는 이유가 뭔데?"

"키리코의 아버지는 우리 학교에서 일본 말을 가르쳤지만, 우리에게 얼마나 잘해 주었니? 조선인 선생님보다 더 친절하게 우릴 가르쳐 주셨잖아?"

"야, 인마! 그건 그때고 지금은 지금이야. 아무리 우리에게 잘해 주었어도… 역시 일본 놈은 일본 놈인 거야."

"그래 아무리 잘해 줬어도 쪽바리는 쪽바리야."

마을에서 주먹이 세기로 이름난 필수가 갑자기 뛰어들어 소년의 다리를 휙 걸어 넘겼다. 소년은 나무토막처럼 그 자리에 맥없이 쓰러졌다. 그러자 아이들은 우르르 키리코에게 달려들어 머리를 쥐어뜯고 몸을 할퀴었다. 소년은 키리코를 감싸 안으며 마을 아이들의 주먹과 욕설을 온몸으로 대신 받아들였다.

저쪽 어딘가에서 딸랑거리는 자전거 방울소리가 들리자 마을 아이들은 우르르 흩어져 버렸다. 키리코가 소년의 코에서 흐르는 피를 손수건으로 닦아 주었다. 소년은 키리코의 오똑한 코가 참 예쁘다고 생각하며 말했다.

"얘, 키리코! 넌 그래도 아버지가 곁에 있어서 든든할 거야."

"왜, 넌 아버지가 없어?"

"있어도 없는 거나 마찬가지야. 이젠 아버지의 얼굴도 잘 기억나지 않아. 아버진 늘 눈에 익을만 하면 떠나 버리곤 했으니까. 늘 바람처럼 밖으로만 떠돌지."

"네 나라 조선이 독립하는 데 온 힘을 쏟으니까 그렇지."

"쳇! 나라가 독립하면 뭐 하니? 집안은 독립 안 되고, 우리 어머니 눈엔 언제나 눈물이 마를 날이 없는데…."

"영훈아, 넌 아버지를 자랑스러워해야 해."

"난 우리 어머니 늘 눈물 마를 날 없게 한 아버지가 미워."

소년의 아버지는 잊을 만하면 나타났다. 집에 있어도 좀 진득하게 어머니와 정다운 이야기도 하지 않았다. 그러다 한 며칠 있으면 훌쩍 떠났다.

어느 새벽녘인가 싶었다. 아버지는 호롱불 밑에서 책을 읽으셨고, 어머니는 그 옆 희미한 빛 속에 엉거주춤하게 앉아 아버지의 하얀 모시 적삼을 정성스레 다리고 있었다. 아버지는 스스로 먼저 입을 열지 않았다. 꼭 어머니가 묻는 말에만 마지못해 대답하는 식이었다. 소년은 헛잠 자는 시늉을 하며 두 사람의 얘기를 들었다.

어머니는 정성스레 다린 모시 적삼을 아버지에게 입히며 한마디 건넸다.

"우리 영훈이 보고 가게 잠 깨울까요?"

"놔두시오. 그놈도 아비 정이 있을까?"

"그러게 집에 오시면 저놈과 무릎 맞대고 정이나 좀 주지 그랬어요?"

"그놈도 그놈이지만 나도 서먹하긴 마찬가지요."

아버지는 모시 적삼을 갈아입으며 늘 그렇게 한 말씀을 했다.

"나 없다 생각하고 집안일이나 잘 보살피시오."

"참 무심힌 사람!"

아버지는 어머니를 한번 돌아보지도 않은 채 그렇게 새벽 어둠 속으로 사라졌다. 그렇게 아버지가 떠난 날이면 어머니는 혼자 몰래 방 구석빼기에 쪼그리고 앉아 소리 없이 울음을 뱉어내곤 했다. 소년은 그런 아버지가 참 싫었다.

"영훈이 넌, 그런 아버질 자랑스러워해야 해."

키리코가 앞장서서 걸었다. 누가 먼저 손을 잡았는지는 기억나지 않았다. 둘은 손을 잡고 하염없이 걸었다. 얼마쯤 왔을까. 키리코가 갑자기 멈춰서며 무엇인가를 뚫어질 듯이 내려다보고 있었다. 키리코가 가늘고 하얀 손가락으로 개망초 꽃송이를 살랑살랑 튕기며 장난질을 했다. 키리코가 문득 소년에게 물어왔다.

"얘, 계란꽃을 보니 배 안 고파?"

"이젠 배 안 고프다."

"아니, 왜?"

"이제 얼마 안 있으면 우리 조선이 독립할 건데… 그것만 생각해도 절로 배가 부르다. 키리코 넌 배 안 고프니?"

"응, 난 배고프다."

"아니, 왜?"

"우리 일본이 망했는데 어떻게 배부르겠니?"

"그럼, 나도 곁에서 키리코 너랑 함께 배고파하면 되겠네."

"아니, 그건 또 왜?"

"너랑 나랑 친군데… 친구가 배고파하면 나도 배고파해야지."

소년과 키리코는 한동안 서로 마주 보며 웃었다. 소년이 들고 있던 개망초꽃 한 송이를 소녀의 머리에 예쁘게 꽂아 주었다. 키리코도 꽃 한 송이를 꺾어 소년의 귓등에 슬며시 꽂아 주었다.

개망초꽃이 서로를 보며 한들한들 웃는 것 같았다. 소년과 키리코도 서로 마주보고 웃는 그들을 따라 함께 웃었다. 그 둘 사이를 맴도는 바람도 소리 내어 웃는 것 같았다. 오늘도 따라 웃었다.

온 누리가 그들을 보며 웃어주는 것 같았다.

소년은 다시 실눈을 뜨고 방안을 살피기 시작한다. 갑자기 아버지의 목소리가 들리며 소년의 키리코에 대한 생각을 흐트려 버리고 만다. 소년은 아쉬운 듯 소리 없이 입맛을 다시다가 아버지 쪽을 슬며시 건너다본다.

"아버님, 동트기 전에 그만 떠나겠습니다. 해연아, 동생 기 안 죽게 네가 옆에서 잘 돌봐 주어라. 자, 그럼…."

아버지가 할아버지와 할머니에게 큰절을 올린다. 기다렸다는 듯이 누이 해연이가 아버지 앞에 다소곳이 큰절을 올린다. 이를 보다 못한 어머니가 고개를 돌리며 가늘게 한숨을 쉰다.

누이가 큰절을 올리고 나서 어른들의 눈치를 보다 이내 결심한 듯 말한다.

"아버지, 이제 떠나면 언제 다시 돌아오시나요?"

아버지가 대답하기 어색한지 잠시 바튼 기침을 하다가 마지못해 입을 연다.

"기약이 없다. 일본이 쉬이 물러선다면 금방 들어오겠지만, 그렇지 못하면 언제 돌아올지 기약을 못한다."

보다 못한 할머니가 고개를 돌리며 슬쩍 눈시울을 훔친다. 그러다가 아버지를 향해 한 말씀 슬쩍 던지신다.

"우리 해연이가 다 컸구나. 아범아, 우리 영훈이 몫까지 더해 해연일 한번 안아 주도록 해라."

누이 해연이가 엉거주춤 하다 아버지 쪽을 향해 무릎걸음으로 다가간다. 아버지는 할머니 성화에 못 이겨 두 팔을 들어 누이를 맞으려 한다. 누이가 아버지 품 안으로 어색하게 들어간다. 아버지가 와락 끌어안으며 울먹이는 소리로 말한다.

"어머니 외로움 타시지 않게 네가 말동무라도 해 드려라. 부탁한다, 우리 딸."

할아버지가 천천히 일어서며 한 말씀 하신다.

"여자들은 그냥 방 안에 앉아 있는 게 좋겠다. 이웃들 눈도 있고 하니, 나 혼자 동구밖까지 아비를 배웅하고 오겠다."

할아버지가 일어서며 소년 쪽으로 눈길을 준다. 소년은 실눈을 감으며 헛잠 자는 시늉을 한다. 할아버지가 안쓰러운 눈길로 소년을 바라보다 문득 말한다.

"참, 아범아. 우리 집 장손 영훈이 얼굴이나 한번 보고 떠나거라."

"네, 아버님. 안 그래도 그럴 참이었습니다."

아버지가 한동안 소년을 지그시 내려다본다. 소년은 좀이 쑤신다. 마음 같아서는 헛잠이고 뭐고 간에 다 팽개치고 벌떡 일어나 아버지 너른 품에 안기고 싶다. 그러나 소년은 짐짓 눈시울을 훔치며 잠꼬대하는 시늉을 한다. 눈 안으로 들어오려던 아버지 모습이 금세 사라져 버린다.

  소년은 눈을 감고 있어도 아버지가 가까이 다가오고 있는 것을 느낄 수 있다. 생각 같아서는 다시 한번 잠 덜 깬 얼굴로 일어나 아버지의 발목이라도 덥석 잡고 싶다. 그랬다간 또 어머니에게 사내자식이 속마음을 함부로 내놓는다고 꾸중을 들을지도 모른다. 아버지는 소년의 머리를 한번 쓰다듬은 뒤, 휑하니 뒤도 돌아보지 않고 문턱을 넘어 나가 버린다.

  할머니와 어머니, 그리고 누이는 한동안 아무 말이 없다. 모두 속으로 울음을 참고 있는 것이 분명하다. 겉은 저렇게 멀쩡하게 시침 떼고 앉아 있지만, 가슴 속은 바짝바짝 타들어 갈지 모른다. 소년은 남아 있는 사람들의 마음을 안 보고도 안다.

  누이가 조용한 목소리로 말한다.

  "어머니, 아버지의 품속이 참 따스했어요."

  누이의 말이 끝나기가 무섭게 할머니와 어머니가 울음을 터뜨린다. 울음소리는 뚝뚝 끊어져 문턱은 넘지 못한다. 그냥 그 자리에서 한숨과 함께 빙그르르 돌 뿐이다. 소년도 돌아 누으며 슬쩍 눈시울을 훔친다. 울음소리는 방 안에 차곡차곡 쌓인다.

  다음 날 정오였다.

  소년이 보통학교에서 돌아오자 마을 사람들이 마당 가득 모여 있는 것을 발견했다. 소년의 어머니가 라디오의 스위치를 이리저리 틀며 주파수를 맞춘다. 라디오 속에서는 목이 쉰 듯한 노인의 목소리가 띄엄띄엄 흘러나왔다. 소년의 할아버지가 마을 사람들을 향해 소리쳤다.

"일본 천황의 항복 방송입니다. 잘 들어보시오."

무슨 말인지는 잘 모르지만 라디오 속 일본 천황의 목소리는 한껏 풀이 죽어 있었다. 노인의 목소리가 어둡고 떨리는 것으로 보아 기쁜 일은 아닌 것 같았다. 노인의 목소리가 끝나자 모두 손뼉을 치며 한마디씩 툭툭 내던졌다.

"이제 36년 묵은 체증이 다 내려가는 것 같네."

"조선에 있는 일본 놈들 똥줄 타겠네."

"우선 우리 마을 일본 놈부터 몰아내야 할 거야."

"왜놈 쪽바리들, 참 꼴 좋다."

마을 사람들은 만세를 부르거나 서로 얼싸안은 채 춤을 추었다. 할아버지가 소년을 발견하고 한 말씀 하셨다.

"영훈아, 드디어 일본이 연합군에 항복했단다."

옆집 수철이 아버지가 소년을 보고 한마디 거들었다.

"영훈아, 저놈들이 원자폭탄을 몇 방 맞더니 간이 철렁했나 보다."

뒷집 영옥이 어머니도 불쑥 끼어들었다.

"왜 아니랍니까. 거 뭐라더라… 히, 히로시마와 나가사키가 쑥

대밭이 됐나 봐요."

라디오 방송에서 어두운 목소리로 띄엄띄엄 말하는 노인이 바로 일본 천황이라는 것이다. 마을 사람들이 우루루 몰려나가며 만세를 외쳤다. 우리 마을의 일본인들이 지금쯤 짐 보따리를 싸느라 바삐 서두르는 모습이 떠올랐다. 어쩌면 키리코의 아버지도 허겁지겁 보따리를 싸고 있을지도 모른다는 생각이 들었다.

소년은 마을 사람들 뒤를 따라 쏜살같이 내달렸다. 윗동네를 떠나 마을 아래쪽으로 내달렸다. 키리코의 집은 아랫마을 바닷가 근처에 있었다. 키리코의 슬픈 얼굴이 비눗방울처럼 떠올랐다. 소년에게 아버지처럼 자상하게 대해 주던 키리코의 아버지 얼굴도 그 사이로 툭, 툭 끼어 들어왔다. 두 발을 동동 구르며 어쩔 줄 몰라 하는 키리코의 어머니 모습도 떠올랐다.

키리코의 집에는 아무도 없었다. 가방이며 짐 보따리가 마당 한가운데에 어지럽게 흩어져 있었다. 마당이며 방안, 그리고 뒤란을 다 돌아다녀도 아무런 사람 낌새가 보이지 않았다. 할아버지 말씀대로 이건 분명히 뭔가 사단이 난 것이라고 소년은 생각했다.

"키리코, 어디 있어?"

소년이 몇 번이고 키리코를 불러도 아무런 대답이 없었다. 마루 밑에서 고양이 한 마리가 어슬렁거리며 기어나와 늘어지게 하품을 하고 있을 뿐이었다. 늘 보던 그런 집이 아니었다. 언제나 집을 찾아올 때마다 마루가 반들반들하고 마당이 말끔했는데, 오늘은 그렇지 않았다. 왠지 어수선하고 추레하게 보였다.

소년은 문득 개망초가 피어 있는 그곳을 떠올렸다. 키리코와 소년이 늘 만나던 비밀 장소가 문득 생각났다. 아니나 다를까 그곳에 키리코가 풀이 죽은 뒷모습으로 개망초가 흐드러지게 피어 있는 그곳에 있었다.

키리코가 무엇인가를 뚫어질 듯이 내려다보고 있었다. 그러더니 개망초 꽃밭으로 들어가 꽃송이를 어루만지고 있었다. 소년도 가까이 다가가 함께 개망초 꽃송이를 어루만졌다.

키리코가 활짝 웃으며 소년을 바라보았다.

"영훈이 왔구나. 너, 기쁘겠구나?"

"넌 어떤데?"

"나야 슬프지."

"왜?"

"이곳을 떠나고, 널 떠나야 하니까 슬프지."

"이제 우린 다시 못 만나겠구나."

"왜 못 만나? 네가 일본에 나 있는 대로 오면 되고, 내가 널 찾아 다시 이곳에 오면 돼지."

"그런 날이 올까?"

"두 나라 모두 조용해지면 서로 오고 갈 수 있겠지."

키리코가 다시 웃고 있었다. 웃고 있지만 어딘가 모르게 슬퍼 보였다. 둘은 그렇게 멍하니 서서 해가 기우는 것도 모르고 개망초 꽃송이만 어루만지고 있었다. 키리코네 가족은 그렇게 떠나고, 그 길을 하염없이 걸어 소년의 아버지가 돌아왔다.

소년의 아버지는 늘 소년이 깊은 잠에 빠졌을 때 그 길을 깊숙히 밟고 돌아왔다. 사람들의 웅성거리는 소리에 놀라 소년은 눈을 뜬다. 엊그제 방안의 그 모습대로 가족들이 앉아 있고, 소년은 일어나지 못한 채 헛잠을 자는 시늉으로 그들을 지켜볼 수밖에 없다.

할아버지가 앞에 앉아 있는 소년의 아버지에게 한 마디 건넨다.

"아범아, 이젠 저놈들이 제 나라로 돌아갔으니, 아범도 이제 자리를 잡아야겠구나."

"아버지, 일본이 패퇴했어도 국내는 시끄럽습니다."

이번에는 할머니가 불쑥 끼어든다. 이전에는 할머니가 불쑥 끼어들면 할아버지는 여자들이 나선다고 싫은 기색을 보인다. 그런데 지금은 많이 달라진 것 같다. 이젠 우리 여자들도 기 좀 펴고 사는 세상이 되었다고 할머니는 대든다.

"또 뭐가 그리 시끄럽더냐?"

"미국서 돌아온 이승만 박사는 미국 눈치만 보고, 임시정부에서 돌아온 김구 선생은 남북한이 한데 힘을 합쳐 나라를 세워야 한다고 큰소리를 내고… 두 파로 갈라져 좀 시끄럽습니다."

"서로 좋은 자리 차지하겠다고 그러는 거지 뭐냐."

할아버지가 헛기침을 하고 나서 찬물을 끼얹는다.

"여자들이 뭘 안다고 나서는 게야."

"암탉이 울면 안 된다는 생각, 이젠 버리셔야 해요."

소년은 잘못하면 싸움판이 벌어질 것 같은 느낌이 든다. 소년은 헛잠을 자다 말고 불쑥 일어나 두 눈을 비빈다. 어머니가 아버지 쪽으로 눈짓하며 소년에게 말한다.

"영훈아, 네 아버지 오셨다."

"아버지 오셨어요?"

"오냐, 이젠 아버지 집 떠날 일이 별로 없을 거다."

어머니가 눈살을 찌푸리며 소년에게 말한다.

"아버지에게 인사 올리지 않고 뭐하느냐?"

누이가 소년 쪽으로 걸어와 손목을 잡아 가운데로 이끈다. 소년과 누이는 아버지 앞에 큰절을 올린다. 때를 맞춰 갑자기 새벽닭이 홰를 치며 운다. 그 소리에 놀라 방안에 있던 모든 사람이 서로 약속이나 한 듯 웃는다.

자박자박 소리 없이 걸어오던 미명이 물러서고, 밝은 햇살이 문턱을 넘어와 방안 이곳저곳의 어둠을 몰아낸다. 웃음소리는 그칠 줄 모른다. 그 소리는 내내 이어질 모양이다. 소년은 아버지의 너른 품에 안기며 문득 키리코의 모습을 떠올린다.

달밤

한 치 앞도 내다볼 수 없을 정도로 눈이 펑펑 내린다. 황량한 들녘 저쪽이 아득하게 멀어져 보인다. 흐릿한 저쪽에서 뭔가 튀어나올 것만 같다. 어머니가 집을 나가 버린 그날 아침도 이렇게 눈이 많이 내렸다고 소년은 기억한다. 동구 밖까지 내달렸지만 펑펑 내리는 눈은 어머니의 모습을 감쪽같이 빨아들이고 말았다. '엄니' 하고 불러도 아무 대답이 없었다. 대답 대신 돌아오는 것은 세찬 바람 소리뿐이었다.

 소년은 시오리 눈길을 걸어오느라 거의 30여 분 늦게 읍내 역에 도착한 것이다. 낯이 익어 보이는 역무원 아저씨가 열차표를 헤아리다 말고 흘깃흘깃 주위를 살피는 소년을 보고 말한다.

 "열찬 30분 전에 벌써 떠났다. 누굴 마중 나온 거냐?"

 "오늘 아버지가 오신다고 했는데…."

 "열댓 분의 승객이 내리긴 했다만… 네 아버지의 얼굴을 내가 알아야지. 괜한 헛걸음을 한 것 같구나. 버스 끊어지기 전에 어서

서둘러라. 네 아버지가 오늘 오기로 한 건 확실하냐?"

"네, 할머니가 그러셨어요."

"그 시간이 맞다면 버스를 이미 탔거나, 아니면 읍내 식당 어디선가 국밥이라도 한술 뜨고 있겠지. 어디 한번 둘러봐라."

소년은 출찰구 밖으로 고개를 내밀어 승강장을 다시 한번 살핀다. 펑펑 쏟아지는 눈발 때문에 앞을 가늠하기가 어렵다. 신호기마저 금세 하얀 눈발을 뒤집어쓴 채 잔뜩 얼어붙어 있다. 역무원 아저씨가 어깨의 눈을 털다 말고 승강장 쪽을 돌아보며 투덜거린다.

"웬 눈이 이렇게 쏟아진담. 30년 만에 처음 보는 폭설이라는구나. 야, 이 녀석아! 대설주의보 내려 버스 끊길지 모르니 어서 서두르지 않고 뭐하냐. 아니면 읍내 식당이라도 한 바퀴 둘러보던지."

"식당에 계시긴 할까요?"

"너희 아버지 얼굴은 아니?"

"……"

"아냐, 모르냐?"

"제가 갓난아기 때 떠나 잘 기억 안나요."

"그럼, 사진이라도 가지고 나와 살펴봐야지. 사진 보고 손님들 얼굴 확인하고… 그거 보통 일이 아니구나."

"아버진 제 얼굴 알 거 아니에요?"

"그것도 어렵지. 갓난아기 때 얼굴 하고 지금 얼굴 하고 많이 다르지 않겠느냐?"

"저도 그렇고 아버지도 그렇고… 감으로 알 수 있잖아요?"

"감? 그래 핏줄 알아보는 감이라는 게 있긴 하지. 그래, 감으로 한번 찾아봐라."

소년은 무너지는 눈발을 맞으며 시외버스정류장 쪽을 향해 마구 내달린다. 버스정류장도 마찬가지다. 버스들이 발이 묶인 채 옴짝달싹 못하고 있다. 보통이를 들거나 가방을 든 사람들이 투덜거리며 여기저기로 흩어지고 있다.

소년이 매표구 유리창을 통해 안쪽을 흘금흘금 살피자 눈이 큰 누나가 말한다.

"대설주의보가 내려 버스 운행을 못한다."

"그럼 어쩌죠?"

"어쩌긴… 해제될 때까지 죽치고 앉아 기다리든가, 아님 걸어가야지… 어딜 가는데?"

"감나무골요."

"얘애… 거기까진 걸어서 못 간다. 어디서든 기다려 보려무나."

소년은 터벅터벅 걸어 버스정류장의 대합실을 나온다. 솜뭉치 같은 눈발이 펑펑 쏟아지고 있다. 어디가 어딘지 분간할 길이 없다. 함부로 발을 내딛다가는 금세 길을 잃고 헤매일 것만 같다.

읍내 식당을 뒤지다시피 돌아다녔지만 아버지 같은 사람을 찾지 못하고 허탕을 친다. 이제 이 국밥집이 마지막이다. 흩날리는 눈발 속에 앞쪽의 국밥집 간판이 희끗희끗 내비친다. 어머니와 읍내 오일장에 나왔다가 몇 번 들렀던 곳이라 주인아저씨랑 낯이 조금 익다.

소년은 덜컹거리는 유리문을 열고 안으로 들어선다. 주인아저씨가 소년의 얼굴을 금세 알아보고 활짝 웃으며 말을 건넨다.

"아니, 이 녀석아! 버스가 끊겼는데… 시오리 그 먼 눈길을 걸어 여기까지 왔어?"

"아버지 마중 나왔는데… 30분 전에 열차가 지나갔대요. 버스정류장엘 갔더니 오늘은 운행 못한대요."

"이놈아, 대설주의보가 내렸는데 어림도 없지. 네 아버지와 길이 엇갈린 모양이구나. 그런데 아버지 오는 날이 오늘인 거 맞긴 맞아?"

"네, 할머니가 오늘이 맞대요."

"그럼, 버스 타고 미리 갔는지 모르잖느냐?"

식당 안에는 한 사람뿐이다. 소년의 아버지뻘 되는 아저씨 한 분이 난로 곁 탁자에서 국밥을 홀짝이고 있다. 아저씨는 헌 코르텐 바지에 철 지난 점퍼를 걸쳐 입고 있다. 소년이 언 손을 난로 곁에 들이밀며 비벼대자, 국밥 국물을 마시던 아저씨가 소년을 아까부터 빤히 바라본다.

주인아저씨가 소년에게 뜨거운 보리차를 건네다 말고, 점퍼 입은 아저씨에게 혀를 끌끌 차며 말한다.

"저놈이 돌 갓 지날 땐가 아버지가 교도소에 갔으니까… 음, 올해로 꼭 10년째입니다. 참 그건 그렇고, 나도 네 아버지 얼굴을 모르니 어쩌냐?"

점퍼 차림의 아저씨가 숟가락을 놓고 물을 마시며 묻는다.

"아니, 무슨 일로 교도소엘 갔답니까?"

주인아저씨가 소년의 눈치를 살피며 한동안 말을 못한 채 머뭇거렸다. 소년이 주인아저씨를 바라보며 이야기를 해도 괜찮다는 표정을 보이자 드디어 말문을 연다.

"없는 살림에 저놈 대학 보내려고 금이야 옥이야 소를 키있는데… 글쎄 한밤중에 소도둑이 들었다지 뭡니까? 소도둑과 엎치락뒤치락 실랑이를 벌이다 그만 소도둑을 죽였다는군요."

"사람 하나 죽였는데 무슨 10년을 산답니까?"

"전과가 여럿 있었나 봅니다. 그래서 형이 길어졌나 봅니다."

"한 사람은 자기 재산을 지키려 하고, 다른 한 사람은 그걸 빼앗으려 하고… 이건 누가 봐도 정당방위 아닙니까?"

"그걸 법도 모르는 내가 이찌 알겠어요."

점퍼 차림의 아저씨가 유리창 너머의 눈발을 바라보고 있다.

소년은 눈치채지 못하게 점퍼 차림의 아저씨를 한동안 이리저리 살핀다. 어디선가 만난 적이 있는 사람처럼 낯이 익어 보인다. 철 지난 점퍼 차림으로 보아 그리 형편이 넉넉지 않은 사람처럼 보인다. 주인아저씨가 소년의 얼굴을 흠칫 살피다가 지나가는 듯한 말투로 묻는다.

"그런데 이 녀석아! 네 아버지 얼굴을 알아보긴 하겠냐?"

"어머니가 아버지 사진을 죄다 모아 불 질러 버려서 잘 몰라요."

"어이구, 이 녀석아. 그건 모래밭에서 바늘 찾기 아니냐?"

"헤헤, 핏줄이라는 감이 있잖아요?"

소년은 소매로 입술을 훔치며 씩 웃다가 다시 말한다.

"척 보면 알 수 있잖아요?"

"허허 그놈 참… 맹랑한 소릴 다 하네. 하기야 그렇지… 피를 나눈 사인데 못 알아본다면 그건 끈끈한 부자 관계가 아니지. 참, 그러고 보니 얘긴 듣긴 들었다만… 나도 그 사건 뒤로 이곳 읍내에 와서 어디 내 아버지 얼굴을 알 수 있어야지."

점파 차림의 아저씨가 가방을 어깨에 둘러메며 소년에게 대뜸 묻는다.

"야, 꼬마야. 너, 어디 갈건데?"

"감나무골인데… 왜요?"

"나도 마침 거기 가는 길인데… 같이 갈 생각 없느냐?"

주인아저씨가 거스름돈을 점퍼 차림의 아저씨에게 돌려주며 두 눈을 휘둥그레 뜨고 물었다. 버스도 길이 끊겼는데, 그 먼 길을 어떻게 걸어가겠느냐는 염려인 것이 분명하다. 소년도 주인아저씨의 염려에 동의하듯이 고개를 갸웃하며 바라본다. 점퍼 차림의 아저씨가 허리끈을 잔뜩 비끄러매며 말한다.

"눈발 때문에 앞을 볼 수 없는데… 어떻게 그 먼 시오리 길을 걸어가겠느냐구요? 아, 여기 이렇게 동행이 있잖습니까?"

점퍼 차림의 아저씨가 느닷없이 소년의 언 손을 꽉 움켜잡는다. 아저씨의 따스한 체온이 손끝을 타고 전해 온다. 소년은 잡힌 손을 얼른 빼내지도 못한 채 엉거주춤 서 있을 수밖에 없다. 아저씨가 잡은 손목에 더 힘을 준 채 소년을 내려다보며 말한다.

"야, 이 녀석아! 갈 거야, 말 거야?"

"네, 네? 가, 가세요."

소년은 아저씨를 따라 얼결에 가게 바깥으로 나온다. 밖은 아까보다 더 눈발이 굵어지고 있다. 읍내 파출소의 순경 아저씨가 자전거 방울을 딸랑이며 그들 곁을 지나간다. 아저씨가 점퍼 깃을 여미며 앞장선다. 소년은 아저씨의 뒤에 잔뜩 몸을 웅크리며 엉금엉금 뒤따른다.

아저씨가 부우연 눈발 밑에 엎드린 들녘을 한동안 바라본다. 아저씨 표정이 조금은 쓸쓸하고 허전해 보인다. 아저씨가 두어

걸음 걷다가 뒤돌아보며 소년을 향해 씽긋 웃는다. 소년도 겸연쩍게 웃으며 아저씨의 등 뒤에 바싹 몸을 갖다 댄다.

"아저씨 뒤에 바싹 붙어 서서 따라오너라. 쓰러져도 내가 쓰러지고, 눈발을 맞아도 내가 맞을 테니까. 자, 준비됐느냐?"

"네, 준비됐습니다."

소년이 아저씨 등 뒤에 바싹 붙어서며 말한다.

그들 두 사람은 어느새 읍내를 벗어나 있다. 빈 들녘이 가없이 이어지고 있다. 빈 들녘으로 솜덩이 같은 눈송이가 펑펑 쏟아져 내린다. 주위의 산들이 하얀 눈발을 뒤집어쓰고 깊은 적요 속에 잠겨 있다. 이따금 바람이 불 때마다 가지에 피어 있는 눈꽃들이 할랑할랑 부서져 내린다.

점퍼 차림의 아저씨가 소년의 손목을 잡아 자기 바지 호주머니에 넣으며 말을 걸어온다.

"교도소에 간 아버지가 밉지 않았니?"

"날 대학에 보낼 금쪽같은 소를 지키려다 그랬는데 미워하진 않아요. 그렇지만 사람을 죽인 건 좋지 않아요."

"어머니도 아버질 미워해서 집을 나간 모양이구나."

"아니에요. 할머니와 어머니가 얘기 하는 걸 엿들었는데, 할머니가 네 청춘 아깝다며 좋은 남자 만나라고 그랬어요."

"좋은 남자가 누군데?"

"우리 아버질 포기하고 다른 남자 만나 결혼하라는 거지요, 뭐."
"넌 어떤 생각이었는데?"
"할머니 생각이 그러면 내 생각도 그래요."
"어머니가 떠나는 걸 보고도 붙잡지 않았어?"
"막상 어머니가 떠난다고 생각하니 화가 났어요."

소년은 동구 밖까지 어머니를 뒤따랐지만, 어머니는 한 번도 뒤돌아보지 않았다. 한 번만이라도 돌아보면 어머니를 기분 좋게 보내주고 싶었다. 그런데 어머니는 한마디 말도 없이 펑펑 쏟아지는 눈발 속으로 금세 자취를 감추고 말았다. 아니 자취를 감춘 것이 아니라 누군가가 눈발 저편에서 어머니를 홱 낚아채 간 것 같았다.

아저씨는 잠시 걸음을 멈추고 생각에 잠기는 듯했다. 아저씨가 소년의 손목을 잡은 손에 더욱 힘을 준다. 소년은 아무리 차가운 눈발이 뭉텅뭉텅 흩날려 얼굴을 때려도, 잡힌 손끝이 따스해 참을 수 있다고 생각한다.

아버지의 손도 이처럼 따스하겠구나 하는 생각이 문득 든다. 소년은 잡힌 손을 살며시 빼내어, 이번에는 소년이 아저씨의 손을 힘있게 잡아본다. 아저씨가 갑자기 흠칫 놀라며 헛기침을 한다.

언덕배기를 엉금엉금 걸어 내려가던 아저씨가 갑자기 발을 헛디 뎌 주르르 미끄러져 내린다. 소년도 덩달아 미끄러져 내리다가 돌부리에 걸려 넘어지며 엉덩방아를 찧는다. 아저씨는 두 팔을 벌린 채 누워 눈송이를 받아먹는다. 소년도 아저씨의 가슴을 베고 눕는다. 아저씨가 눈 뭉치를 한 움큼 쥐어 소년의 얼굴에 냅다 문지르며 웃는다. 소년은 아저씨의 그런 장난이 싫지 않다. 소년은 문득 아저씨를 올려다보며 장난기 가득한 목소리로 묻는다.

"아저씨, 우리 눈싸움 할까요?"

"그럴까?"

"네, 그래요!"

소년은 벌떡 일어나 눈을 가득 뭉쳐 아저씨의 가슴 안으로 휙 들이민다. 아저씨는 가슴속에 들어온 눈덩이가 오싹하리만큼 차가운지 벌떡 일어난 그 자리에서 몇 번이고 위아래로 뛴다. 그러다가는 소년이 한눈을 파는 사이에 얼른 눈을 뭉쳐 소년의 얼굴에 내던진다.

엎치락뒤치락.

두 사람은 서로를 붙안고 눈밭을 데굴데굴 구른다. 두 사람의 웃음소리도 함께 데굴데굴 구른다. 웃음소리에 놀라 소나무 가지의 눈꽃이 푸슬푸슬 떨어져 내린다.

다시 두 사람은 가없이 이어지는 들녘을 가로질러 걸어가기 시작한다. 두 사람은 잠시 눈발을 피하기 위해 산 중턱에 버려진 폐가 안으로 들어선다. 방으로 들어가 벽에 기대고 앉는다.

찢어진 창호지 문틈으로 세찬 바람이 넘나들며 휘파람 소리를 낸다. 버려진 지 오래된 모양으로 부엌 아궁이에 거미줄이 처져 있다. 거미줄에 거미 대신 마른풀 몇 오라기가 걸려 있다. 아저씨가 나뭇가지를 꺾어와 아궁이에 불을 붙인다. 타오르는 불길 앞에 앉아 있으니 잠이 쏟아지기 시작한다.

사위가 쥐 죽은 듯 고요하다. 두 사람은 약속이나 한 듯 번쩍 눈을 뜬다. 아저씨가 소년을 품안에 안으며 말한다.

"우리가 그동안 깜박 잠이 들었던 모양이구나."

"그러게요. 아저씨, 우리 어서 가요."

"그렇지. 따땃한 아랫목을 두고 한데서 밤을 새울 순 없지."

두 사람은 밖으로 나왔다. 아저씨가 어이없는 표정으로 밤하늘을 올려다본다. 소년도 한 바퀴 돌며 여기저기를 의아한 듯 살핀다.

"야, 정말 깜쪽 같구나."

"아저씨, 눈이 그쳤어요."

"저기 저 언덕 너머를 한번 봐라. 휘영청 둥근 보름달이 솟아 있구나."

"꼭 커다란 공 같아요."

두 사람은 손을 맞잡고 언덕 아래로 내려간다. 어디선가 졸졸 물 흐르는 소리가 꿈결에서 들리듯 아득하게 들린다. 논둑 옆으로 개울물이 졸졸 흐르고 있다. 휘영청 보름달 아래 다정하게 손잡고 걸어가는 두 사람의 모습이 한 폭의 그림 같다. 개울물이 달빛을 받아 눈을 휘번뜩이며 흘러간다.

아저씨의 걸음이 빨라진다. 소년은 달리다시피 아저씨 뒤를 쫓는다. 소년이 아저씨를 앞지른다. 아저씨가 저만치 멀어져 보이자, 소년은 다시 뒤돌아서서 아저씨 곁으로 다가온다. 이번에는 아저씨가 앞장선다. 소년이 아저씨를 추월하여 두 팔을 활짝 벌리고 장난을 건다. 아저씨도 소년처럼 장난기가 도는지 피에로처럼 웃는 표정을 일그러뜨린다. 개울물도 두 사람의 장난기에 휩말려 도르르 돌돌, 도르르 돌돌 함께 장난질하기 시작한다.

소년이 앞서 걷다 말고 문득 발을 멈추며 시들한 표정을 한다.
"왜 한바탕 짓까불고 나니 피곤한가 보구나."
"아저씨, 한 번만 업어 줘요, 네?"
"싫다!"
"아이 아저씨, 한 번만 업어 줘요."
"그럼, 아저씨 보고 '아버지' 하고 한 번 불러 줄래?"
"아, 버, 지!"
아저씨가 뒤돌아서서 앉는다. 소년이 잽싸게 걸어와 덥석 아저씨 등에 업힌다. 아저씨가 소년을 업은 채 언덕을 오르기 시작한다. 소년은 아저씨 등 위에 업혀 휘파람을 불어대기 시작한다. 아저씨의 휘청이는 발소리, 소년의 휘파람 소리, 아득히 뒤따라오는 개울물 소리, 두 사람 위에 쏟아지는 달빛이 한데 어우러져 고즈넉한 산의 잠을 깨우기 시작한다.

산등성이에 올라서자 저 아래 마을이 내려다보인다. 마을은 깊은 잠에 빠져 있다. 이따금 개 짖는 소리가 마을의 고요를 휘젓기 시작한다. 마을의 집들은 하나같이 지붕 위에 하얀 눈을 뒤집어쓴 채 말없이 웅크리고 앉아 있다.

어느 한 집에서 연기가 피어오르고 있었다. 소년이 그곳을 손가락으로 가리키며 아저씨에게 말한다.

"연기가 피어오르는 집이 우리 집이에요. 할머니가 아버지 돌아오시면 따뜻하게 몸 좀 녹이라고 아궁이에 불을 넣고 있을 거예요."

아저씨가 아무 말없이 소년이 가리키는 곳을 바라보고 있다. 아저씨가 슬며시 고개를 돌리며 눈시울을 훔치고 있다. 소년은 어둠 속에서 아저씨의 얼굴을 찬찬히 바라보다가 의아한 표정으로 묻는다.

"아저씨, 지금 울고 있는 거예요?"

"늙으신 어머님 생각나서 그렇다."

"아저씨도 어머님이 보고 싶은 모양이구나."

"아무리 악하고 모진 사람도 어머니를 생각하면 다 슬퍼진단다."

"그럼 아저씨도 악하고 모진 사람이에요?"

"어머니 앞에선 모든 사람은 죄인이나 마찬가지란다."

마을의 집들은 지붕 위에 하얀 눈발을 뒤집어쓴 채 쥐 죽은 듯이 어둠 속에 웅크리고 앉아 있다. 소년의 집이라는 기와집 쪽에서는 여전히 하얀 연기가 모락모락 피어오르고 있다.

다시 하얀 눈송이가 어두운 하늘 쪽에서 내리기 시작한다. 두 사람은 서로 약속이나 한 듯 고개를 젖혀 어두운 하늘을 올려다본다. 두 사람의 입에서 조금의 시차를 두고 말이 흘러나온다.

"다시 눈이 내리는구나."

"아저씨, 또 눈이 내려요."

소년이 앞장 서서 마을 쪽을 향해 언덕을 내려가기 시작한다. 아저씨는 소년의 뒤를 따른다. 소년과 아저씨 사이의 거리가 점점 멀어진다. 소년이 걷다 말고 뒤돌아보며 아저씨에게 묻는다.

"아저씨가 가는 곳도 감나무골이라면서요?"

"그렇다."

"누구 집이에요?"

"그런 것까진 알 것 없다. 넌 너희 집엘 가면 되는 것이고, 난 내가 가는 집에만 가면 된다."

"그럼, 여기서 헤어져요?"

두 사람은 마을 동구밖까지 걸어와 잠시 걸음을 멈추고 한숨을 돌린다. 다시 눈발이 걷히고 하늘이 말개진다. 조금 전까지 자취를 감추었던 둥근 보름달이 제 모습을 드러내기 시작한다. 소년은 아저씨의 손을 잡으며 아쉬운 듯 띄엄띄엄 말한다.

"아저씨 때문에 시오리 눈길을 걱정 없이 왔어요."

아저씨가 한동안 둥근 달을 올려다보다가 손가락으로 달을 가리켜 보이며 말한다.

"저 둥근 보름달이 여기까지 우리 둘을 데려왔구나."

"아저씨, 정말 고마워요. 그런데 아저씬 어느 집에 들를 건데요?"

"으, 응… 난 저 아랫뜸이란다. 우선 네 할머니께 문안 인사나 드리고 가야겠구나."

"아저씨도 우리 할머니 아세요?"

"아다 말다. 한 마을에 살았는데 모를 리가 있겠느냐?"

"네? 저희 할머닐 아세요? 할머닌 아버지가 교도소에 가고부턴… 줄곧 아파 누워 계세요."

"많이 편찮으신 모양이구나? 어머니가 집을 나가고 없으니, 네가 할머니 뒷바라지 하느라 고생이 여간 아니구나."

아저씨가 갑자기 소년의 손목을 잡는다. 점점 조여오는 손아귀의 힘에 아릿하게 아파온다. 그래도 따뜻한 온기가 전해져 와 기분은 그럴 수 없이 좋다고 생각한다.

"할머니가 어서 일어나셔야 할텐데… 그게 걱정이구나."

"아버지가 돌아오시면 금세 나으실 거에요."

아저씨가 고개를 돌리며 슬쩍 눈시울을 훔친다. 아저씨는 복받쳐 오르는 설움을 참지 못하겠다는 듯이 차가운 담벼락에 얼굴을 묻고 소리없이 운다. 소년은 아저씨의 눈물이 그치기를 한동안 기다리기로 한다. 어두운 밤하늘의 둥근 보름달만 하염없이 바라보고 있다. 그런데 아저씨가 아무래도 수상하다고 생각한다. 남의 할머니가 아프다는데 왜 아저씨가 우는 것인지 아무래도 수상하다.

"아저씨, 우리 할머니 잘 아세요?"

"누구보다 잘 알지. 날 이 세상에 있게 한 분인데 어찌 잊겠느냐?"

"그게 무슨 뜻이에요?"

"그런 거 알 거 없다. 어서 들어가자."

아저씨가 소년의 손목을 움켜쥐고 마당 안으로 성큼 들어선다. 그들 두 사람을 기다렸다는 듯이 다시 눈발이 흩날리기 시작한다. 목화송이 같은 눈송이가 온 세상을 뒤덮을 듯이 맹렬한 기세로 내려온다.

갑자기 대청마루 밑에 있던 누렁이가 뛰어나와 그들 두 사람에게 다가오기 시작한다. 누렁이는 소년에게는 가지 않고 아저씨 주위를 맴돌며 흠, 흠 냄새를 맡는다. 아저씨는 누렁이를 덥석 안으며 한동안 얼굴을 비빈다.

소년이 누렁이에게 묻는다.

"누렁아, 너 이 아저씨 알아?"

소년은 고개를 갸웃거린다. 집 마당으로 들어오고부터 아저씨의 행동이 아무래도 수상하다. 아저씨는 마치 이곳이 자신의 집이나 되는 것처럼 아무렇게나 움직인다.

아저씨는 할머니가 계시는 안방 섬돌 밑에 갑자기 무릎을 꿇고 앉는다. 소년은 깜짝 놀라며 그 자리에 얼어붙은 듯 서버리고 만다. 소년의 입에서 작지만 힘있는 말이 새어 나온다.

"아, 버, 지…?"

인기척에 놀란 안방 안이 금세 밝아진다. 안방 문이 갑자기 열리며 소년의 어머니와 할머니가 고개를 내민다. 소년은 후다닥 달려가며 외친다.

"엄마!"

"형배야!"

두 사람이 얼싸안는다. 아저씨와 할머니는 아무말 없이 그저 웃기만 한다. 소년이 갑자기 소스라치듯 놀라며 마당에 꿇어앉아 있는 아저씨를 바라본다. 어머니가 소년의 등을 살짝 밀며 말한다.

"네 아버지란다. 가서 안아 드려라."

소년이 아저씨 쪽을 향해 멈칫멈칫 걸어가기 시작한다. 아저씨는 소년이 가까이 다가가자 얼른 소년의 손목을 낚아채며 품 안에

달밤 153

덥석 안는다.

"형배야!"

"아버지!"

아버지가 소년을 한쪽으로 밀치며 무릎걸음으로 소년의 할머니 쪽으로 움직인다. 소년의 할머니가 아들을 한동안 내려다보다가 이윽고 말문을 연다.

"아범아, 그동안 고생 많았다. 이젠 푹 쉬는 일만 남았다."

소년의 어머니가 남편 가까이 걸어와 작은 목소리로 말한다.

"형배 아버지!"

"당신 떠났다면서? 거기서 행복하게 살지 않고 왜 이곳으로 돌아왔어?"

"이집 사람들 얼굴이 항상 가물가물해 마음이 편치 않았어요."

할머니가 소년에게 손짓하며 은근하게 말한다.

"형배야, 오늘 밤엔 할머니하고 함께 자자."

"왜요?"

할머니가 소년의 엉덩이를 살짝 때리며 말한다.

"네 아버지 10년 만에 돌아왔고, 네 어머니도 다시 돌아왔는데… 저쪽 건넌방에 신혼방을 꾸며놨으니 그동안 회포나 풀어야지. 형배 동생 하나 만들면 더 좋고… 흐, 흐."

"할머니, 내 동생요?"

"너도 크면 다 알게 되느니라."

모두 방 안으로 들어간다. 조금 있다 불마저 꺼지니 고즈넉하다. 어느새 눈발이 걷혔다. 마당 한가운데 누렁이 하나만 덜렁 남았다. 누렁이는 안방 문 앞에서 뭔가 낌새를 찾으려는 듯이 코를 들이밀고 흠흠 거린다. 이번에는 건넌방 쪽으로 어슬렁어슬렁 걸음을 옮긴다. 별 재미를 못 느낀 모양인지 다시 마루 밑으로 들어간다.

다시 눈발이 펄펄 내리기 시작한다.

마루 밑의 누렁이가 후다닥 튀어나와 밤하늘을 향해 컹컹 짖어대기 시작한다. 솜뭉치만큼 커진 눈발이 모든 것을 다 뒤엎겠다는 기세로 쏟아지기 시작한다. 누렁이는 눈발이라도 장난이라도 해보겠다는 심사인지, 이리 뛰고 저리 뛰면서 아주 흥겨워하는 눈치다.

그 소리에 잠을 깼는지 안방 문이 열리며 할머니와 소년이 문을 열고 내다본다. 할머니가 흐뭇하게 웃으며 말한다.

"우리 누렁이도 왜 안 좋아하겠느냐? 10년 만에 떠났던 제 주인이 돌아왔는데… 그래, 즐거우면 밤새 뛰어놀아라."

다시 건넌방에 불이 켜진다. 소년의 아버지와 어머니가 나란히 얼굴을 내민다. 이러저리 살피다 안방의 두 사람과 눈이 마주친다. 어머니와 아버지는 수줍은 듯 얼른 들어가 불을 꺼 버린다. 소년과 할머니도 이내 들어가고 방 안의 불이 꺼진다.

누렁이의 장난질은 좀체 그치지 않을 모양이다.

모텔 파라다이스

모텔 파라다이스.

주택가 한가운데에 어색하게 자리 잡은 그곳은 욕망과 본능의 해방구였다. 그곳을 드나드는 사람들의 모습은 두 가지 유형으로 대별할 수 있다. 정답게 팔짱을 낀 채 거리낌 없이 드나드는 한 부류와, 다른 하나는 어정쩡한 몸놀림으로 시간차를 두고 제각각 드나드는 부류가 바로 그들이다. 그들은 들어갈 때에는 모두 기대감과 긴장으로 잔뜩 얼어붙어 있었지만, 나올 때에는 온몸에 기분 좋은 나른함이 곰실거리고 있었다. 그 앞을 지나치는 행인들은 흡사 못 볼 것을 본 것 같은 벌레 씹은 얼굴로 그 건물을 외면하곤 했다. 그곳 주차장에 세워 놓은 차들 역시 부끄러운 곳을 감추려는 듯 하나같이 번호판을 가린 채 외면하고 있었다.

3월 하순의 나른한 오후 세 시.
나는 지금 불륜을 저지르는 아내를 살해하기 위해 이곳에 왔다.

모텔 파라다이스. 저곳에 들어가면 아내의 바람을 잠재울 수 있는 뾰족한 희망이라도 찾을 수 있을까?

전지 크기의 카운터 창문 너머로 50대 중반의 여자 얼굴이 보인다. 왠지 여자의 얼굴에서 느끼하면서도 은밀한 정액 냄새가 내비치는 것 같다. 밤꽃 냄새가 꼭 그렇다고 누가 그랬던가 싶다. 그래 그럴는지도 모르는 일이다. 오전 11시부터 정오 사이의 체크아웃 시간이면 층마다 숙소의 문이 열릴 것이다. 그러면 숙소의 방마다에서 그 특유한 밤꽃 냄새가 야금야금 흘러나올 것이다. 커다란 검은 비닐봉지를 든 아주머니 종업원들이 밀감 껍질과 담배꽁초가 수북한 재떨이를 비우고, 정액이 덕지덕지 묻은 휴지를 비우고, 방 여기저기 널브러진 축축한 수건들을 치울 것이다. 창문을 열면 여기저기 웅크리고 있던 교성(嬌聲)의 찌꺼기들과, 오감을 자극하는 본능의 미립자들이 만신창이가 되어 3월 하순의 나른한 햇살 속에 흘러들 것이다.

205호입니다. 태극기를 팔러 다니는 사내가 접선하는 비밀 요원처럼 내게 속삭여준 아지트의 번호이다. 3만 원을 쥐어든 사내의 손이 파르르 떨린다. 돌아서서 골목을 휑하니 빠져나가는 사내의 뒷모습을 물끄러미 바라본다. 갑자기 사내의 온몸이 조각조각 나며 부서지는 착시 현상에 잠시 흠칫 놀라 머리를 흔들며 마음을 다잡는다. 오후 3시 경의 모텔 파라다이스 205호. 보험 설계사로 근무하는 아내는 지금 고객인 사내와 어떤 풍경을 연출하고 있을까. 사내는 지금쯤 아랫도리만 걸친 채 침대 끝에 걸터앉아 있을 것이다. 그는 담배를 피우다 말고 욕실에서 희미하게 새어 나오는 물소리에 신경을 곤두세우며 곰팡이가 슬어있을 성욕을 꺼내 만지작거리고 있을지도 모른다. 배턴 터치. 아내가 긴 타월에 몸을 가린 채 욕실을 나오고, 사내가 짐짓 마른기침을 해대며 어색한 몸놀림으로 들어갈 것이다. 아내는 헤어드라이기로 머리를 말리며, 잠시 후 사내가 자신의 온몸에 오금이 저려오는 열꽃을 피울 걸을 기대하며 나직한 신음소리를 내뱉고 있을지도 모른다. 아내가 알몸으로 침대 위의 이불 속으로 들어간다. 욕실 문 열리는 소리가 나자 그녀는 고개를 돌리며 지그시 두 눈을 감아 버린다.

　사내와 아내의 오후 3시 10분의 이 나른한 관계가 계약이 아니었으면 한다. 억대 보험 계약을 체결한 대가로서의 아내의 일방적인 성의 제공이 아니라, 저 밑바닥에 갇혀 옴짝달싹 못하는 서로의 성적본능을 꺼내 아낌없이 교환하는 그런 교접이었으면 한다. 여보, 나한테 미안해하거나 수치스러워할 필요가 없는 거야. 당신 옆에 누워있는 사내는 허깨비에 불과해. 그 속에는 바로 내가 들어있기 때문이야. 그렇기 때문에 지금 당신은 나와 교접하는 거나 다름없어. 당신이 내뱉는 교성의 주파수가 올라갈수록 그건 이미 죽어가는 내 성욕의 따귀를 때려 정신을 들게 하는 일이니까 말이야.

 문득 엊그제 본 영화가 떠오른다. 사고로 전신 마비가 되어 누워 있는 남편 얀이 신혼의 아내 베스에게 성적 접촉을 할 것을 간절하게 요구한다. 당신 말이야, 이 마을의 다른 남자와 관계를 맺어. 그 곁에는 바로 내가 누워있는 거나 다름없다니까. 그런 다음 그 관계에 대한 행복한 이야기를 내게 해줘. 그게 바로 나를 살리는 길이야, 알겠어? 오직 남편에 대한 헌신과 희생을 미덕으로 알고 있는 그녀는 얀의 회복을 위해 기괴한 성적 편력의 길을 나선다. 그녀는 버스를 탄다. 버스 맨 뒷자리에 초로에 접어든 남자가 쓸쓸한 얼굴로 버스의 덜컹거림에 몸을 내맡긴 채 앉아 있다. 그녀는 그 곁으로 다가가 바지의 지퍼를 내린다. 그녀의 진지한 행위로 인해 남자의 얼굴에는 금세 나른한 봄빛의 열꽃이 가득 피어난다. 버스를 내린 그녀는 마을의 술집에 들어가 홀로 앉아 술을 마시는 남자의 건너편에 앉는다. 그녀의 야릇한 웃음에 남자가 바깥으로 이끌려 나온다. 술집 뒤편의 야산에서 그녀는 남자의 쓸쓸함을 포근하게 껴안는다. 이 소식을 접한 마을 교회의 장로들과 아이들은 막달레나 마리아에게 돌을 던지듯 그녀의 영혼을 짓이긴다. 그래도 남편에게는 회복의 기미가 보이지 않는다. 아, 이건 아니다. 약발이 약한 게 아닐까? 그녀는 마을 앞 바다 위의 화물선으로 잠입한다. 그녀는 수십 명의 선원에게 윤간을 당해 초죽음 상태로 병원에 실려 간다. 기적이 일어난다. 그녀는 숨을 거두지만 남편 얀은 기적적으로 회생한다. 남편 얀에 대한 베스의 헌신적 사랑과 희생으로서의 타나토스적 여정이 하늘의 마음을 울린 것이다.

 아니야, 이건 아니야! 나는 문득 고개를 세차게 내젖는다. 아내는 영화 속의 베스가 아니지 않는가. 픽션으로서의 사소한 영화에 호도되어 내 목적을 잊어서는 곤란해. 나는 지금 아내를 살해하기 위해 뒤를 밟지 않았는가. 선혈이 낭자한 침대 시트의 처참한 핏빛 풍경을 보기 위해, 어제 퇴근 무렵에 학교에 휴가원을 제출하지 않았는가 말이다. 교장은 휴가원을 제출하는 나를 보고 난색을 표하지 않았는가. 박 선생, 그 반에 미정이라는 아이가 있지요? 왜 그 아이에게 무슨 일이라도 있습니까? 허허, 김 선생 이거… 등잔 밑이 어둡다더니 소식이 깡통이구먼. 뭔데 그러십니까? 이봐요, 김 선생. 그 애가 원조 교제를 한다는 소식이 교내에 파다해요. 네, 금시초문인데요? 쪽방에 살만큼 형편이 궁색하긴 합니다만 그럴 리가 없을 텐데요? 엊그제 수학과의 이 선생이 술에 취해 귀가하다가 모텔에서 웬 중년 사내와 함께 나오는 그 앨 봤다지 않습니까. 아니, 박 선생에게 귀띔하지 않습디까? 그리고 말이에요. 3학년 국어과의 최 부장이 영문도 모르게 가출하여 잠적한 건 알고 있겠지요? 지금 가족들이 울고불고 난리법석을 떨며 학교에 전화질을 해대고 있으니… 어휴, 나도 이 짓 정말 못해 먹겠어요. 왜 장모님이 많이 편찮으신가요? 그럼, 잘 다녀오겠습니다. 아, 참 그 미정이라는 학생… 더 이상 소문이 안 퍼지게 빨리 손을 쓰도록 해요.

카운터 저쪽 창 너머에서 주인 여자가 얼굴을 쑥 내밀고 묻는다. 잠깐 쉬다 가실 거지요? 그런데 얼맙니까? 3만 원이고요, 407호입니다. 난 숫자 중에서 4자를 참 싫어하는데 다른 층의 방은 안 될까요? 이층이 좋을 것 같네요. 그리고 6자를 참 좋아하거든요. 그럼 206호가 되네요. 주인 여자의 얼굴에 실낱같은 웃음이 휙 스치고 지나간다. 이 남자 이거 혼자 들어가는 모양인데, 205호에서 들리는 여자의 교성을 어떻게 참아낼지 참 궁금하다는 그녀의 심중을 재빨리 읽어낸다. 이봐요, 아주머니! 205호 여자의 교성은 이골나게 들어서 내가 더 잘 안다니까요. 206호의 열쇠를 집어 들고 계단을 오른다. 205호 앞을 지나다 문득 주위를 흠칫 살핀다. 문에다 귀를 들이대어 미세한 소리를 찾느라 안간힘을 써 본다. 아내의 예의 그 교성이 문틈으로 비죽비죽 튀어나오고 있다. 그 소리의 빛깔에는 왠지 힘이 있어 보인다.

206호의 문을 열고 방안으로 들어선다. 창문 곁의 탁자 위에다 품속의 칼을 꺼내 놓는다. 예리한 칼날이 형광 불빛을 받아 잠시 섬뜩한 살의를 내비친다. 그 비릿한 살의를 비웃기라도 하듯 저쪽 205에서 샤워기의 물 떨어지는 소리가 들려온다. 문득 아내의 온몸에서 흘러 떨어지고 있을 정욕의 찌꺼기들을 생각하니, 저 밑바닥에서부터 울끈 살의가 치솟아 오르는 것 같다. 모든 일에는 때가 있다. 한바탕 전쟁을 치르고 난 뒤의 나른한 휴식의 틈은 살인의 시간이 아니다. 한껏 부풀어 오른 정욕의 미립자들이 서로 부딪치며 긴장감을 조성하고 있을 그 틈이 살인의 최적 시간이다. 침대 시트에 선혈이 낭자하면 스파크를 일으키던 미립자들은 제풀에 픽픽 쓰러지고, 두 남녀의 비명 소리가 출구를 찾지 못해 우왕좌왕하는 그 혼란의 틈에 아내의 명을 끊는 것이 좋을 것이다. 문제는 그 최적의 살인 환경을 언제 포착해서 잠입하느냐는 것이다. 노크 소리에 문을 따는 소리, 사내를 밀치고 들어가 아내의 알몸에다 서너 차례 분노의 흔적을 재빨리 남기고, 선혈이 낭자할 즈음 급소를 찌를 그 순간이 살인의 정점이 되는 것이다.

3월 하순의 나른한 오후 네 시.
나는 지금 원조 교제의 중년 사내를 만나러 이곳에 왔다.
모텔 파라다이스. 저곳에 들어가면 그리운 방 한 칸을 마련할 수 있는 실낱같은 희망이라도 찾을 수 있을까?
모텔 파라다이스에 들어가고 난 10분 뒤에 그 아저씨로부터 전화가 걸려 왔다. 207호에 방을 잡아 두었으니 카운터에서 돈을 지불한 뒤 208호로 방을 잡으라는 것이다. 그런 뒤에 정확하게

4시 20분에 207호의 철문을 '337' 박수의 음률수로 두드리면 문을 열어주겠다는 것이다. 나는 카운터에 당도하기 전에 현관 유리창에 언뜻 얼굴을 비쳐본다. 내 나이보다 서너 살은 더 되어 보이는 여자의 얼굴이 낯설게 이쪽을 노려보고 있다. 저 얼굴이 나란 말인가? 종종 내 앞을 가로막고 뒷덜미를 낚아채기도 한 세월의 더께가 여고 3학년인 내 얼굴을 성숙한 여인의 얼굴로 덧칠해 버린 것이다.

그 주범은 바로 아버지이다. 아니, 그놈은 내 아버지랄 수도 없어. 그놈은 생물학적인 의미에서 나를 낳아준 수컷일 뿐이지, 윤리학적인 의미에서의 아버지 축에는 낄 수 없는 놈이지. 놈에게 있어선 밤이란 성욕을 분출할 수 있는 유일한 환경일 뿐이다. 엊저녁에도 그랬지. 팔순을 넘긴 제 어머니가 가랑가랑 가래 끓는 소리를 하며 몸을 뒤채어도, 여고 3학년인 큰딸이 바람벽을 향해 돌아누워 잠을 청해도, 초등학교 6학년인 막내 놈이 이따금 눈을 떠서 주위를 두리번거려도 아랑곳하지 않은 채 어머니를 올라타고 그 짓을 벌이는 놈이니까. 어머니가 교성을 지를 기색이라도 보이면 놈은 입을 틀어막고 상체를 낮추는 행위를 반복했다. 돌아누운 내 등짝의 긴장감을 눈여겨보면 정말 잠이 들었는지, 아니면 짐짓 그러는지 알 수 있을 텐데도 놈은 전혀 개의치 않았다. 그래, 맞아! 저건 아버지기 아니라 암컷의 몸에다 걷잡을 수 없는 성욕을 쏟아

붓는 광포한 수컷의 짐승일 뿐이야.

이튿날 아침이면 나는 어김없이 거울을 들여다본다. 그 속에는 날마다 나이보다 성숙해져 가는 여인의 얼굴이 있을 뿐이다. 놈이 밤의 한가운데다 수컷의 본능을 싸질러대는 날이면 나는 성장 호르몬을 맞은 것처럼 성숙해져 갈 뿐이었다. 그럴 때면 아, 이러다간 몇 년 못가서 내 얼굴이 할머니의 얼굴처럼 변하는 것은 아닐까 하는 공포감이 엄습한다. 그리고 보니 막내 놈의 얼굴도 요즘 들어 부쩍 어른스러워 보인다. 어머니와 놈의 얼굴만이 유들유들한 정액 크림을 바른 듯 젊어 보인다. 어머니는 숟가락질을 하면서도 나를 비롯한 가족들의 눈치를 살피기에 바쁘다. 놈은 한 서너 날 욕망을 분출하고 나면 언제 그랬냐는 듯이 휑하니 집을 나가 버린다. 놈이 한 두어 달 집을 비워야만, 막내동생 놈과 나는 그동안 잃어버렸던 젊음을 되찾는다.

하교하기가 무섭게 집에 전화를 걸어보는 것이 일이 되어 버렸다. 아, 그런데 그동안 코빼기도 보이지 않던 놈이 오늘따라 일찍 집에 들어와 어둠이 내리기를, 그리고 그 어둠을 밟고 어머니가 들어오기를 기다리고 있다. 놈의 얼굴을 많이 보지 않는 것이 하루라도 더 젊음을 유지하는 길이다. 놈의 욕망은 나를 겉늙게 하는 성장 호르몬이기 때문이다. 손목시계는 벌써 밤 10시를 가리키고 있다. 놈이 낮은 포복의 자세로 어머니를 타고 앉아 욕망을 분출하려면 자정을 넘어야 한다. 아, 한 평의 아늑한 방이 그립다. 막내동생을 정겹게 끌어안고 죽음보다 깊은 잠을 자고 싶은 한 평의 아늑한 방이 절실하게 그립다. 네온사인 불빛이 내 피곤한 얼굴 위에서 명멸하고 있다. 그 네온사인의 은밀한 욕망을 등에 업은 채 중년 사내의 비틀거리는 걸음이 스멀스멀 다가오고 있음을 느낀다.

얘, 너 거기서 뭘 하고 있는 거냐? 아, 아무것도 아니에요. 그냥 누굴 기다리고 있는 거예요. 얘, 이 아저씨랑 연애 한 번 해볼 생각 없니? 아, 아니란 말이에요. 아저씬 아저씨 갈 길이나 어서 서두르세요. 중년의 사내가 무게 중심을 잃은 채 비틀거리며 지갑에서 자기앞 수표 두 장을 꺼내 허공에다 이리저리 흔들어 보인다. 그래, 저 돈이면 놈을 제외한 우리 세 식구 한 달은 거뜬하게 지낼 생활의 무게이다. 중년 사내는 아직도 잉크 냄새가 가시지 않은 명함 한 장을 꺼내 내 앞가슴 속에다 찔러 넣으며 속삭인다. 한 두어 시간 아르바이트한다 생각하고 나한테 전화해, 응? 난 말이야, 시간과 돈 빼 놓으면 시체니까 언제든지 전화 때려, 응?

카운터의 여자 주인이 빤히 내 얼굴을 쳐다본다. 놈이 내 성장에 도움을 준 모양인지 여자 주인은 금세 속아 넘어간다. 잠시 쉬다 갈 거죠? 아줌마, 난 2층을 좋아하고 8자를 좋아해요. 내 참, 오늘은 서로 약속들을 하셨나, 웬 2자와 6자, 8자를 좋아하누. 옛수, 208호에요. 계단을 천천히 오른다. 대가리에 피도 안 마른 새파란 것이 벌건 대낮에 뭐 하러 방을 잡누. 주인 여자의 투덜거림이 내 발목을 따라오다 이내 푹 꺾인다. 그래, 나는 지금 아르바이트를 하러 가는 거다. 한 시간에 10만 원이면 이건 엄청난 시세 차익을 보는 셈이다. 두 시간 아르바이트하면 우리 가족의 명줄이 한 달 길어지는 것이나 다름이 없다. 두 눈 딱 감고 중년 사내의 사위어져 가는 본능만 활활 타오르게 해준다면 지상에 방 한 칸을 마련할 수 있다. 문제는 방 한 칸이다. 놈에게 마음 놓고 본능을 쏟아낼 수 있는 방 한 칸을 마련해 주든지, 아니면 막내 동생 놈과 나만을 위한 아늑한 꿈의 궁전을 마련하기로 하자. 그래, 이번 한 번만 두 눈 딱 감고 중년 사내의 욕정을 받아주기로 하자. 이번 한 번만 아르바이트하면 막내 동생 놈을 정겹게 끌어안고 혼곤한 잠에 빠질 그리운 방 한 칸을 더 마련할 수 있는 것이다. 그래, 삼 세 번이다.

204호를 지난다. 문이 열려 있다. 설핏 얼굴을 들이밀고 안을 들여다본다. 방안의 집기들이 낯선 얼굴로 이쪽을 건너다보고 있다. 아, 참 여기가 모텔이라고 했지? 모텔의 방은 화끈 달아오른 본능이 서로 맞부딪쳐 불꽃을 튕겨야 제 구실을 하는 셈이지. 205호 앞을 지나다 말고 멈칫 서서 안의 동정을 살핀다. 놈의 목소리 같은 둔탁한 사내의 기침소리와, 정점으로 치닫기 직전에 내지르는 여자의 교성이 안쪽 문에 부딪치는 소리다. 206호 앞을 다시 지난다. 사람은 있는 것 같은데 아무 소리도 들리지 않는다. 뭔가 비릿한 피 냄새가 풍겨오는 것도 같다. 문득 207호 앞에 멈춰 서서 손목시계를 내려다본다. 중년 사내가 일러준 대로 정확하게 4시 20분이다. 똑똑똑, 똑똑똑, 똑똑똑똑똑독똑. 중년 사내의 비릿한 본능을 일깨우는 3, 3, 7 음률수의 노크 소리에 문이 열린다. 중년 사내의 손이 살아있는 생명체처럼 불쑥 튀어나와 나의 수줍음과 공포감을 홱 낚아챈다.

  얘, 너 참 시간 하나는 정확하구나. 아이, 아저씨도… 아르바이트는 시간이 생명이라는 걸 모르세요? 우선 샤워부터 해야 되겠지? 그것보다 먼저 시간 수당을 주셔야죠. 허, 그놈 참 일도 하기 전에 수당부터 챙기네. 그럼, 지상에 방 한 칸 마련할 돈인데 제겐 금쪽같은 돈이나 다름없어요. 뭐, 지상의 방 한 칸? 얘, 너 지금 시 쓰고 있니? 아저씬 모르셔도 돼요. 나는 정색을 하고 중년 사내의 코 밑으로 불쑥 손을 내민다. 중년 사내가 지갑을 열어 빳빳한 자기앞 수표 두 장을 꺼내 건네준다. 금방이라도 손이 베일 것 같은 종이의 감촉에 잠시 무게 중심을 잃고 비틀거린다. 뒤 호주머니에 넣는다. 수표를 잡은 손을 금방 빼내려니 정말 아쉽다. 내 손가락과 수표가 따뜻한 온기를 주고받는다. 그 온기를 새김질하고 있자니 저 밑바닥에서부터 왈칵 설움의 덩이가 치솟는다. 얘, 너 울고 있구나. 아니, 아니에요! 그러고 있지 말고 어서 욕실에 들어가 샤워부터 하고 나오너라.

 샤워실의 희부윰한 거울에 얼굴을 비쳐 본다. 거울 속의 성숙한 여인은 온데간데없다. 거울에 입김을 불어넣어 집티를 닦는다. 손가락으로 촉촉한 거울의 면에 지상의 방 한 칸을 그려 넣는다. 막내동생 놈이 창턱에 밀감 빛깔의 등불을 건다. 창턱 저 너머에서 할머니의 가래 끓는 기침 소리가 그리운 소식처럼 넘어온다. 그래, 상호야. 자지 말고 누날 꼭 기다리고 있어. 두어 시간 아르바이트만 끝나면 곧장 달려갈게. 훌훌 남루한 옷을 벗어 버린다. 다시 저 밑바닥에서부터 설움의 덩이가 울컥 치솟아 오른다. 욕실 바닥에 주저앉아 하염없이 눈물을 흘린다.

 3월 하순의 묵지근한 오후 다섯 시.

 나는 지금 자살로 생을 마감하기 위해 이곳에 왔다.

 모텔 파라다이스. 저곳에 들어가면 좀 더 이승에 남아있어도 될 일말의 희망이라도 붙잡을 수 있을까?

 카운터의 유리창 너머로 주인 여자의 얼굴이 빤히 바라다보인다. 그 여자의 머리 위로는 희미한 형광 불빛이 맥없이 부서져 내리고 있다. 문득 저런 우중충한 잿빛 톤의 빛깔이 저승의 색감일지 모른다는 생각이 든다. 그렇다면 저 여자의 정체는 무엇일까? 이승에서의 행적을 낱낱이 꿰고 앉아, 수속 절차에 필요한 몇몇 사항의 질문을 체크하는 심문관의 역할을 수행하는 사람일지도 모른다.

문득 주위를 휘둘러본다. 흡사 저승꽃 같은 어둠의 입자들이 스멀스멀 이곳 골목 안으로 기어들고 있다. 그것들은 으슥하고 눅눅한 구석을 용케도 찾아들어 한낮의 오만과 가식을 하나씩 지워내기 시작한다. 어둠은 일시에 들어 닥치지 않는다. 그것은 마치 인체의 장기에 잠입하는 악성 종양처럼, 아무도 모르게 스며들어 야금야금 빛을 갉아먹기 시작한다. 간암 말기입니다. 아니, 이 지경에 이르기까지 여태 뭐하고 있었습니까? 그럼, 전혀 희망이라도 없는 겁니까? 간은 인체의 해독 공장이나 다름없습니다. 그곳이 사단 났는데 어떻게 손을 쓸 수 있겠습니까? 데드라인이 얼마 정도입니까? 아니, 이판에 농담 짓거리가 나옵니까? 두어 달밖엔 남지 않았으니 지금부터라도 차근차근 하나씩 주변 정리를 하셔야 할 것 같습니다. 정리할 게 너무 많은데 이를 어쩌면 좋습니까? 이보세요, 그런 자질구레한 일에 한눈을 팔다 보니 해독 공장의 기둥뿌리가 썩어가는 줄도 모르셨잖습니까? 저도 농담 하나 할까요? 이건 주방이나 욕실처럼 리폼이 되지 않습니다.

그 이후부터 모든 것이 잿빛이다. 모든 풍경이 본디의 색깔을 잃어버리고 어느새 수묵 담채화의 빛깔로 바뀌어 버렸고, 그 뒤를 흐르는 배경 역시 단조로운 모노크롬 일색이다. 문득 아내의 빈정거림이 환청처럼 귓바퀴에 맴돌기 시작한다. 아니, 당신 말이에요… 학교 교사가 이래도 되는 거예요? 아이들한텐 정직하게 살아라, 인생은 공수래공수거다, 게거품을 내며 경제 정의를 부르짖으면서 이렇게 부동산 투기를 해도 되는 거냐 말이에요. 이봐, 이게 바로 이전투구의 험한 세상을 살아가는 버팀목이고 무게 중심이야. 나한텐 이게 밥이고 힘이고 권력이야. 이게 없으면 난 소금기둥처럼 무너져 버리고, 이게 없으면 난 맥이 풀려 세상에서 발을 빼야 하거든. 아니, 죽을 때 그걸 다 짊어지시고 갈 거예요? 집은 한 채로도 충분해요. 그런데 당신은 집이 도대체 몇 채예요? 자그마치 다섯 채예요, 다섯 채! 집은 가족의 행복을 담는 공간이지 사고파는 매매의 대상이 아니란 말이에요. 허허, 이 여편네 호강에 받쳐 요강에 똥 싸고 있네. 이건 내가 세상을 살아가는 법이고, 권력이고, 힘이란 말이야. 이상 끝!

 전자 대리점의 쇼 윈도우 앞에서 물끄러미 진열장 안을 들여다본다. 텔레비전 화면 안에서 말씀의 성찬이 펼쳐지고 있다. 동안의 교황이 운집한 신도 앞에서 나직나직 생명의 말씀을 나눠주고 계신다. 문득 나한테 질책하는 소리 같기도 하다. 야, 임마! 그 돈 그거 사실은 네 것이 아니야. 누군가가 지상의 너에게 잠시 맡겨놓은 것뿐이야. 그러니 이제 그걸 원래 주인에게 돌려줘야 한단 말이야. 그러고, 임마! 네 곁의 아리따운 아내와 딸 그거 사실은 네 것이 아니야. 누군가가 지상의 너에게 잠시 맡겨놓은 것뿐이야. 그러니 이제 그걸 원래 주인에게 되돌려줘야 한단 말이야. 그래, 그래 생각 잘 했어. 모든 걸 다 돌려주고 빈손으로 홀가분하게 떠나는 거야, 알았지?

언제부터인가 세상의 귀퉁이가 하나씩 하나씩 무너져 내리기 시작한다. 건물의 귀퉁이가 부식한 철근 덩이처럼 푸슬푸슬 닳아 무너지고, 그리운 사람들의 얼굴이 한 조각 한 조각 모자이크 조각처럼 이리저리 흩어지고, 실로폰 소리처럼 퐁퐁 튀어 오르던 시간의 조각들이 지는 꽃잎처럼 부질없이 흩어지고 있다. 나 이외에는 아무도 눈에 들어오지 않던 익명의 얼굴들이 매 순간순간 새로운 윤곽으로 다가온다. 나 이외에는 눈에 차지 않던 흐릿한 세상의 풍경들이 매 순간순간 초점이 뚜렷한 의미로 다가온다. 연분홍 치마가 흥에 겨워 봄바람에 흩날리는데 나는 지금 두툼한 죽음의 외투를 걸친 채 눈부신 한낮의 중심에 서 있다. 갑자기 한 떼의 바람이 스치고 지나간다. 몇 낱의 꽃 이파리가 하늘하늘 내 죽음 근처로 떨어지고 있다. 꽃잎 뒤에서 눈부신 말씀이 쏟아져 내리기 시작한다. 그래, 그래 모든 것이 부질없는 거야. 헛되고 헛되니 모든 것이 헛되도다. 솔로몬의 잠언이 내 온몸을 감싸고돌기 시작한다. 순간 번쩍 정신이 들기 시작한다. 말씀이 내 피부의 모공 속으로 깊숙이 스며들어 육신을 정화하고 영혼을 정화하기 시작한다. 그동안 힘이고 권력이고 밥이었던 에너지가 다 빠져나가, 바싹 말라붙은 추한 몰골을 세상에 보여줘선 안 된다. 뼈만 남아 앙상한 탐욕의 불쾌한 흔적을 그리운 사람들에게 보여줘선 결코 안 된다. 그래, 언젠가 지나다니며 보아 두었던 모텔 파라다이스로 찾아가 나 혼자 조용히 생을 마감하자.

카운터에 들어서기 전에 현관 유리에 슬쩍 내 모습을 비춰본다. 온몸을 허무로 덧칠한 외로운 사내 하나가 이쪽을 안쓰럽게 바라보고 있다. 그 사내가 무척 불쌍해 보인다. 가까이 다가가 손이라도 마주잡고 등을 어루만져 주고 싶다. 그 사내가 불쌍해 얼른 몸을 피한다. 사내가 갑자기 내 뒷덜미를 낚아채는 것만 같다. 카운터로 어기적어기적 다가선다. 주인 여자가 잿빛 톤의 목소리로 불쑥 물어온다. 잠시 쉬시다 가실 거죠? 아니, 영원히 쉬려고 왔는데요. 손님께선 뭐 좋아하는 숫자라도 있으세요? 지금까지 숫자놀음에 미쳐 기둥뿌리 썩는 줄도 모르고 있었지요. 좋아하는 숫자 없으세요? 그럼, 내가 하나 골라드릴까요? 가만있자, 205호, 207호는 떡 치는 소리에 심란하실 거고… 아, 209호가 좋겠네요. 괜찮으시죠? 저쪽 계단을 올라가 우측으로 꺾으시면 바로 209홉니다. 세 시간이니 편히 쉬다 가세요.

209호. 저승 문이 바로 코앞에 떡 버티고 서 있다. 문을 열고 들어서니 방바닥에 죽치고 앉아있던 무료와 침묵이 호들갑스레 창문 저 너머로 사라져 버린다. 창문을 열고 바깥 풍경을 내다본다. 이미 어둠은 저만치 잠입해 때를 기다리고 있다. 어둠에 쫓긴 햇살들은 저만치 물러나 큰길가에 서성이고 있다. 이제 마지막이다. 조금 있으면 그동안 세상 속에 담그고 있던 발을 빼야 한다. 그동안 내 시야 속에서 물러나 천덕꾸러기로 지내오던 세상의 풍경들이 저요, 저요 냅다 나를 향해 손을 들어 보이며 기억해 주기를 바라고 있다. 그래, 너 쓰레기통이지? 이젠 결코 널 잊지 않을게. 오, 그래 넌 전신주지? 그동안 너한테 소홀해서 미안해. 이제부턴 관심을 가질게.

호주머니 안에서 약병을 꺼낸다. 병속에서 나를 저승으로 데려다줄 말간 액체가 찰랑거리며 눈을 흘기고 있다. 망설이면 안 된다. 지금까지 내가 살아왔던 것처럼 단숨에 나를 해치워야 한다. 병꼭지를 돌리며 주위의 세상 풍경을 마지막으로 조심스레 훑어본다. 그래, 정말 망설이면 안 된다. 그동안 힘과 밥과 권력을 얻기 위해 세상 모든 것을 단칼에 해치운 것처럼 나란 놈을 단숨에 끝장내야 하는 것이다.

모텔 파라다이스 206호.

다시 옆방에서 아내의 간드러진 교성이 들려오고 있다. 여기 이 방에 들어오고부터 벌써 세 번째이다. 다시 또 욕정의 분출이 시작된 모양이다. 문득 손목시계를 들여다본다. 5시 20분이다. 이럴 때면 으레 나는 아내의 오르가슴에 맞춰 타이밍을 조절하곤 한다. 백, 구십구, 구십팔, 구십칠, 구십육… 아니야, 아냐! 이건 이미 누구나 써먹을 대로 써 먹은 낡은 수법이지. 그럴 때면 다시 새로운 레퍼토리를 사용하곤 했었지. 그래, 바로 그거야! 가만 있자… '브레이킹 더 웨이브'라는 영화에서 여주인공 베스 역을 맡은 여배우 이름이 뭐더라? 에, 에, 에밀리 왓슨이지. 여성에겐 세상은 큰 감옥이나 다름없다는 '서클'을 만든 이란의 영화감독이 누구였더라? 가만있자… 그래, 그래 자파르 파나히였지. 그런데 별의별 궁여지책을 다 쥐어짜내도 10분을 넘기지 못했지. 그러면 아내는 싸늘하게 돌아누워 미명이 밝아올 때까지 한마디의 말도 안 하곤 했었지. 10분이라는 나의 인내심이 그렇게 평균을 밑도는 수치는 아닌데도, 이내는 늘 나의 특이한 체질을 비웃곤 했었지. 그처럼 아내의 육체는 특이한 체질을 가지고 있었다.

 30분 가까이 넘어서야 아내가 내지르는 교성의 강도가 가속 페달을 밟은 것처럼 강렬해지기 시작한다. 퇴실 시간을 알리는 카운터의 차임벨 소리가 그들의 욕정에 갑자기 찬물을 끼얹는다. 그래, 바로 이때야. 예리한 칼날을 형광 불빛에 대어본다. 섬뜩한 살의의 미립자들이 용접 불꽃처럼 튀어 오른다. 칼을 들어 허공에다 대고 휙휙 서너 번 그어본다. 206호의 문을 여는 소리와 겹쳐 갑자기

207호 쪽에서 무척 어려 보이는 여자의 외마디 비명이 들려온다. 그 비명의 꼬리를 물고 숨이 턱턱 막히는 듯한 사내의 신음소리가 들려온다. 205호의 문을 세차게 두드린다. 안에서 사내의 헛기침 소리와 함께 문이 열린다. 열린 문틈으로 욕실의 물 내리는 소리가 느닷없이 뛰어든다. 사내를 홱 밀치고 욕실의 문을 열어제낀다. 아내가 샤워를 하다 말고 외마디 비명을 내지른다. 너, 이년! 오늘 이 네년 제삿날인 줄 알아라. 여보, 그 칼 제발 놓고 우리 이성적으로 대화해요, 네? 너, 이년! 너란 년은 육체의 교접을 통해서만 사랑을 확인하려 하고, 난 정신적으로도 얼마든지 사랑이 가능하다고 믿고… 애초부터 네년과 난 코드가 맞지 않았던 거야. 여보, 모든 걸 다 얘기할 테니 제발 그 칼을 놓고 대화하도록 해요, 네? 예리한 칼날이 눈을 희번덕이며 살의의 감정을 연신 재촉한다. 아내의 젖무덤 사이에 칼끝을 갖다 대며 휙 그어 버린다. 비릿한 피 냄새가 진동한다. 아내는 가슴을 두 손으로 감싸 쥐며 욕실 바닥에 흥건한 피를 발견하고 다시 단말마의 비명을 내지른다. 바깥에서 예의 그 어려 보이는 여자의 비명이 다시 들려오기 시작한다. 사람 살려요, 사람 살려요! 아저씨가 방안에 쓰러져 있어요. 어디선가 많이 들어본 듯한 귀에 익은 목소리이다. 그래, 미정이 바로 그 애야.

 나는 칼을 욕실 바닥에 내팽개친 채 복도로 튀어나온다. 207호

문 앞에 내 반의 미정이가 반라의 차림으로 쪼그려 앉아 있다. 교장이 귀띔한 원조 교제의 장본인이 바로 미정이었구나. 미정이의 몸이 점점 작아지는 것만 같다. 그 아이는 나라도 뛰어가 일으켜 세워주지 않으면 미세한 먼지가 되어 카펫 바닥에 숨어버릴 것만 같다. 미정아, 네가 여기 웬일이냐, 응? 선생님, 선생님, 제가 잘못했어요. 지상의 방 한 칸이 그리워 이런 추잡한 일을 하게 된 거예요. 저기, 저기 방안에 아저씨가 쓰러져 있어요. 제 몸을 어루만지다 갑자기 나무토막처럼 쓰러졌어요. 미정아, 아저씬 내가 알아서 처리할 테니 넌 어서 옷 입고 집으로 가거라. 선생님, 정말 제가 잘못했어요. 나는 접선하는 비밀 요원처럼 미정이의 귀에 대고 떨리는 목소리로 속삭인다. 미정아, 이 일은 하늘도 땅도 아무도 모르는 거야. 너와 나만 입 꼭 다물면 되는 거야, 알았지? 미정이는 207호 문을 열고 들어서면서 후렴 시구 같은 소리를 다시 중얼거린다. 지상의 방 한 칸이 절실하게 그리워서 이런 거예요.

갑자기 복도 끝에 위치한 209호 문이 열리며 낯익은 사내가 풀숲의 메뚜기처럼 불쑥 튀어나온다. 아니, 최 부장 선생이 여기 웬일이세요? 그러는 박 선생은 여기 웬 일이세요? 최 부장의 손에 약병이 들려져 있다. 낌새를 알아챈 그가 손에 붙은 날벌레를 떼어내듯 약병을 멀찌감치 던져 버린다. 참, 최 부장 선생님, 날 좀 도와주셔야겠습니다. 207호 안에 중년 사내 하나가 쓰러져 있을 겁니다.

그 짓을 벌이다 갑자기 쓰러진 걸로 봐서 아무래도 복상사 같아요. 205 욕실에도 여자 하나가 칼에 찔려 피를 흘리고 있어요. 난 그 여잘 응급실로 옮길 테니 최 부장께선 저 중년 사낼 책임지셔야 할 것 같아요. 지금 당장 옮기면 목숨은 건질 것 같아요. 들어오면서 보니까 요 앞 길 건너편에 큰 병원이 하나 있습디다. 207호의 문이 열리며 미정이가 나온다. 하늘과 땅도 모르는 일인데 최 부장이 알아선 안 될 거야. 나는 207호 쪽으로 돌아서려는 최 부장을 갑자기 불러 세운다. 참, 최 부장 선생님. 그쪽이 급하니 먼저 가도록 하세요. 207호를 나온 미정이가 계단을 터벅터벅 걸어 내려가 금세 시야에서 지워지자 크게 안도의 한숨을 내쉰다.

207호로 들어간 최 부장이 부끄러운 곳만 겨우 가린 중년 사내를 들쳐업고 나와 계단 저쪽으로 급히 사라진다. 나는 205호 문을 열고 욕실로 들어선다. 중년 사내가 정액이 덕지덕지 묻은 수건으로 아내의 젖무덤을 가린 채 고개를 푹 숙이고 있다. 뒤로 돌아서며 욕실 바닥에 엉거주춤 쪼그려 앉자 중년 사내가 아내를 부축하여 업혀준다. 사내는 아내의 알몸에 잔뜩 구겨져 흐트러진 침대 시트를 집어 덮어준다. 나는 잠시 무게 중심을 잡지 못한 채 비틀거린다. 아내가 평소에 이렇게 무거웠나? 아니지, 아니야! 난 지금 아내를 업고 있는 게 아니라 묵직한 욕정의 덩이를 업고 있는 거야. 아내의 몸에는 아직까지 욕정의 찌꺼기가 덕지덕지 묻어 있을 것이며, 그 위를 덮고 있는 침대 시트 역시 성욕의 미립자가 우글거리고 있을 테지. 그래서 이렇게 무거운 것일 테지.

아내를 병원 응급실의 침대에 눕혀 놓는다. 어지러운 발자국 소리가 침대 가까이 밀어닥친다. 아내의 곁에는 중년 사내가 죽은 듯이 누워있다. 그 주위를 몇 명의 의사들이 에워싼 채 심폐 소생술을 하느라 팥죽 같은 땀을 흘리고 있다. 최 부장 선생과 나는 현관문을 열고 나와 담배를 피운다. 밖은 이미 어둠이 완연하다. 밤의 어둠은 모든 비밀을 은밀하게 덮으며 숨을 죽인 채 할딱거리고 있다. 우리 두 사람은 담배를 피우다 말고 어둠에 묻혀가는 서로의 얼굴을 바라보며 뜻 모를 웃음을 날리고 있을 뿐이다.

모텔 파라다이스.

주택가 한가운데에 어색하게 자리 잡은 그곳은 언제부터인지는 몰라도 상처받은 사람들의 아늑한 보금자리 역할을 톡톡히 해냈다. 그곳에 들어가는 사람들의 모습은 만신창이의 아픔으로 일그러져 보였지만, 그곳을 나오는 사람들의 모습은 한결같이 행복해 보였다. 지나가는 행인 중 몇몇은 길을 가다 말고 잠시 멈춰 서서 건물을 정겹게 바라보곤 했다. 그 행인들 틈에는 지상 위에 방 한 칸을 마련한 여고생 미정이도, 목숨이 붙어있는 그날까지 세상의 모든 풍경을 사랑하지 않을 수 없는 최 부장 선생의 모습도, 아내와 정겹게 팔짱을 낀 나의 모습도 보였다.

사초(史草)

1.

연산의 부왕 성종실록의 편찬이 드디어 완성되었다.

연산 1년인 1495년에 시작되어 1500년에 완성되었으니 5년이 걸린 셈이다. 그동안 칼바람에 한번 휩쓸려 피의 숙청을 불러왔다. 누구는 무덤 밖으로까지 불려 나와야만 했다. 시체를 부수거나 잘라서 처형당하는 수모까지 겪었다. 김일손은 왕조의 정통성을 부정하는 사초를 잘못 작성했다는 혐의로 사초가 불태워지고 유배와 금고형을 받았다. 사람들은 그 피의 바람을 사대부의 재앙 또는 재난을 의미한다고 해서 선비의 재난, 즉 '사화'(史禍)라고 불렀다.

1500년 7월.

세검정 조지서(造紙署)가 있는 널찍한 차일암 위에 차일이 둘러처지고, 실록 편찬에 애쓴 자들을 위한 잔칫상이 마련되었다. 실록

사초(史草) 185

편찬 축하연 겸 위로연의 자리가 마련된 것이다. 상이 길게 이어 붙여지고, 그 위에 갖가지 산해진미가 차려졌다. 춘추관에 실록청이 차려지고 수많은 사관이 동원되어 실록이 완성된 것만큼, 음식 가짓수도 세기 어려울 만큼 다양하고 가무악도 풍성했다. 아직 높으신 분들이 축하연에 도착하지 않아 좌중에서는 몇몇 농담거리가 오고 가는 중이다.

종 5품 춘추관 기사관 겸 사관인 이영수가 좌정한 사람들을 힐끗 일별했다.

이영수 맞은편에 앉아 있던 사관이 두 눈을 가느스름하게 뜨고 이야깃거리를 궁글리다가 불쑥 말했다.

"참, 춘추관 기사관 나리. 무슨 소문 못 들어 봤습니까?"

"소문입니까, 아니면 사실입니까?"

"제가 그 실체를 확인하진 않았으니 뜬소문이 맞겠지요."

"그게 무슨 뜻입니까?"

"사초를 보관한 서고에서 야간 당직을 서던 기록사(記錄事) 실무직원이, 무오사화 때 죽은 김성호 서리의 유령을 봤다는 겁니다. 사실인지요?"

이영수는 순간 소름이 돋는 듯한 한기를 느꼈다. 도포 자락 밑으로 서늘한 기운이 짧게 스치고 지나간다. 문득 맞은편 그 사내의 얼굴 위에 죽은 김성호의 얼굴이 비쳐진다. 김성호가 뒤돌아서서 서고의 단단한 문에 연신 이마를 짓찧는 모습이 환영처럼 일렁이기 시작한다. 사초를 보관한 서고의 문에 핏물이 흥건하게 번진다. 이를 목격한 현왕 연산의 표정이 하얗게 질린다.

이영수는 환영을 탈탈 털어 버리듯이 고개를 좌우로 세차게 내저으며 말했다.

"그 야간 당직이 뭔가 헛것이라도 보았던 게지요?"

"아니, 서고 문에 이마를 짓찧어대는 모습을 봤다고 합니다."

"그렇더라도 본인이 직접 확인하신 건 아니지 않습니까?"

"그래서 서고 야간 당직설 때, 내가 직접 확인 한번 해 보려던 참입니다."

"확인해서 뭘 어쩌겠다는 것이지요?"

"그냥 그렇다는 것이지요?"

"뭐가 말의 앞뒤 끝이 없이 그렇습니까?"

이영수는 파리 떼처럼 달라붙는 환영의 조각들을 떼 내듯 의도적으로 소리 나게 헛기침을 몇 번 했다. 조금 전까지 선명하게 김성호의 모습을 조합하려던 얼굴 조각들이 다시 산산조각 흩어진다. 이번에는 이마를 찧어대는 김성호 뒤에 노회한 유자광의 모습이 불쑥 들어선다. 유자광은 눈살을 찌푸리며 한동안 어이없어하다가 섬찟 한 발 뒤로 물러섰다.

"이보게, 이보게 진정하게. 그런데 사초를 당장 가져오라는 지엄하신 임금의 명인 걸 난들 어떡하겠나?"

"나리! 임금이고 나발이고 간에, 사초는 그 어느 누구도 봐선 안 됩니다."

"자네 지금 지엄하신 임금을 '나발'이라고 했겠다. 그러다 임금의 노여움이라도 사면 어쩌려고 그러나, 응?"

"제 한 목숨 초개같이 버리면 되지요."

"이보게, 임금님의 지엄하신 분부인 걸 몰라서 그러는 건 아니겠지?"

"나리! 제가 두 눈 확 까뒤집고 죽는 꼴을 봐야 물러서겠사옵니까?"

김성호의 두 눈이 일시에 허옇게 뒤집어졌다. 예사 사람은 엄두도 못낼 일이었다. 두 눈에는 흰자만 가득했다. 유자광은 한동안 비틀거리다 겨우 제정신을 차렸다.

"아, 알았네. 그러니 제발 진정하게."

유자광이 휙 돌아서서 한동안 그 자리에 멈춰 서 있다. 머리끝까지 치솟는 화를 가라앉히고 있는 것이 분명하다. 그러다가 슬쩍 돌아서며 다시 노회하게 웃는다. 임금님이 직접 이곳 춘추관 서고에 행차해도, 네놈이 얼마나 버티는가 보자고 속으로 쾌재를 부르는 것인지도 몰랐다.

유자광은 지금 기가 막힐 지경이다. 춘추관 관장이 안절부절못하며 서고의 문이 열리길 기다리고 있는 데에도, 그것도 임금의 명을 받은 유자광이 김일손의 사초를 확인하고자 하는 데에도, 춘추관의 말단 서리 주제에 지금 앞을 가로막고 있다는 기막힌 현실이 그저 우스울 뿐이다.

그들은 아마 이를 멍하니 지켜보고 있는 이영수까지도 증오할 것이다. 이영수 역시 달리 손을 쓸 수도 없다. 피범벅인 그의 이마가 더 이상 물러설 수 없다는 결의를 나타내고 있지 않은가. 김성호의 직속 상관인 이영수의 명령이나 꼬드김에도 아랑곳하지 않을 것은 분명하다.

지금 유자광과 이영수 앞에 버티고 서 있는 것은 하잘것없는 춘추관의 말단 서리 김성호가 아니라, 천지개벽에도 끄떡하지 않을 어떤 태산이 버티고 서 있는 것이다. 그런데 바로 그때 연산 임금이 그 자리에 나타난 것이다. 가시덤불을 헤치고 나와 한숨 돌리려 했더니 이번에는 더한 첩첩산중이었다.

연산 임금 앞에서 김성호는 더 광분했다. 연산은 한술 더 떠 노기충천했지만, 그의 표정에는 어두운 그늘이 드리워져 있었다. 죽음을 각오한 그 앞에서는 그 어느 누구도 더 이상 손을 쓸 수가 없었다. 이영수는 그 뒤를 헤쳐나가기가 오리무중이라 더 이상 생각하기 싫었다.

2.

다시 세초연 자리가 시끌벅적하다.

차일암 개울가에는 조지서 직원들의 감독 아래 작업 인부들의 '세초'가 한창이다. 실록의 편찬이 끝났으니 사초를 기록했던 종이도 씻어야 한다. 종이를 재생해 다시 사초를 기록한다는 의미도 있지만, 사초에 적혀 있던 영욕의 역사를 흐르는 물에 씻어 보낸다는 의미가 더 크다. 아무도 보아선 안 되는 사초의 기록을 흐르는 물에 흘려보내는 것이다. 흐르는 물만이 역사의 진실을 오롯이 이해하고 씻어내는 것이다. 인간의 사리 판단과 영욕이 사초를 씻어내는 것이 아니라, 자연의 도도한 물이 그 영욕을 정화시키는 셈이다.

조지서 책임자며 성종실록 편찬을 진두지휘하던 판관이 축하연의 시끌벅적한 시간 속으로 들어선다. 그 옆에는 무오사화 당시 춘추관 관장이던 유자광이 서 있다. 그는 연산의 총애로 우의정까지 꿰차 서슬이 시퍼렇게 살아 있었지만, 기고만장해 왕의 정통성까지 넘본다는 힐책으로 지금은 주눅이 들어있는 상태이다.

유자광이 자리에 앉아 좌중을 일별하다가 문득 이영수와 눈이 마주친다. 이영수는 한 치의 흐트러짐도 없는 꼿꼿함으로 유자광의 매서운 시선을 받아냈다.

"거기 앉아 있는 자네… 우리 어디서 본 적이 없었나?"

그때는 그때고 지금은 지금이다. 지금은 웃어른으로 대접하는 것이 옳다. 이영수는 잠시 뜸을 들이다가 우의정 유자광을 향해 격식을 차려 말했다.

"춘추관 사관 이영수이옵니다."

"아니, 지금이 아니라 그때 그 끔찍한 현장에 있던 그 사람 아니던가?"

"네. 그땐 춘추관 기사관이었지만, 지금은 승급해 기주관으로 근무하고 있습니다."

"으흠, 이번에 승급했군. 언젠가는 춘추관 관장 자리에 앉아야 하지 않겠나?"

"말씀만 들어도 감사할 따름입니다."

"그때, 자네 밑에 있던 서리가 누구였지?"

"아, 그 친구 말인가요? 지금은 비록 죽었지만, 그 당시는 제 아래 말단 서리였습니다."

"하여튼 그 친구 참 맹랑한 구석이 있더군."

유자광은 다시 소매 밑 팔뚝 사이로 휙 스치고 지나가는 소름을 느끼듯이 잠시 멍한 표정을 지어 보였다. 죽은 김성호처럼 일언반구의 융통성이 없는 사람은 처음이었다. 현실감은 전혀 없이 어떤 이상주의에 얽매어있는 그 사람을 도저히 이해할 수가 없었다.

그런데도 지금 그 앞의 이영수는 죽은 김성수의 이상을 너무도 당연시하고 있다. 이영수는 지금 그에게 "너는 너대로 살고 우리는 우리대로 사는 수밖에 없으니 관여하지 말라."고 말하는 듯 보였다.

좌중이 일시에 찬물을 끼얹은 듯 조용해졌다. 이번 실록 편찬을 주도했던 유자광이 담담하게 말문을 열었다.

"자, 다들 모이셨지요? 오늘이 무슨 날인지는 소식 들어 다 아시겠지요?"

나서기 좋아하는 춘추관의 익히 아는 사관이 불쑥 끼어들었다.

"드디어 선왕인 성종실록이 완성되어 사고에 보관된 날이기도 하고, 이곳 차일암에서 사초를 흐르는 물에 씻어내는 날이기도 하지요."

당상관이 유자광의 눈치를 살피다가 한마디 했다.

"우의정 대감께서 먼저 한 말씀 하시지요?"

"오늘 성상께서 사관의 임무가 하늘 아래 그 무엇으로도 덮을 것이 없을 정도로 막중하다고 말씀하셨습니다. 진실은 오직 사관만이 알고 있다는 뜻을 되새기기 위해, 이렇게 세초연을 베풀어 주신 것입니다."

이영수가 벌떡 일어서며 꼿꼿한 말투로 비웃적거렸다.

"그런데, 그런데 말입니다. 막중한 임무를 부여받은 사관들이 임금과 신료들에게 핍박을 받아, 제 임무를 수행하지 못한 사례도 더러 있어 마음 착잡하기도 합니다."

조지서 책임자 판관이 벌떡 일어서며 이영수를 제지하려 하자, 우의정 유자광이 소매를 붙잡으며 만류했다.

"그때 그 김성호도 김성호지만, 자넨 그보다 더했으면 더했지 덜하진 않네. 산 하나 넘어서니 더 첩첩산중이구먼."

한순간, 화기애애하던 분위기가 일순 흐트러졌다. 모두 무오사화 때의 김성호보다 지금의 이영수가 더 첩첩산중으로 꽉 막혔다는 빈정거림이었다. 좌중에 찬물을 끼얹은 이영수와 유자광의 대치에, 모두 서로의 눈치를 살피며 묵묵부답이다. 그들은 지금 각자 어떻게 처신해야 할지에 대한 셈 계산이 바쁠 것이다. 조지서 책임자인 판관이 흐트러진 분위기를 되찾으려 안간힘을 쓰는 눈치다.

"이영수 사관님은 사관의 임무가 막중함을 다시 한번 깨닫게 했습니다."

갑자기 사초 기록을 씻어내는 골짜기에서 웅성거리는 소리가 들려왔다. 세초하던 인부 몇 사람이 웬 여자 앞을 가로막으며 실랑이를 벌이고 있었다.

여자의 목소리가 어딘가 낯익어 보였다. 그 옆에서 거들고 있는 중년 부인 역시 그 차림새와 목소리가 낯익어 이영수가 벌떡 일어나 가까이 다가갔다. 죽은 김성호의 미망인인 박미영과, 그녀의 시어머니이며 김성호의 어머니가 분명했다. 이영수는 두 사람을 세초연에서 조금 떨어진 호젓한 곳 너른 바위 위로 안내하고 마주 앉았다.

이영수가 박미영의 눈치를 곰곰 살피다가 마지못한 듯 말문을 열었다.

"사내아이 하나 있다는 걸 압니다만… 이젠 제법 자랐겠지요?"

"그 당시 유복자였는데, 지금은 세 살입니다."

"아버질 닮아 총명하겠지요?"

"제 아버지 고집을 뛰어넘습니다. 제 아비는 비록 사관이 못됐지만… 자긴 꼭 사관이 되겠다고 합니다. 참, 승진하셨다고 들었습니다."

미망인 박미영은 얼굴 가득 우수가 짙게 깔려 있었다. 그녀는 남편의 그 태산 같은 고집이 지금까지도 이해되지 않는 모양이었다. 그런데 그 아들이 다시 아비의 가시덤불을 헤쳐나가겠다고 한다. 그 아이가 사관이 된다면 또 한 번의 파란곡절을 만날 것만 같아 살얼음판 위를 걷는 느낌이었다.

김성호의 어머니 역시 손자가 걱정이라고 했다.

"우리 성호 말인데요… 왜 그 당시 자기 힘으로는 어쩔 수 없는 걸 알면서도, 바위에 계란 치는 일을 했는지 모르겠어요."

"어쩌면 사간원 정언이었던 김일손 선생님과, 춘추관 사관이었던 제가 아드님의 죽음을 재촉했는지도 모릅니다."

김성호의 어머니가 잠시 놀라는 눈치였다. 아들의 고집을 부추겨 죽음을 재촉한 두 사람이 불편할 수밖에 없었던 모양이다. 어머니에게만큼은 세 사람의 비밀 결사 이야기를 터놓고 얘기할 수 없었다. 그것은 곧 화약을 짊어지고 불 속으로 뛰어드는 것이나 마찬가지였다.

사간원 정언이었던 김일손, 그리고 춘추관 기사관이었던 이영수, 서리 일을 맡고 있던 김성호의 비밀 결사는 그 어느 누구도 알지 못했다. 김일손 정언이 그의 스승인 김종직의 '조의제문'을 사초에 실은 것이 화근이 되자, 그들 세 사람의 의기투합은 성벽처럼 더 단단해질 수밖에 없었다.

3.

어느덧 해가 지고 있었다.

두 여인은 앞서거니 뒷서거니 하면서 노을 속으로 자박자박 걸어 들어갔다. 두 여인은 아들에 대한 붉은 마음처럼 서서히 물들어

가고 있었다. 세살박이 아들의 위험한 꿈으로 인해 그들 두 사람의 운명은 이미 정해져 있어 답답할 것이다. 문득 그들 속으로 뛰어들어 마치 없던 일처럼 되돌리고 싶다는 생각이 왈칵 일기도 했지만, 이미 화살은 시위를 떠나고 없었다.

　이영수는 너른 바위 위에 털썩 주저앉았다. 사간원 정언 김일손 선생은 이영수의 삶의 길에서 지워버릴 수 없을 만큼 이미 운명 지워져 있었다. 젊은 날 이영수의 아버지는 이미 김일손과 엮어져 있었다. 김일손과 함께 사관으로 근무했던 이영수의 아버지는 김일손의 일거수일투족이 자신의 지향점이었다.

　이영수의 아버지 역시 사초를 유출시키려 했던 어느 대간을 온 몸으로 막으며 저항하다가 스스로 목숨을 끊었다. 그러니까 김일손과 이영수의 아버지인 이수찬, 그리고 춘추관 기사관이며 사관인 이영수는 이미 한 줄로 꿰어진 운명 공동체였다. 그 비밀 공동체에서 이영수의 아버지가 줄에 꿰어 있었듯, 이영수 자신도 김일손이라는 그늘 속으로 들어와 있는 동지나 마찬가지였다.

　그런데 김성호가 그들의 계획된 삶의 예정 속으로 느닷없이 발을 들인 것은 큰 파란이었다. 서기다 또한 김성호의 아들 역시 아버지의 예정된 삶에 편입되겠다고 한다. 김성호는 그렇다 치더라도 그의 아들만큼은 진로를 바꿔주어야만 한다. 그들 두 여인처럼 평범하게 살도록 해야 한다. 그것이 자신의 도리이자 이루어야 할 몫이라고 이영수는 생각했다.

이영수는 김성호와의 첫 만남을 잊을 수 없었다.
김성호는 무오사화가 일어나기 한해 전인 1497년 춘추관 서리로 들어왔다. 춘추관 서리는 사료의 정리, 문서 작성 보조, 기록물 관리, 기타 행정 업무를 맡았지만, 김성호는 주로 왕조의 중요한 기록물을 체계적으로 관리하고, 보존 상태를 확인하는 역할을 주로 맡았다.
그날 저녁, 이영수는 주막에서 그와 함께 밥을 먹고 술을 마셨다. 당시 김일손은 예문관 검열로 근무하며 사관의 업무까지 수행했다. 이영수는 이미 김일손의 그늘 속으로 들어와 있는 데다가, 아버지 이수찬 역시 예문관 정언으로 있던 김일손 밑에서 함께 일을 한 적도 있었다. 그래서 그는 마치 죽은 아버지를 다시 만난 듯 김일손을 그림자처럼 따를 수밖에 없었다.
김일손이 김성호에게 술을 한 잔 따른 뒤 물었다.
"자네 꿈은 뭔가?"
"사관이 꿈이었는데 변변찮은 집안 출신이라 꿈은 이루지 못했습니다. 그래도 사초를 보관하고 지키는데 제 목숨을 걸려고 합니다."
이영수가 한바탕 크게 웃고 나서 말했다.

"아니, 자네… 그렇게 함부로 목숨까지 걸 필요는 없네."

"그 어느 누구도 사초를 봐선 안 된다고 들었습니다. 권력자가 자기 마음대로 사초를 보고 고친다면, 사관들이 역사를 바로 기록할 명분이 생기지 않을 테니까요."

김일손이 주위를 휘둘러 본 다음 고개를 숙이며 나지막하게 말했다.

"전하는 자신의 통치시기에 작성된 사초가 자신에게 불리한 내용으로 기록될 것을 염려해, 유자광을 통해 사초를 열람하고 있다는 소문이 떠돌고 있다는군. 즉, 자신의 통치에 대한 부정적인 기록을 최소화하겠다는 거지."

이영수가 김일손의 말을 받았다.

"전하의 경우, 실록 편찬에 영향을 미치기 위해 사초를 직접 관리하려고 하는 작태입니다. 그게 사실이라면 이를 단호히 막아야 합니다."

김일손이 고개를 숙인 채 한동안 생각에 잠겨 있었다. 그의 얼굴에 근심이 덕지덕지 끼어 있었다. 이영수가 이를 눈치채고 불쑥 끼어들었다.

"선생님, 뭔가 걱정되는 거라도 있습니까?"

"내가 사초에 스승인 김종직의 '조의제문'을 실었는데, 그게 아무래도 마음에 걸려. 지금 왕은 자신의 정통성을 확립하기 위해 혈안이 돼 있는데, 조의제문은 그 좋은 먹잇감이 될 수 있는 거야."

지금까지 가만히 두 사람의 이야기를 듣고 있던 김성호가 불쑥 나섰다.

"그러고 보니 이극돈, 유자광이 왕과 한 패거리 아닙니까?"

이영수가 한숨을 쉬다가 투덜거렸다.

"유자광은 대간으로 사초를 포함한 중요한 기록과 문서를 관리하는 역할을 담당하는 자리에 있지 않습니까? 거기다 이극돈은 유자광과 한 패이죠. 그 둘이 손뼉을 마주친다면 무슨 일이 일어날지 모릅니다."

김일손이 허공을 뚫어지게 바라보다가 걱정스런 투로 말했다.

"지난번에 이극돈이 자신의 잘못된 일을 사초에서 지워 달라 부탁했는데, 내가 이를 무시해서 평소에 나한테 좋지 않은 감정을 갖고 있을 거야."

지금까지 두 사람의 이야기만 듣고 있던 김성호가 단호하게 말했다.

"제가 지금 사초를 보관하는 서고의 열쇠를 가지고 있으니까 끄떡없습니다. 제가 그 앞에 떡 버티고 서서 막고 있는 한 천하없어도 안 됩니다. 선생님, 걱정마십시오."

실록이나 사초를 보관하는 서고의 열쇠는 여러 가지가 있었다.

4.

이영수는 야간 당직을 서는 날, 눈 한번 붙일 틈도 없이 춘추관 서고의 구조와 길을 이 잡듯이 뒤졌다. 춘추관은 경복궁 내부에 위치한다. 춘추관 서고는 화재나 침입에 대비해 내구성이 좋은 재료로 지어졌다. 온도와 습도를 조절하기 위한 장치도 마련되어 있었다. 주로 석조, 또는 목조 구조물로 지어졌으며, 방화에 대비해 기록을 안전하게 보관할 수 있도록 신경을 썼다.

이영수는 어둠의 적요를 자분자분 밟으며 서고의 층별을 톺아보았다. 서고 내부는 기록물의 양과 중요도에 따라 여러 구획으로 나누어져 있었다. 사초, 실록, 기타 사료 등이 구분되어 보관되고 있었다. 각 구획은 안전한 보관을 위해 문과 자물쇠로 잠갔으며, 기록물에 접근할 수 있는 사람은 엄격히 제한되어 있었다.

사초는 종이에 작성되었기 때문에, 습기와 해충으로부터 보호하는 것이 매우 중요하다. 이를 위해 서고는 습기를 조절하고 해충을 막는 다양한 방식을 사용했으며, 정기적으로 점검을 통해 상태를 확인했다. 기록물이 훼손되지 않도록 햇빛에 직접 노출되지 않도록 배치되었으며, 환기가 잘 되는 구조로 설계되었다.

이영수는 서고를 일별하고 나서 고개를 끄덕였다.

'서고에 대한 접근은 엄격히 통제되고 있어. 사초를 열람하거나 반출하려면 특별한 허가가 반드시 수반되지. 사관과 실록 편찬관만이 사초에 접근할 수 있어. 기록물이 외부로 유출되거나 손상되지 않도록 여러 겹의 보안 체계가 완벽하게 수립돼 있어.'

다음 날 저녁이었다.

김일손과 이영수, 그리고 김성호 세 사람은 주막의 비밀 장소에서 만났다. 이영수가 야간 당직을 서면서 사초와 실록을 보관하는 춘추관 서고의 구조와 보안에 대해 설명했다. 어느 누구도 접근할 수 없다는 결론에 이르렀다. 그러나 한 가지 구멍이 있었다. 권력자가 사초나 실록, 그리고 기록물을 유출해서 고치겠다는 야욕을 가진다면 그것은 어쩔 수 없다는 것이다.

김성호가 이야기를 다 듣고 나서 맥 빠진 소리를 했다.

"문젠 권력자의 야욕이네요. 사초를 보고 싶다는 절실한 야욕만 있다면 얼마든지 가능합니다. 특히 임금과 같은 무소불위의 권력자는 막을 수 없다는 겁니다."

이영수가 고심하던 끝에 대안을 제시했다.

"서고 앞에까지 오는 데에는 여러 열쇠가 필요합니다. 그 열쇠를 누가 관리하고 통제하는가가 문제입니다."

김성호가 갑자기 두 눈을 반짝이며 눈치듯 말했다.

"문제는 사초나 실록이 보관되어 있는 서고의 열쇠입니다. 누가 그 열쇠를 쥐고 있느냐에 따라 판도가 달라진다는 겁니다."

"그래도 최고 권력자의 야욕 앞엔 맥을 못 추게 돼 있죠."

이영수가 다시 맥 빠진 소리를 했다. 김성호가 두 주먹을 불끈 쥐며 벌떡 일어나 소리쳤다.

"무슨 소리로 애원하거나 협박해도 서고의 문을 열어주지 않으면 됩니다."

김일손이 걱정스런 말투로 말했다.

"그래, 그 야욕 앞에선 아무도 손을 못쓰는 게 문제야."

"죽음을 각오하고 서고를 지킨다면 막을 수 있을 것입니다. 내가 그 앞장을 서겠습니다."

김일손이 김성호를 잠시 안쓰럽게 바라보다가 히쭉 웃으며 말했다.

"이보게, 목숨까지 걸 필요는 없네."

"사초와 실록은 역사의 진실한 기록입니다. 그 진실을 왜곡하거나 날조하려는 세력은 과감하게 퇴출돼야 합니다. 후대 사람들을 위해서라도 그 진실은 꼭 지켜져야 합니다."

이번에는 이영수가 김성호의 의지 가득한 눈을 들여다보았다. 흔히 보는 예사 눈길이 아니었다. 눈에 서려 있는 기운이 형형했다. 김성호의 안광에는 상대를 쏘아보고 그 마음까지 송두리 째 헤아려보는 예지력이 있었다.

이영수가 한동안 허공을 바라보다가 이윽고 입을 열었다.

"선생님, 유자광 대간은 지금 중추부지사를 맡고 있습니다. 그 직위가 어떤 자립니까? 군사와 관련된 업무를 담당하는 중추부의 고위직 아닙니까? 마음만 먹으면 선생님의 사초를 문제 삼아 임금에게 보고할 것이고, 이게 빌미가 되어 피바람이 불어 닥칠 수도 있습니다. 지금 당장 무슨 수라도 써야 합니다."

"죽음 따윈 두렵지 않네. 훈구파의 표적이 되어 우리 사림 세력이 피의 숙청을 당할까 그게 두려운 거네."

김성호가 무슨 좋은 생각이 났다는 듯 안광을 빛내며 물었다.

"참, 지금 춘추관장이 누구이옵니까?"

이영수가 그의 말을 이어받았다.

"춘추관 관장은 영의정 이극돈일세. 춘추관 관장은 조선의 역사 기록을 담당하는 춘추관의 수장으로, 대개 영의정, 좌의정, 우의정과 같은 삼정승이 겸직하는 경우가 많다네. 참 아까 말씀하시길, 이극돈이 선생님에게 사초를 고쳐달라고 부탁했는데 선생님이 거절해 앙심을 품고 있을 겁니다. 이극돈이 '조의제문'을 기화로 유자광에게 귓속말을 할 것이고, 유자광은 조의제문은 임금의 정통성을 위협하는 행위라고 확대해석할 게 뻔합니다. 그러면 임금은 선생님의 사초를 가져오라는 명을 하달할 거라는 건 불을 보듯 뻔한 일입니다."

김성호가 탁자를 탁 치며 말했다.

"사초나 실록은 임금, 아니 그 할애비라도 볼 수 없다는 건 삼척동자라도 다 알고 있지 않습니까?"

이영수가 감정을 누그러뜨리듯 편안한 어조로 말했다.

"최고 권력자가 보고 싶다는 야욕만 가진다면 무슨 짓을 마다하겠는가?"

"그래도 안 된다고, 그럴 수 없다고 끝까지 막아야죠."

"자네 참 단순하네."

"서고 열쇠를 움켜쥐고 있다면 놈들도 어쩔 수 없을 겁니다."

김성호는 두 사람의 이야기에는 관여하지 않은 채 주막 안을 어슬렁거리며 걷고 있었다. 무엇인가 생각에 빠져 골똘하게 궁리하고 있는 듯했다. 이영수는 김일손과 이야기를 하면서도 간혹 김성호의 낌새를 언뜻언뜻 살폈다. 김성호는 무슨 묘안이라도 떠올랐는지, 걸음을 멈추고 의미심장하게 웃었다. 이영수와 함께 김성호를 살피고 있던 김일손도 그를 빤히 바라보며 걱정스런 표정을 지었다.

5.

며칠 뒤 김성호는 야간 당직을 서게 되었다.

그는 춘추관 안을 거닐며 각 서고의 시건장치를 하나하나 살폈다. 국가 기밀을 보호하고 기록물을 안전하게 보관하기 위해 여러 방식으로 잠금 및 보안 장치가 마련되어 있었다. 철제 자물쇠가 사용되고 있었다. 자물쇠는 매우 정교하게 만들어졌으며, 단순 형태가 아닌 복잡한 구조를 가져 쉽게 열리지 않았다.

사초와 실록이 보관된 서고는 일반적인 자물쇠보다 더 강력한 보안 장치가 사용되고 있었다. 서고 출입문은 더했다. 이중 또는 삼중 잠금장치가 설치되어 있어, 단순히 하나의 자물쇠만으로는 열 수 없게 되어 있었다. 이는 여러 보안 단계를 거쳐야만 서고를 열 수 있도록 설계된 방식이었다.

김성호는 사초가 보관되어 있는 한 서고 앞에서 걸음을 멈추었다. 각 서고마다 입을 꽉 다문 채 침묵으로 일관하고 있다. 사관들이 기록한 사초는 실록의 토대 자료가 되는 것으로, 봉투에 봉인되어 담당 사관의 날인이 찍혀 있어, 개봉했다가는 그 흔적이 선명하게 남는다.

김성호는 입을 꽉 다물고 있는 서고의 문을 쓰다듬었다. 쓰다듬다 못해 이번에는 양볼을 번갈아 가며 갖다 대 보았다. 싸늘한 기운이 느껴졌다. 원래 진실이란 온기가 없이 사실 그대로의 모습으로 어둠 속에 묻혀 있다. 김성호는 장난기가 발동해 손가락을 모두어 서고의 문을 톡톡 두드리며 나지막이 속삭였다.

"잘 계시겠지요?"

안에서는 아무런 기척이 없다. 진실은 침묵 속에 봉인되어 있으니 말이 없을 것이라고 생각하며 다시 한번 두드렸다. 묵직한 둔탁음이 서고 안의 적요를 휘저었다.

"누구라도 아무 이유 없이 문을 열면 가만있지 않겠지요?"

역시 서고 안은 아무런 기척이 없다. 침묵의 봉인이 풀리는 날에는 진실이 훼손되리라는 경계의 신호라고 생각했다.

김성호가 갑자기 실성한 사람처럼 큰 소리로 말했다.

"그런데 이극돈, 유자광을 비롯한 훈구파 일당이 진실의 봉인을 풀려고 합니다. 가만있지 않으시겠죠?"

서고 출입문 쪽에서 뚜벅뚜벅 발걸음 소리가 다가오고 있었다. 김성호는 그 소리가 들리지 않는지, 서고문에 볼을 갖다 대고 알 수 없는 소리를 중얼거리고 있었다. 발소리의 주인공은 이영수 사관이었다. 그는 김성호 쪽을 향해 소리 없는 걸음으로 다가오고 있었다. 그가 갑자기 김성호의 어깨를 툭 치며 말했다.

"자네, 지금 뭐하고 있는 겐가?"

"아니, 이 밤중에 여긴 웬 일이십니까? 당직은 아닐 테고…."

"집에 가서 일 좀 하려고 서류를 가지러 왔었네. 당직 명단에 자네 이름이 있는 걸 보고 여기까지 와 본 거네. 그런데 방금 뭐하고 있었나?"

"진실의 온기를 느끼고 있었습니다."

"그래, 진실은 온기가 있던가?"

"없었습니다. 괜히 저 혼자만 짝사랑하고 있었나 봅니다."

두 사람은 춘추관 서고 복도를 느릿느릿 걸었다. 서고 자체는 매우 견고하게 만들어져 외부 침입을 철저하게 방지하고 있었다. 벽은 두꺼운 돌이나 목재로 만들어졌으며, 서고문은 금속으로 강화된 곳도 있었다.

김성호가 서고 출입문까지 이영수를 배웅하다가 물었다.

"이 사관님. 춘추관 서고의 야간 당직 말인데요… 지체 높고 지식이 많은 관리가 서지 않고, 하필 저와 같은 무지렁이들에게만 맡길까요?"

"왜 그렇다고 생각하나?"

"무지렁이들은 고집이 세니까 그럴까요?"

"아니지. 지체 높고 머릿속에 먹물 많이 든 인간들은 계산이 빠르고 노회해서 그런 거야?"

"그럼 저 같은 무지렁이들은요?"

"자네 같은 사람들은 단순하고 착하며 고집이 세지. 그래서 술수를 잘 부리지 않는 거야. 그만큼 속내가 순수하다는 거지. 죽어 없어질망정 무릎 꿇지는 않는 뚝심과 고집이 있지. 저기 저 사초와 실록의 자료들도 자네들처럼 순수하고 고집이 세지. 고집 센 진실은 고집 센 사람들만이 지키는 거야. 그래서 춘추관 야간 당직은 춘추관 책임자인 지관사(知館事)를 중심으로, 부지관사가 보조 역할을 하고… 실무는 자네 같은 서리(書吏)나 고직(庫直)이 서는 게 아닐까?"

"고직은 고지식하다… 고지식한 사람은 힘이 세다."

"자네의 두 어깨에 나라의 운명이 달려있는 거야. 자부심을 갖도록 하게."

이영수는 서고문을 닫고 다시 돌아서는 김성호의 뒷모습을 한동안 바라보고 있었다. 뒷모습이 우직하고 듬직했다. 그 뒷모습의 우직함에서 사초나 실록의 진실을 온몸으로 막아낼 것 같은 희망을 보았다. 김성호도 뒤돌아보지 않으면서 서고가 즐비한 복도를 걸으면서 마음 가득 차오르는 뿌듯한 자부심을 느꼈다. 이영수가 자신의 모습이 보이지 않을 때까지 뒷모습을 바라보고 있다는 것을 감지할 수 있었다.

어디선가 개 짖는 소리가 들려왔다. 뭔가 개의 불편한 심사가 느껴지는 것도 같았다. 조금 있으니 파루 종소리가 들렸다. 야간 통금을 해제하는 소리인 동시에, 마음이 빗장을 여는 소리이기도 했다.

6.

드디어 사화의 피바람이 불기 시작했다.

실록청 당상 이극돈은 사초를 살피다가 깜짝 놀랐다. 사관 김일손이 자신의 부탁을 일언지하에 거절했던 기억이 떠올랐다.

"김일손 이 친구가… 결국 스스로 제 무덤을 파 버리고 말았어. 흐, 흐, 흐."

김일손의 사초에는 이극돈 자신에 대한 낯부끄러운 기록들이 가득했다. 이극돈은 불경을 잘 외운 덕에 전라도 관찰사가 되었다, 전라도 관찰사로 있을 때 정희왕후 상 중이었는데, 이극돈 자신이 슬픔에 배치되게 장흥의 관기를 가까이 했다… 등등의 수치스런 기록이 적혀 있었다.

이극돈은 김일손에게 성종실록 편찬 과정에서 사초의 기록을 수정해 달라고 부탁했는데, 김일손은 아비뻘인 자신의 청을 거절하며 사초에 적힌 내용 그대로를 고집했던 것이다. 그런데 김일손이 사초에 기록한 스승 김종직의 '조의제문'을 발견하고 쾌재를 불렀다.

나이 예순에 겨우 종 1품인 승정 대부에 오르며 경상도 관찰사에 제수되었는데, 이런 사정도 감안하지 않고 일언지하에 거절한 김일손에게 앙금이 깊어 있던 터에, 문제의 '조의제문'을 발견한 것은

신의 한 수였다.

　이극돈은 실록청의 또 다른 당상인 어세겸을 거쳐 김일손의 사초 내용이 유자광에게 전달되었다. 유자광은 윤필상, 노사신, 한치형을 찾아가 의논했다. 결국은 연산의 귀에까지 들어가게 되었다.

　승정원 도승지 한치형은 임금이 사초를 보게 되는 전례를 남기면 후세에 직필이 어려워질 것으로 염려했다. 결국은 김일손의 사초 중 관련 부분만 절취해 오기로 결론을 내리고, 유자광과 도승지 겸 춘추관장을 겸직하고 있던 한치형이 춘추관으로 들이닥쳐 서고의 문을 열라고 재촉했다.

　춘추관 서고 출입문에서부터 사초를 봉인해 보관하고 있는 서고까지 담당 관리들이 나누어 가지고 있던 열쇠 등을 들고 줄지어 도열했다. 연산 임금의 오른팔인 우의정 유자광, 춘추관 관장인 한치형이 떡 버티고 서 있으니, 용 빼는 재주가 없는 춘추관 관리들은 허리를 숙인 채 사시나무 떨 듯했다. 그러나 춘추관 기사관이며 사관인 이영수, 서고의 사초를 봉인하고 감독하는 실무자인 서리 김성호는 의연하게 허리를 펴고 고개를 꼿꼿하게 쳐들었다.

　유자광이 이영수에게 지시했다.

　"이보게 기사관, 어서 서고의 문을 열어 김일손의 사초를 꺼내도록 하게."

　"전례 없던 일입니다."

"전례가 없으니까 이제 만들면 돼지."

"아니 되옵니다. 사초는 임금은 물론 그 어느 누구도 봐서는 안 됩니다."

"어서 열어라, 임금의 명이다."

"아니 되옵니다."

이를 보다 못한 춘추관 관장 한치형이 앞으로 나서며 타일렀다.

"지엄하신 임금의 명이니 어쩔 수 없네."

"지금 제 앞에 서 계신 분이 조선의 춘추관 관장 맞사옵니까?"

유자광은 이영수의 꼿꼿한 자세와 서슬 퍼런 태도에 약간 주눅이 들어있는 낌새가 분명했다. 제 정신이 아니고서는 임금의 명인데도 일개 춘추관 사관 주제에 자신들을 가르치려고 대드는 품이 정상이 아닌 것 같았다. 미쳤거나 아니면 간이 배 밖으로 나왔거니 둘 중 하나임이 분명했다.

유자광이 한치형에게 슬쩍 물었다.

"간이 배 밖으로 나온 김일손은 왜 코빼기도 보이지 않는 거요?"

"몸이 안 좋아 고향으로 잠시 내려간 줄로 알고 있습니다."

유자광은 잠시 말문을 멈추고 생각에 잠기는 듯했다. 아들뻘밖에 되지 않는 사관 나부랭이가 무슨 배포로 이렇게 뻗대는지 그 뒷배경이 궁금했다. 임금의 오른팔로 나는 새도 떨어뜨리는 자신의 실체를 모르는 것인지, 아니면 알고도 사관의 임무에 충실해서 한번 뻗대어 보는 것인지 도저히 짐작이 서지 않았다.

"다 뜻이 있어 그러는데… 하룻강아지 범 무서운 줄도 모르는 격으로, 말단 사관 나부랭이 주제에 깝죽대고 그러느냐?"

"후대에 정확한 실록을 편찬하기 위해선, 궐내의 모든 일과 각 관아의 시정기를 빠짐없이 기록하는 게, 일개 사관 나부랭이의 임무이고 사명이옵니다."

"허허, 그놈 참 맹랑하구나. 춘추관장, 이놈 출신 성분이 뭐랍니까?"

"네, 부친은 선왕 때 김일손과 함께 예문관 사관으로 함께 근무한 적이 있다 하옵니다."

유자광은 이영수의 얼굴을 찬찬히 뜯어보았다. 어디서 본 듯도 하고 그렇지 않은 듯 생소하기도 했다. 필시 아비 얼굴을 닮았을 터이니 기억을 떠올려 보면 가닥이 잡힐 것도 같았다. 아비의 꼿꼿한 성품을 닮았을 것이 분명하니, 아비가 어떻게 죽었는지 사연을 들어보면 알 것도 같았다.

"그런데 이놈의 아빈 왜 일찍 세상을 버렸답니까?"

"사초 문제 때문이었습니다. 아비가 이수친이라고 아주 강직한 사관이었는데, 대간 나리가 사초를 보겠다고 억지를 부리는 터에… 결국 온몸으로 저항하다, 그게 안 되자 스스로 목숨을 끊은 줄로 알고 있습니다."

"흥, 그러니까… 그 애비에 그 아들인 셈이구나."

갑자기 춘추관 안으로 김성호가 헐레벌떡 뛰어 들어왔다. 그는 이영수 곁에 떡 버티어 서며 유자광을 흘깃 바라보았다. 유자광은 김성호의 낌새가 단단히 따져보겠다는 태도로 읽혀 뒷골이 잠시 지끈거렸다.

"넌, 또 뭐냐?"

"춘추관 말단 서리 김성호입니다."

"씨근대는 걸 보니 단단히 따져보겠다는 품새구나."

"네, 그렇습니다."

유자광은 잠시 두 눈을 감았다. 춘추관 말단 서리가 사관의 편을 들겠다고 지금 단단히 벼르고 있다. 지금 연산 임금은 사림파를 때려잡을 좋은 기회라 생각하고 김일손의 사초를 눈이 빠지게 기다리고 있다. 그린네 소무래기들이 앞으로 나서 두 팔을 벌려 막으며 사관의 임무에 대해 일장 연설을 풀어놓으려 하고 있다. 강을 어렵게 건너니 첩첩산중이 가로막고, 멧돼지를 피하니 범이 떡 버티고 서는 격이다.

유자광은 극약 처방을 내리는 수밖에 없었다. 칼과 창을 든 군대를 동원하는 수밖에 없었다. 말로 안 될 때는 무력을 사용하는 것이 순리이다. 유자광은 한치형 춘추관 관장에게 위압적으로 지시를 내렸다.

"춘추관 관장, 병조에 연락해 군대를 동원해 주시오."

"네, 알겠사옵니다."

그러자 김성호가 탁자 위에 있는 종이 뭉치와 붓을 챙겨 들고 곁의 이영수를 건너다보았다. 이영수가 김성호를 향해 말했다.

"우의정 유자광 대간이 한치형 춘추관 관장에게 병조에 연락해 군대를 동원하라고 지시를 내렸다… 이렇게 돼지요?"

이영수가 김성호의 말 뒤에 한마디 덧붙였다.

"한치형 춘추관 관장이 '네, 알겠사옵니다'라고 말했다고 써야지."

유자광이 붉으락푸르락 부은 얼굴로 치를 떨었다.

"이것들이 임금을 아주 우습게 아는구나."

다시 이영수가 김성호에게 지시를 내렸다.

"이봐, 김성호 서리, 한 글자도 빼지 말고 그대로 기록하시오."

조금 있으려니 춘추관 서고 안으로 병조의 군사들이 들이닥쳤다. 병사 하나가 춘추관 서고 앞에서 칼을 빼어 들자 한 사람이 달려와 문을 열었다. 다시 사초를 보관하는 서고 출입구에 도착했다. 그러자 군사 하나가 칼을 빼어들자 사초를 보관하고 있는 서고의 문이 열렸다. 이제 마지막 관문만이 남았다. 다시 군사가 서슬 퍼렇게 칼을 들이대자 누군가가 서고의 문을 열었다.

갑자기 김성호가 서고 앞에 떡 버티고 서서 두 팔을 벌리며 소리쳤다.

"이 안에 있는 사초는 내줄 수 없소."

유자광이 점잖은 목소리로 느긋하게 말했다.

"목숨이 아깝거든 어서 그 앞에서 비켜서라."

"목숨이 아깝지 않습니다."

유자광이 기가 막힌다는 듯이 빈정거리며 물었다.

"그럼, 네 목숨보다 더 아까운 게 뭐냐?"

"이 서고 안에 봉인된 채 침묵을 강요하는 진실이 더 아깝습니다."

잠시 술렁대던 분위기가 착 가라앉았다. 김성호의 진지한 발언이 좌중에 찬물을 끼얹었다. 김성호가 서고문을 향해 홱 돌아서며 머리에 오롯하게 힘을 모아 서고문을 들이받았다. 몇 번을 연속해 이마를 짓찧으니 피가 사방으로 튀었다.

그때였다.

"전하께서 납시었습니다."

그 소리가 떨어지기 무섭게 서고 앞에 도열해 있던 춘추관 사관과 직원들이 춘추관 복도에 넙죽 엎드렸다. 바늘 떨어지는 소리라도 잡힐 만큼 적요가 바닥에 가라앉았다.

연산이 피투성이가 된 김성호를 바라보며 얼굴을 찡그리자, 몇몇 사람이 김성호에게 달려들어 이마의 흥건한 피를 닦았다.

서고 앞에 용상을 대신한 의자가 놓이자 연산 임금이 마지못한 듯 앉았다. 연산의 눈길이 피투성이의 김성호와, 그 옆에서 아직도 흐르는 핏덩이를 훔쳐내는 사관 이영수를 뚫어질 듯 바라보았다. 연산이 고개를 갸웃거리자 유자광이 허리를 숙여 귓속말로 조용히 속삭였다. 연산이 이영수를 바라보다가 문득 물었다.

"네 애비도 사관이었다지? 그런 애비의 물고 늘어지는 성미를 닮아… 네놈도 지금 과인을 물고 늘어지겠다, 이 말이구나?"

"전하! 소신은 지금 사관의 정신에 입각해 소임을 다 하고자 할 뿐이옵니다."

"사관의 정신…? 그래 그게 뭐더냐?"

"동호직필이옵니다."

연산은 입속으로 '동호직필'을 몇 번이고 되뇌었다. 그러더니 아무래도 생소한지 춘추관 관장을 뚫어질 듯 바라보았다.

"동호직필? 춘추관 관장, 이게 무슨 뜻이지요?"

윤치형이 연산 가까이 걸어가 바들바들 떨리는 소리로 말했다.

"네, 전하! '좌전'에 나오는 얘기로… 중국 진나라 사관이었던 동호에 관한 고사이옵니다."

"글세, 그 뜻이 뭐냐고 묻지 않소?"

"'동호의 곧은 붓'이란 뜻으로, 권력이나 권세에 아부하지 않고, 있는 사실을 그대로 쓰는 사관의 정신을 이르는 말입니다."

이번에는 연산의 눈길이 김성호에게로 향했다. 김성호가 허리를 꼿꼿하게 세운 채 연산을 향해 히죽히죽 웃었다. 연산의 눈과 김성호의 눈이 서로 마주쳤다. 연산의 손가락이 파르르 떨리고 있는 것으로 봐 심사가 뒤틀리고 있음이 분명했다.

연산이 일어서서 김성호 쪽으로 발을 내딛었다. 그의 이마를 살펴보던 연산이 김성호에게 불쑥 물었다.

"뭔가 과인에게 하고 싶은 말이 있는 것 같구나. 뭐냐?"

"당신은 역사 속에 큰 오점을 남겼소. 뭔지 아시오?"

"그래, 그게 뭐냐?"

"그 누구도 봐선 안 되는 사초를 본 최초이자 최후의 왕이 되었소."

"또 있느냐?"

"임금다운 임금이 될 수 없었다는 게 가장 큰 불명예로 남을 겁니다."

연산이 광기로 눈이 뒤집혔다. 연산군이 갑자기 소리를 지르며 김성호의 입을 물어뜯었다. 김성호는 아무런 통증도 표현하는 법이 없이 히죽히죽 웃기만 했다. 주위에 있던 사람들이 더욱더 고개를 숙인 채 침묵 속으로 자신을 밀어 넣었다. 연산군의 입이 피로 흥건하게 물들어 있었다.

연산이 다시 의자에 앉으며 소리쳤다.

"여봐라! '조의제문'을 쓴 김종직은 부관참시하고, 김일손은 그의 고향으로 병사들을 급파해 잡아들여라. 그리고 저기 저 두 놈도 김일손 옆에 반드시 꿇어 앉혀라. 내, 친히 근정전 뜰에서 국문할 터이다."

갑자기 김성호가 너털웃음을 터뜨렸다. 오싹하리만큼의 전율이 침묵을 헤집으며 파고들었다. 연산이 김성호의 웃음에 두려움을 느끼는지 휙 돌아서서 춘추관을 휑하니 빠져나갔다. 그러자 김성호가 다시 광기 어린 소리를 질러대며 서고문에 자신의 이마를 짓찧었다. 연산은 뛰다시피 춘추관을 빠져나갔다. 연산도 거의 미친 사람처럼 이리저리 날뛰며 소리 질렀다.

갑자기 김성호가 피투성이 얼굴로 멀어져 가는 연산을 향해 소리쳤다.

"전하, 거기 서시오. 제발 임금의 체통 좀 지키시오."

연산의 걸음이 더 빨라졌다. 호위하는 군사들이 연산을 에워쌌다. 김성호가 피투성이 머리를 흔들며 연산 쪽을 향해 마구 내달렸다. 김성호가 호위 망을 뚫고 연산을 덮치려 하자, 병졸 하나가 칼을 뽑아 들었다. 김성호는 그 병사에게 와락 달려들어 입을 물어뜯었다.

연산이 잠시 걸음을 멈추며 되돌아보았다. 김성호가 다시 내달리며 소리쳤다.

"임금의 체통을 좀 생각하시오."

연산도 이에 질 위인이 아니었다. 히죽히죽 웃으며 비웃적거렸다.

"저런 호로자식을 봤나!"

"그래, 그럼 호로자식 맛 한 번 봐라."

김성호가 잽싸게 내달리며 연산의 뒤를 쫓았다. 두 사람 모두 정상이 아니었다. 그들을 호위하던 군사들도, 뒤따르던 춘추관 관리들도 모두 얼이 빠져 있었다. 마치 백일몽을 꾸는 듯했다.

어디선가 개 짖는 소리가 다시 들려왔다.

7.

1498년 무오년.

의금부에서 죄인의 심문과 고문, 그리고 형벌을 결정하는 연산의 국문이 이제 곧 시작되려고 한다. 국문은 임금이 직접 주재하는 경우가 대부분이지만, 때로는 임금의 명령에 따라 대신이나 신하들이 대신 국문을 수행하기도 한다. 이 경우에 임금은 최종 결정권자로서 보고받고, 그 처벌 여부를 결정하기도 한다.

국문은 대사헌이나 대제학 같은 고위 관리들이 그것을 주관하지만, 모든 것은 연산의 셈법에 따라 시행되고 결정된다. 대간은 사헌부와 사간원으로 구성된 언간들로, 국문 현장에서 심문을 주재하거나 감시하는 역할을 맡는다. 이번 국문은 훈구파가 사림파를 제거하려는 정치적 사건이기 때문에, 대간 중 훈구파 인사들이 연산의 지시를 받아 모든 것을 진행할 모양이다.

배석자들 또한 만만치 않다. 사관은 국문이나 재판에서 일어나는 사건들을 빠짐없이 기록하고, 법률을 집행하고 형벌을 관리하는 형조 관료들, 죄인에게 신체적 고통을 가해 자백을 받아내는 형리들, 국문 현장의 경비를 맡거나 죄인이 소란을 일으키거나 도망가는 것을 막기 위한 금군(禁軍), 유자광을 비롯한 훈구파 관료들이 배석으로 포진해 여유만만한 표정으로 국문이 시작되기를 기다리고 있다.

갑자기 연산이 벌떡 일어나 의금부 판사(判事)에게 지시를 내렸다.

"저기 저, 춘추관 사관인 이영수와 사초 보관과 감독을 맡은 서리 김성호란 자, 이 둘은 중죄인 김일손이 바라보이는 위치에 무릎을 꿇게 해 지켜보게 하라."

의금부 판사가 집행관들에게 다시 지시를 내렸다.

"어명을 집행하라."

형리 몇 사람이 그들 두 사람 앞으로 걸어간다. 이영수와 김성호는 형리들이 도착하기 전에 포박된 김일손 앞에 두 무릎을 꿇고 앉았다. 무릎을 꿇은 김성호는 연산과의 눈싸움에서 밀리지 않겠다는 듯 당당하게 쳐다보았다. 금부도사가 연산의 귀엣말을 듣고 호통을 쳤다.

춘추관 서리 김성호는 비웃적거리는 말로 되받아쳤다.

"한 가지 물어보겠습니다. 우리가 죄인입니까, 죄인이 아닙니까?"

연산이 잠시 생각에 잠기다가 불쑥 말했다.

"죄인은 아니나 짐에 대한 불경죄가 더 크다."

"안 되는 것을 안 된다고 말하는 것도 불경죄입니까?"

금부도사가 벌떡 일어서며 호통을 쳤다.

"지금 어느 안전이라고 고개를 바싹 치켜든 채 말대꾸냐."

"백성이 곧 근본이고 하늘이라고 했습니다. 백성은 임금을 태우는 배이기도 하지만, 임금이 정도를 벗어나면 그 배를 뒤흔드는 바다가 될 수 있습니다."

유자광이 빈정거리는 투로 말했다.

"허허 그놈 참, 말이 많다. 전하, 국문을 시작하시죠?"

"거, 소신을 보고 이웃 마을 개 부르듯이 놈, 놈 하는데… 사람 위에 사람 없습니다."

연산이 벌떡 일어서서 좌중을 휘둘러보았다. 연산이 말을 하지 않은 채 입만 달싹거리자, 배석한 모든 관료의 눈길이 일제히 그쪽으로 쏠렸다. 연산은 애써 태연을 가장한 채 포박되어있는 김일손을 내려다보았다.

"오늘은 짐이 죄인에게 친히 묻겠다. 죄인 김일손은 들어라. 네 스승이었던 김종직이 쓴 조의제문이 세조 임금의 왕위 찬탈을 빗대어 쓴 것이 맞느냐?"

김일손은 숙이고 있던 고개를 서서히 들어 올린 채 한동안 뜸을 들였다.

"소신이 실록 편찬할 때 그것을 넣은 건 사실이오나, 그 내용은 우리 조선 선대왕의 경우를 빗대어 표현한 것이 아니라, 초나라 희왕 때의 역사적 사실을 거울삼아 경계를 주고자 함이었습니다."

"그게 그거지 뭐냐?"

유자광이 불쑥 나서며 덧붙였다.

"아니옵니다. 전하! 이 자는 그런 사실을 알아채고도 훗날의 경계를 삼기 위해 스승의 글을 의도적으로 수록한 것이옵니다."

"진정 그것이 아니더냐?"

"전하! 유자광 대감은 중국 초나라 희왕 때의 고사를 억지로 우리 조선의 역사로 둔갑시키고 있사옵니다."

갑자기 무릎 꿇은 채 김일손의 말을 하나하나 새겨듣고 있던 김성호가 그 옆의 이영수를 바라보며 속삭였다.

"이영수 사관님, 들리지 않습니까? 어린 단종 임금이 음흉한 삼촌인 수양에게 이렇게 빌고 있는 것 같지 않습니까? '삼촌, 절 좀 살려주세요. 제 뒤에서 삼촌이 든든한 버팀목이 되어 준다면, 나라를 잘 다스릴 자신이 있습니다'라고 애원하는 것 같지 않습니까?"

이영수가 김성수에게 몸을 바싹 붙이며 수양에 빙의된 듯 굵직하고 힘 있는 목소리로 흉내를 내었다.

"'나도 조카의 청대로 그렇게 하고 싶지만… 지금 조선은 누란의 위기에 빠져 있습니다. 지금 조선은 유약한 군주보다 강하고 힘이 있는 군주를 원하고 있습니다'… 이렇게 말입니까?"

이번에는 김성호가 곧 단종 그 자신이 되어 말했다.

"삼촌만 잘 도와준다면 나도 크고 강한 군주가 될 수 있어요."

이번에는 이영수가 퉁명스럽게 말을 받았다.

"아닙니다. 지금 조선은 유약한 군주보다 명석하고 결단력 있는 군주를 원하고 있습니다."

급기야 김성호가 단종이 되어 애원조로 부탁했다.

"삼촌, 삼촌! 아바마마께서도 그러셨습니다. 삼촌이 절 도와 강한 조선을 만들 거라고 말입니다. 삼촌, 제발 절 좀 도와주세요, 네?"

"아닙니다. 이러는 길만이 조카를 돕고 조선을 위하는 길입니다."

 갑자기 주위가 수런거렸다. 두 사람은 고개를 들고 주위를 휘둘러 보았다. 연산 임금을 비롯한 모든 관료가 두 사람을 빤히 바라보았다. 그들은 연산 임금의 입에서 어떤 불호령이 떨어질지 전전긍긍했다. 연산은 불같이 화를 내려다가 잠시 참고 있는 듯했다. 그들 두 사람을 태풍의 중심으로 끌어들였다가는 어떤 일이 벌어질지 모르기 때문이었다. 연산이 시선을 거두며 다시 김일손을 추궁했다.

 "이제 보니 삼사가 김종직 일파와 관련되어 있음이 분명하다. 그럼, 그렇지… 먹물은 먹물끼리 이심전심 통하는 법… 그렇지 않고서야, 사관들의 사초에 선대 왕 세조에 대한 불충의 말이 기록됐을 리가 없겠지."

 김일손이 일시에 번진 불을 스스로 진화하겠다는 듯 앞으로 나섰다.

 "전하, 그것은 아니옵니다. 실록 편찬할 때 조의제문을 넣은 것은 소신이오니, 더 이상 일을 비화시키지 말고 소신만 처벌해 주십시오."

 "오호라, 그러니까 네놈 혼자서 삼사의 불충 불온한 생각을 도맡겠다 그 말이구나, 응?"

 "전하, 제발 소신을 죽여주시옵소서."

연산이 갑자기 터져나가듯 큰 소리로 웃어제꼈다. 그 웃음 속에는 무지막지한 폭력이 들끓고 있었다. 연산이 다시 띄엄띄엄 강조하듯 말했다.

"여봐라, 죄인 김일손이 죽여달랍신다."

김성호가 갑자기 벌떡 일어서며 좌중을 휘둘러보았다. 그러더니 김일손 쪽을 향해 걸어가, 이마에 묻은 핏자국을, 소지하고 있던 수건으로 닦아주었다.

"너, 이놈!"

갑자기 연산의 신경질적인 목소리가 외마디 비명처럼 들려왔다.

"너, 이놈! 중죄인의 피를 닦아준다는 것은, 곧 그의 말에 동조하는 거나 마찬가지라는 걸 모르느냐?"

김성호가 잠시 하던 일을 멈추고 연산을 빠히 바라보았다. 그 매서운 눈길 속에는 전혀 예측하기 어려운 앞으로의 그의 행동이 슬쩍 내비쳐, 그를 익히 알고 있는 이성호를 비롯한 춘추관 사관들은 앞이 캄캄했다.

김성호가 연산 쪽으로 걸어갔다. 금군들이 칼을 빼 들고 연산을 에워쌌다. 연산은 금군들을 물리치며 김성호 쪽으로 걸어 내려왔다. 금군들이 칼을 빼 들고 김성호의 일거수일투족을 예의 주시하고 있었다.

연산이 형리가 들고 있던 형벌 도구인 곤장을 낚아채듯 집어

들었다. 그리고는 김성호를 향해 내려치기 시작했다. 이마가 터지고 머리가 깨어지며 핏방울이 주룩주룩 흘러내렸다. 몇몇 관료들이 연산을 뒤에서 애써 제지하며 곤장 도구를 뺐다시피 했다.

"전하, 이러다 사람 잡겠습니다. 진정하시옵소서."

흘러내리는 피를 닦을 생각도 않고 있던 김성호가 느닷없이 신경질적으로 웃어제꼈다. 사태가 심상치 않음을 느낀 관료들이 주춤 한 발 뒤로 물러섰다. 금군들이 칼을 일제히 빼 들고 김성호의 행동 하나하나를 놓치지 않았다. 여차하면 금군들의 예리한 칼끝이 그를 향할 조짐이었다.

연산은 의기양양했다. 자신의 무소불위의 권력이 얼마나 강하고 큰 것인가를 스스로 알고 있었다. 그러기에 하찮은 김성호 같은 인간에게 뒤로 밀리는 자신을 보여주고 싶지 않았던 것이다. 연산이 금군들에게 단단히 일렀다.

"과인이 알아서 할 터이니 너희들은 예의 주시하기만 해라. 과인이 명하기 전엔 함부로 칼을 놀려선 안 된다. 알았느냐?"

"네, 전하!"

금군들이 칼을 뒤로 빼며 한 발짝 뒤로 물러섰다.

전광석화였다.

김성호가 후다닥 연산에게 달려들어 입을 물어뜯었다. 연산이 비명을 내지르며 냅다 뛰었다. 연산은 화들짝 놀라 도망가기 바쁘고, 김성호는 그를 뒤쫓기에 바빴다. 연산은 다시 김성호의 느닷없는 마수에 걸려들고 만 것이다.

김성호가 다시 연산을 붙안았다. 금군들이 김성호에게 칼을 내려치려 하자 연산이 이를 제지했다. 김성호가 다시 연산의 입을 물어뜯었다. 연산의 입에서도 핏물이 뚝뚝 흘렀다. 이영수는 사태의 심각성을 알아채고 김성호를 뒤에서 와락 안아 끌어당겼다. 그러자 연산이 금군의 칼을 휙 낚아채어 김성호의 가슴팍을 냅다 찔렀다. 김성호가 그 자리에 털썩 주저앉았다.

"제 분수도 모르고 날뛰는 놈은 죽어 마땅하다."

김성호는 그 자리에 무릎을 꿇은 채 미동도 하지 않았다. 칼에 찔린 가슴에서는 핏물이 꿀렁꿀렁 흘러나오고 있었다. 이영수가 가지고 있던 수건 뭉치로 김성호의 가슴팍을 눌렀다. 김성호는 겨우 정신을 되찾고 난 뒤 한마디 했다.

"이 풍진 세상을 만났으니 너의 희망이 무엇이냐. 내가 죽는 건 괜찮다만, 어지러운 세상이 걱정이다."

이영수가 김성호 앞에 마주 앉으며 물었다.

"자네, 소원이 무엇이었나?"

"임금이 임금 같잖은 세상에서, 나라가 나라 같잖은 세상에서… 옳은 임금 한 분 만나는 것이지요."

이번에는 연산이 다시 칼을 치켜들었다. 연산이 김성호 가까이

다가오자 모두 그 섬뜩한 살기에 소스라치듯 놀라며 물러섰다. 연산이 칼을 들어 김성호를 향해 견주며 한마디 했다.

"과인의 소원이 뭔지 말해줄까? 너같이 겁도 없이 날뛰는 놈들이 없는 세상에서 편안히 살고 싶은 것이다. 네, 마지막 소원이 뭐냐?"

"없다. 진정한 승부를 위해 다시 만나자. 내 갈 테니 기다려라."

"그래, 기다리마."

연산의 짧고 단정적인 말이 끝나기가 무섭게 들고 있던 칼이 전광석화처럼 움직였다. 김성호의 머리가 뎅겅 잘리며 바닥에 나뒹굴었다. 김성호의 잘린 머리의 핏빛 입에서 희미하게 소리가 새어 나왔다.

"널 꼭 찾아가마."

갑자기 하늘이 어두워졌다.

먹구름이 하늘을 온통 뒤덮었다. 구름 사이에서 번갯불이 번쩍거리며 천둥소리를 내뿜었다. 장대비가 세차게 쏟아졌다. 국문 현장이 삽시간에 아수라장으로 바뀌었다. 이영수는 김성호의 잘린 머리를 내려다보며 할 말을 잃었다. 굵은 빗줄기가 내리꽂히며 피의 흔적을 말끔히 지우고 있었다. 마치 악몽을 꾸는 것 같았다.

8.

무오사화는 사림파에게 큰 타격을 입혔다.

김일손은 이 사건으로 체포되어 국문을 받았고, 능지처참이라는 극형을 받았다. 죄인의 몸을 여러 조각으로 찢어 죽이다 못해 장대 끝에 잘린 머리가 대롱대롱 매달리는 잔혹한 형벌로 비참한 최후를 맞았다. 사림파 학자들은 김종직의 문하생들이 많았고, 그들은 대부분 정치적으로 훈구파와 맞서는 입장이었다.

사림파의 주요 인물이었던 정여창은, 김종직의 제자로 사림파로 몰려 처형되었다. 가장 수치스러운 형벌을 받은 것은 스승인 김종직이었다. 그는 부관참시의 형을 받았다. 무덤 속에 잠자고 있는 사람을 불러내어 그 시체의 목을 베는 것은 두 번의 죽음이었다. 남효온은 김종직의 문하라는 죄명으로, 김일손과 가깝게 지냈던 이목 역시 김일손과 함께 처형되었다. 사림파에 대한 피바람은 먹물이 든 지식인들에 대한 연산과 훈구파의 계획적인 음모였다.

춘추관 사관 이영수는 갑자기 외톨박이가 되었다. 비밀결사의 행동이 시작되기도 전에 두 사람이 비명에 가 버리고 말았다. 그러나 춘추관 막내 서리였던 김성호는 죽었지만, 사라지지 않고 춘추관 서고를 맴돌았다.

들리는 말로는 연산 임금은 그의 이름만 거론되어도 자다가도 벌떡 일어난다고 했다. 김성호는 마지막으로 맥없이 무너지며 연산 임금을 꼭 찾아간다고 했지만, 두 사람의 악연에 가까운 만남을 직접 목격한 사람은 없었다.

오늘 밤은 춘추관 사관 이영수의 야간 당직 날이다.

춘추관 직원들은 야간 당직을 서는 날이면 늘 긴장했다. 그들은 모이기만 하면 주위 눈치를 봐 가며 궁시렁거렸다.

"어젯밤 기주관 허성욱이 야간 당직을 서다, 죽은 김성호 서리에게 된통 당했다고 하더군요."

"야간 당직을 서다 자신도 모르게 깜빡 졸았는데, 죽은 김성호가 뒷덜미를 낚아채는 바람에 거의 혼이 빠졌다고 하더군요."

기주관 허성욱은 저녁을 먹은 뒤 깜빡 졸다 뒷덜미를 스치는 서늘함에 번쩍 정신이 들었다. 책상 위에 얼굴을 묻은 채 깜박 잠이 들었는데, 어떤 그림자 하나가 그의 뒷덜미를 쓰윽 훑고 지나갔다. 번쩍 고개를 들었는데 곁에 김성호가 서 있었다.

"아니, 자네 김성호 서리 아닌가?"

"아무리 피곤해도 그렇지, 서고 출입구 당직을 서는 사람이 이렇게 졸아도 되는 겁니까? 이건 분명 직무유기 아닙니까?"

"아니, 자네가 여긴 웬일인가?"

"옛 친정에 들렀는데 이래도 되는 겁니까?"

기주관 허성욱은 뒷머리를 긁적이며 자신의 게으름을 반성했다는 것이다. 조금 있다 김성호의 자취가 보이지 않길래, 그동안의 긴장감이 확 풀리며 다시 졸음이 쏟아졌다고 했다. 세상 모른 채 잠에 떨어져 자고 있는데, 이번에도 역시 누군가가 뒷덜미를 정신이 번쩍 들게 호되게 내려치더라는 것이다. 그런데 아무리 행방을 찾으려 주위를 기웃거려도 끝내 나타나지 않더라고 했다.

한 번은 이런 일도 있었다.

죽은 김성호와 같은 직급인 기록사 김수형이 사초가 봉인되어 보관된 함 앞에서 느닷없이 봉변을 당했다는 것이다. 그날따라 잠이 쏟아지고 무거운 발길이 자꾸 바닥 밑으로 떨어지더라는 것이다. 자신도 모르는 사이에 바닥에 주저앉아 혼곤하게 꿈길을 허우적대며 걷고 있었다.

그때였다.

어디선가 사초 보관함의 문이 여닫히는 소리가 들렸다고 한다. 눈을 번쩍 떠 보니 김일손의 사초가 보관된 함의 문이 덩그러니 열려 있더라는 것이다. 그는 보관함 안을 살폈다. 분명 있어야 할 김일손의 사초가 사라지고 없었다.

'아니, 사초가 어디로 사라진 거야?'

그는 촛불을 들고 와 사초 보관함 안을 비춰 보았다. 봉인된 사초가 쥐도 새도 모르게 사라지고 없었다. 인수인계 시에 이 사실이 알려지게 되면 시말서를 쓰는 것은 물론, 역사적 사료를 망실한 죄로 의금부에 갇히는 신세가 될 수 있다.

조금 있으려니 저 왼쪽으로 돌아가는 모퉁이에서 저벅저벅 발걸음 소리가 들려오더라는 것이다. 그는 저쪽 으스름한 어둠 속을 자박자박 걸어오는 김성호의 얼굴을 확인하고 깜짝 놀랐다. 그의 손에 봉인된 사초가 들려 있었다.

그는 안도의 한숨을 돌리고 나서 활짝 웃었다.

"아무리 피곤해도 그렇지 허리춤에 찬 열쇠 꾸러미를 훔쳐 갈 정도로 모르고 있었다니, 말이 되는 소리입니까?"

"한 며칠 격무에 시달리다 보니, 나도 모르게 그만… 정말 고마우이."

"직무유기로 시말서를 한 장 쓰셔야 하겠네요. 춘추관 기강이 말이 아닙니다."

"다신 이런 일 없도록 하겠네."

김성호는 다음번에도 이런 일이 있으면 의금부에 자신이 직접 걸음 해 고발하겠다고 엄포를 놓았다. 그런데 기주관 허성욱은 몇 번의 다짐에도 불구하고 그 약속을 깨고 말았다.

이번에는 아예 책상 위에 열쇠 꾸러미를 올려놓은 채 잠들어 있었다. 자고 일어나 보니 열쇠가 통째로 사라졌다는 것이다.

결국 허성욱은 춘추관 담당자에게 시말서를 써야 했다. 춘추관 사료 보관함의 시건장치를 통째로 바꿔야 하는 대소동이 일어났다. 그런데 춘추관의 시건장치를 모두 바꾸고 난 하루 뒤에, 그 전의 열쇠 꾸러미가 책상 위에 놓여있는 것을 발견하고 깜짝 놀랐다. 그 열쇠 꾸러미 아래의 작은 쪽지에 이런 글이 씌어 있었다. 필체를 보니 서리 김성호가 분명했다.

> 사초는 진실의 기록이다.
> 사초를 소홀하게 다룬다는 건
> 자신의 영혼을 파는 것과 같다.

그 이후로는 춘추관 야간 당직에서 그 누구도 졸거나 실수하는 사람은 없었다. 야간 당직자들은 하나같이 김성호에게 당한 뒤부터 바짝 정신을 차릴 수밖에 없었다. 그 이후부터 춘추관 어느 곳에서도 죽은 김성호 서리의 유령을 본 사람은 없었다.

9.

연산군 재위 4년인 1498년.
35세의 사관 김일손은 참수형을 받아 목숨을 다했다. 참수당한 후 그의 목은 한성 종로의 시화문 앞에 내걸렸다. 그의 나이 서른다섯이었다. 그의 목을 하나의 경계로 삼아 그 밑을 오가는 사람들에게 경계를 하고자 함이었다. 임금의 생각을 넘보거나 기웃거리며, 왕조의 정통성에 반기를 드는 자들에 대한 일침이기도 했다.

연산은 사림파 일당을 제거함으로써 즉위 이래 4년 동안 자신과 집요하게 대립해 왔던 대간 세력을 한 번에 옴쭉달싹도 못하게 제압할 수 있었다. 형 집행에 앞선 연산의 속셈은 음흉하고 치밀해서 국문 전에 이런 명까지 내리게 했다.

"김일손 일파를 벨 땐 백관이 다 보게 하라! 이 같은 일은 통렬히 다스려서 뒷사람으로 하여 경계하게 해야 할 것이다. 혹 고개를 돌리거나 낯을 가리는 자들이 있거든 하나도 빠짐없이 그 이름을 적게 하라."

밤이 깊었다.

발길이 뜸했다. 이제 곧 파루에서 통금을 알리는 '인정'의 종이 울릴 것이다. 이영수는 아까부터 어둠 속에 몸을 숨긴 채 참수된 김일손의 머리를 올려다보고 있었다. 아까 해 질 녘에 그곳을 지키는 순찰에게 돈 몇 푼 쥐어주었기에, 또한 한동안은 세상 풍경 한적하겠기에 소금은 안심이 되었다.

이영수는 아까부터 풀숲을 경계하고 있었다. 누군가 인기척이 있어서이다. 수상한 그림자는 아까부터 소리 없이 흐느끼고 있는 듯했다. 처음에는 바람에 풀숲이 사각이겠거니 했다. 이영수는 풀숲이 서걱거리는 소리를 다시 들으며 어둠 속을 향해 의심의 눈초리로 불쑥 물었다.

"거기 뉘시오? 거기 뉘신데 선생님의 죽음을 슬퍼하시는 겁니까?"

어둠 속에서 가까이 다가오는 얼굴을 보자 이영수는 깜짝 놀랐다. 죽은 아버지의 혼령이었다. 그렇게나 그리움으로 맴돌며 그의 마음을 사무치게 했던 얼굴이었다.

"우리 아들 이영수… 그동안 참 많이 컸구나."

"아버지…? 정말 아버지 맞으세요? 그런데 여긴 웬 일이십니까?"

"강직한 선비였던 김일손 선생이 폭군의 압력에 맥없이 쓰러졌다기에… 내, 이를 가련하고 안타깝게 여겨 잠시 이승에 들렀구나. 네 어머닌 잘 계시지?"

아버지 이수찬은 이따금 김일손의 내걸린 머리를 올려다보며 긴 한숨을 내쉬었다. 이영수는 초췌한 아버지의 얼굴을 바라보며 젖은 목소리로 물었다.

"아버지, 왜 그리 빨리 생을 마감하셨습니까?"

"세상이 하도 어수선하여 나, 스스로 세상을 버렸느니라."

이영수는 어두운 밤하늘에 음침하게 매달린 김일손의 머리와 아버지 이수찬의 얼굴을 번갈아 바라보았다. 아버지 역시 김일손

사초(史草) 235

의 얼굴과 아들의 얼굴을 번갈아 바라보다가 축축한 목소리로 한마디 했다.

"아들아, 저기 저 김일손 선생의 표정을 한번 살펴보거라. 은근히 웃고 있는 얼굴 아니냐? 제가 강하다고 뻐기며 우기는 자들은, 저 웃음 앞에서 자신이 무력하다는 걸 분명 느끼게 될 거야. 이보게, 김일손! 내, 자네 저승 가는 길 외로울까 봐 여기까지 마중 나왔네. 자, 어서 가세."

아버지 이수찬이 슬며시 일어서며 밤하늘의 머리에 대고 나직하게 속삭인다. 이영수는 갑자기 아버지 품에 얼굴을 묻으며 말했다.

"아버지. 엄청난 완력 앞에, 무소불위의 권력 앞에 자꾸 무너져 가는 제 자신이 두렵고 안타깝습니다."

아버지 이수찬이 이영수의 등을 한동안 부드럽게 쓰다듬다 말고, 어둠 속의 풀숲을 가리켜 보이며 말했다.

"내 아들 영수야. 세상이 강하게 나오면 넌 부드럽게 몸을 눕혀라. 강한 것에 강함으로 맞서면 반드시 부서지게 마련이다. 바람 앞에 몸을 눕히는 저 풀잎들을 한번 보아라. 세찬 바람 앞에서도, 쏟아지는 폭우 속에서도 자신의 몸을 눕혀 바람을 거슬러 오르고 있지 않으냐. 저놈의 왕도, 이제 얼마 남지 않았으니 참고 기다려라."

아버지 이수찬이 어느새 풀숲 저 너머로 사라져 보이지 않았다.

허전하기 그지없다. 아들이 이 풍진 세상에 힘에 겨워하는 데에도 진득한 가르침 하나 없이 사라져 버린 것이다. 아무도 없다. 이렇다 할만한 인사도 없이 자취를 감춘 것이다. 이영수도 바람 앞에 몸을 낮추며 어둠을 헤집으며 걸었다.

그때였다.

저만치 앞의 어둠 속에서 누군가 당당하게 걸어가고 있었다. 고집 센 뒷모습이 영락없는 김성호였다. 그는 예사 사람보다 작은 키였지만, 그 어느 무소불위의 권력 앞에서도 쓰러지지 않을 다부진 의지가 선명하게 읽혔다. 이영수가 나지막하게 속삭였다.

"어이, 김성호 서리 아닌가? 뭐 그리 급한 발걸음을 하고 있는가?"

김성호는 대답 대신 희미하게 웃으며 연산의 처소가 있는 궁궐 쪽을 가리켜 보였다.

"이 밤중에 거기 무슨 사연이 있길래…?"

김성호가 갑자기 피 묻은 입술을 내보였다. 자신 앞에 연산 그자라도 있는 듯 김성호는 피 묻은 입을 한껏 벌려 물어뜯는 시늉을 해 보였다. 그러고는 다시 손을 들어 연산의 침소가 있는 창덕궁 쪽을 가리켜 보였다.

이영수는 김성호의 모습이 어둠 저쪽에 묻혀 보이지 않을 때까지 한동안 그 자리에 멍하니 서 있었다. 김성호 역시 연산의 칼에 쓰러졌지만, 그의 행동은 무소불위의 권력을 자행하던 연산의 광기 가득한 질주를 잠시 멈추게 했다.

어느 누가 감히 폭군의 입술을 물어뜯을 생각이나 했겠는가? 어림없는 일이다. 연산의 간담을 서늘하게 한 사람은 가장 힘없으면서도, 가장 말단 직위에 있는 김성호가 아니었던가. 대간을 비롯한 사대부 권력들도 바싹 몸을 움츠리고 있는데, 이영수 자신과 같은 동호 직필의 사관들도 목숨 하나 부지하기 위해 입을 닫고 있는 데에도, 말단 서리인 김성호만은 칼보다 더 큰 배포로 연산의 간담을 서늘하게 하지 않았는가?

이영수는 다시 한번 뒤를 돌아보았다. 어둠 속에 참수된 김일손 선생의 머리가 아슴하게 보였다. 김일손 선생은 지금 이영수의 아버지 이수찬과 함께 저승길을 떠나고 있을 것이다. 한때는 서로 의기투합해 사관의 동호 직필에 마음과 정신을 쏟았던 사람들이다. 이영수는 거기 그렇게 날이 밝아올 때까지 서 있었다.

지금 죽은 김성호는 또 이 밤 깊은 시각에 어디로 가고 있는 것일까? 창덕궁 쪽이면 연산의 침소가 있는 곳이다. 그는 지금 그곳에 뭐 하러 가고 있는 것일까? 서로가 함부로 말을 내뱉는 서로의 입을 물어뜯는 피투성이 전쟁을 치르다가, 어느 한쪽이 쓰러질 때까지 끝장을 보기 위해 그럴지도 모른다. 그 싸움은 마치 연산이 죽어야 끝나기라도 할 듯 계속하려는지도 모른다. 문제는 김성호는 신출귀몰의 자유로운 움직임에 뚝심까지 갖추고 있는 유령인데, 그 맞은편인 연산은 살아있는 권력자라는 허울좋은 구실 하나뿐이다. 그래도 둘은 호적수임에는 분명하다.

김성호가 사라진 창덕궁 쪽에서 개 짖는 소리가 아슴하게 들려왔다.

10.

연산은 수라상을 물렸다.

입안이 껄끄럽다. 흡사 모래알을 씹는 기분이었다. 내시의 수장인 상선 김처선이 임금의 용안을 바라보았다. 무오사화 국문 현장에서 김성호를 난자한 그 뒷날부터 연산은 수라상을 금방 물리고는 했다. 그 전 같았으면 그렇지 아니했다. 산해진미로 채워진 그릇의 바닥이 환히 보일 만큼 다 비워낼 정도로 식탐이 강했다.

김처선이 걱정스런 눈빛으로 조심스럽게 물었다.

"마마, 엊그제까지만 해도 이러지 않았사옵니다. 식탐에 가깝게 음식을 비워내시지 않았습니까?"

연산이 한동안 이맛살을 찌푸리다가 수라상을 한쪽 발로 밀어냈다.

"심사가 복잡해서 그런지 입맛까지 없구나."

"국문 현장에서 아수라장을 벌이던 그놈 때문이옵니까?"

"아니라곤 할 수 없지만… 앞으로 과인 앞에선 그놈 얘긴 한마디도 꺼내지 마라."

"네, 마마. 명심하겠사옵니다."

연산이 큰 대접의 물로 입을 헹군 뒤 손을 씻었다.

김처선을 비롯한 내시들이 물러나고 혼자만 남았다. 사방을 둘러보니 고요하다 못해 적요했다. 그런데 머릿속을 비롯한 마음은 시끄럽기 그지없다. 김성호 그놈의 당돌한 행동이 머릿속을 한동안 어지럽혀 오기 시작했다.

아무리 생각해도 김성호란 놈의 실체가 궁금하다. 춘추관 당하관 중에서도 저 끄트머리에 있는 서리가, 연산 자신에 대한 아무런 감정이나 원한이 없을 터인데도 왜 그토록 유난을 떨었는지 이해가 되지 않았다. 동호 직필을 목숨보다 귀히 여기는 사관이라면 임무가 그러니 그럴만하다고 유난을 떨 수도 있다. 그런데 사관도 아닌 서고를 봉인하고 감독하는 서리 주제에, 왜 그토록 유난을 떨었는지 이해할 수가 없었다.

'예문관 정언인 김일손과 춘추관 사관인 이영수에게 세뇌당했다? 아무리 세뇌당 했다 하더라도… 하찮은 직급인 주제에 지엄한 임금이 사초를 보자는데 딴지를 걸어? 내게 무슨 원한의 감정이

있다면 그럴 수도 있겠지만… 그런 것도 없지 않은가 말이다.'

아무리 생각의 실마리를 이어 붙여도 무릎을 탁 칠만한 묘수가 나오지 않았다. 김일손과 이영수가 놈을 세뇌해 사주했다고 치더라도, 자신의 목숨을 그렇게 함부로 내놓을 만한 결정적 단서를 발견할 수 없었다.

연산은 거기까지 생각하니 갑자기 소름이 돋았다. 명치끝을 누군가가 예리한 송곳 끝으로 찔러대는 것처럼 통증이 다가왔다. 김성호 그놈이 자신의 침소에까지 들이닥칠지도 모른다는 생각에 온몸이 아릿하게 저려 왔다.

"아니야, 절대 그럴 수 없어. 철통 같은 이곳을 놈이 침범하지는 못해."

연산이 후다닥 놀라 혼잣소리를 하는 바람에 침소 바깥에서 김처선이 이를 감지한 모양이었다. 김처선의 움직임이 그늘로 내비치다가 이내 멈췄다.

"마마, 무슨 일이 있사옵니까?"

"아무 일 없느니라."

"의원을 불러 잠이 깊이 들 수 있는 수면제를 처방하라 이를까요?"

"아니다. 그러지 말고 네 일이나 봐라."

연산은 다시 침소를 한번 휘둘러보았다. 물샐 틈이 없는 것은 확실하다.

　자신의 침소에 상주하는 내시의 밤 근무는 그의 안전과 편의를 책임지는 중요한 임무이다. 그가 잠자리에 드는 동안에도 내시는 항상 가까이에서 대기하며 왕의 호출을 기다린다. 이들은 왕이 급히 필요할 때나 갑작스러운 상황에 대응할 준비가 되어 있다. 거기다 금군(禁軍)까지 왕의 안전을 책임지고 있다.

　금군은 연산의 친위부대로 침소 주위를 경계하고 있다. 금군은 궁궐 내의 순찰과 침입 방지, 그리고 왕을 보호하는 역할을 맡고 있다. 침소 주변에는 여러 명의 금군이 배치되어 외부의 접근을 막고, 궁궐 내부에서 일어나는 일들을 감시하고 있다. 내관과 궁녀를 제외한 사람들은 허락 없이는 접근할 수 없고, 신하들도 특별한 경우가 아니면 침소에 접근할 수 없는데, 놈이 함부로 침범할 수는 없다.

　밤이 이슥하다.

　연산은 악몽에 붙잡혀 있었다. 김성호가 그의 뒤를 쫓아오고 있었다. 둘 사이는 적당한 간격을 유지했다. 붙잡힐 만하면 다시 그 틈이 벌어지고, 그 틈이 벌어지는가 하면 다시 바짝 붙었다. 오금이 저려왔다. 차라리 놈에게 붙잡히기라도 해 서로 붙안은 채 나뒹구는 것이 오히려 더 나을 것 같았다.

연산은 후다닥 일어났다. 땀이 비 오듯 흘렀다. 온몸이 땀으로 흥건하게 젖어 있었다. 갑자기 침소 바깥에서 그림자가 움직이더니 멈칫했다.

"마마, 무슨 일 있사옵니까?"

"아니다. 악몽을 꾼 것 같구나."

연산은 뒷덜미가 서늘했다. 뒤를 돌아보니 머리맡 어두운 곳에 죽은 김성호의 혼령이 우두커니 앉아 있었다. 김성호가 갑자기 검지손가락을 입술 가까이 가져가며, 한쪽 손으로 내시를 물리치라는 시늉을 해 보였다.

처선의 목소리가 다급하게 들려왔다.

"마마, 무슨 일이옵니까?"

"악몽을 꾼 것 같구나."

"땀에 젖은 옷을 갈아입어야 하지 않으시겠습니까?"

"아니다, 괜찮다. 잠시 혼자 있고 싶으니 너희들은 잠시 방에 물러가 있거라."

"네, 급하면 부르시옵소서."

김처선을 비롯한 내시들이 물러갔다. 김성호가 문 가까이 다가가 미닫이문 저쪽의 동태를 한동안 살폈다. 문 바깥이 다시 적요 속에 가라앉았다. 김성호가 연산 쪽으로 걸어와 마주 앉았다. 연산이 마지 못해 말문을 열었다.

"짐이 네 목숨을 끊은 건 잘못이었다."

김성호가 아무렇지도 않은 듯 희미하게 웃다가 말했다.

"나이 들면 늙고 늙으면 죽는 건 누구도 피할 수 없는 일이지요. 조금 일찍 세상을 버렸다는 아쉬움은 있지만, 당신을 원망하지는 않소. 다만 당신이 옳은 군주로 백성을 다스리는 걸 보지 못하고 죽어, 그게 안타까울 뿐입니다."

연산은 말없이 한동안 생각에 잠기는 듯했다. 그러다가 문득 생각난 듯 히죽 웃으며 불쑥 물었다.

"하나 궁금한 게 있는데 이참에 한번 물어보기나 합시다."

"그게 뭡니까?"

"나한테 그토록 집착하는 이유가 뭔지 알고 싶소. 그래, 왜 그토록 집착하는 거요?"

김성호는 곧바로 대답하지 않은 채 뭔가 생각에 잠기는 듯했다. 머릿속의 생각을 이리저리 둥글리고 있는 모양이었다.

"당신은 역사에 한 오점을 남겼소. 사초나 실록은 어느 누구도 볼 수 없는 거요. 임금 아니라, 그 할애비라도 봐선 안 되는 금기의 영역입니다. 사초나 실록을 함부로 보게 되면 사관들이 진실을 쓰지 않고 적당히 둘러댈 것 아닙니까? 당신은 아마 조선의 역사에서 가장 어리석은 군주로 기록될 거요."

"그렇다면 김일손처럼 왕조의 정통성을 무시한 채 함부로 써도 되는 거요?"

"그건 후세의 역사가들이 판단할 일이오."

연산이 잠시 생각에 잠기는 듯했다. 이때를 놓치지 않겠다는 듯이 김성호가 재차 말했다.

"당신은 아마 제대로 된 재위 기간을 누리지 못하고 분명 폐위될 거요."

"그렇게 단정하지 마시오."

"임금이 폐위되면 왕 대신에 '군'으로 불릴 거요. 그건 가문의 수치나 다름없소."

"하나만 물어봅시다. 나한테 무슨 원한이 있는 거요, 뭐요?"

"아무런 원한이나 감정이 없소."

"그런데 왜 그토록 내게 집착하는 거요?"

"좋은 임금이 되라 그러는 거지… 별 뜻은 없소."

"앞으로도 날 따라다니며 괴롭힐 거요?"

"당신이 하는 걸 봐서… 내가 안 보이면 좋은 임금이 된 거요."

연산은 말문을 닫았다. 김성호는 연산 앞에서 다시 그의 말문이 열리길 기다리고 있는 듯했다. 두 사람은 한동안 서로를 바라보고만 있었다. 두 사람이 무슨 생각에 잠겨있는지는 아무도 알 수 없었다. 연산은 앞으로 어떻게 처신해야 할지를 곰곰 생각하고, 김성호는 연산의 입에서 어떤 말이 나올지 궁금해 하는 눈치였다.

이윽고 연산이 고개를 갸웃거리다 느닷없이 물어왔다.

"도대체 당신의 정체가 뭐요?"

"어느 시대나 나 같은 사람 하나 쯤 있는 게 좋지 않을까?"

"집도 절도 없이 떠도는 사람은 아닐 터이고… 뭔가 이러는 목적이 있을 거 아니오?"

"뭔가 목적이 있을 거라… 그래, 사실 그런지도 모르지."

이번에는 김성호가 묵묵부답이었다. 연산이 더 이상 기다리지 못하겠다는 듯이 재우쳐 물었다.

"방금 정체가 뭐냐고 묻지 않았던가요?"

"시대 불문, 장소 불문… 이 풍진 세상에 희망이 뭐냐고 물을 때마다 나타나는 사람이라고나 할까?"

"뭔 뚱딴지 같은 소릴 하는지 모르겠네."

김성호가 손가락으로 위를 가리켜 보이며 의미심장하게 웃었다.

"저 위 하늘이 보낸 사람이라고나 할까? 시대가 불온하거나 수상하면 나타나는 틈입자라고나 할까? 하, 하, 하…"

잠시 후 방안의 촛불이 바람에 일렁이다가 꺼졌다. 연산이 당황해하고 있는 사이에 김처선이 나타나 촛불에 불을 밝혔다. 김처선이 하얗게 질려 있는 연산의 얼굴을 살피다가 의아한 듯 물었다.

"마마, 괜찮사옵니까?"

"또 악몽을 꾼 모양이구나. 물러가 있거라."

사위를 둘러봐도 김성호는 보이지 않았다. 분명 그는 그의 말대로 살아있는 사람도 아니고, 죽어 있는 혼령도 아닌 것 같았다. 언제 어느 때고 틈입해 들어오는 그런 존재인 갓 같았다. 그는 시대가 수상하고 세월이 좋지 못할 때마다 나타나는, 음습한 어둠 속에서 자라는 독버섯인지도 몰랐다.

밤의 빗장을 푸는 통금 해제의 파루 종소리가 울리고 있었다. 연산은 침소에 멍하니 앉아 김성호가 다시 나타나기를 기다렸지만, 그는 끝내 나타나지 않았다.

11.

어느 날인가부터 이영수 역시 김성호라는 존재에 대해 회의를 품기 시작했다. 그는 조선의 사람도 아니고, 춘추관에서 서리로 근무한 적도 없으며, 특히 절대적 존재였던 연산에게 파격에 가까운 기행을 일삼았다는 자체가 믿어지지 않았다. 특히 그가 이영수 자신에게 제의한 그 현실감 없는 이야기가 도저히 믿기지 않았다. 언제부터인가 춘추관 안에서도 그런 뜬소문이 돌고 있었다.

"김성호 그 사람 말입니다… 우리 곁에서 근무한 적이 있었던가요?"

"그러고 보니 그런 것도 같습니다. 웬지 현실감이 없어 보였습니다."

"어느 날 갑자기 우리 곁에 뚝 떨어진 사람 같았습니다."

"맞아요! 도저히 피가 도는 사람 같지 않아 보였습니다."

그가 죽고 나서 춘추관 야간 당직에 모습을 드러내기 시작하면서부터 그런 억측은 점점 현실화되고 있는 것 같았다. 춘추관 직각(直閣) 박상화가 들려주는 허황된 이야기는 더욱 그러했다. 직각은 춘추관의 실무 관리자로서, 사초를 비롯한 각종 기록물의 보관과 관리 업무를 맡고 있었다. 이들 실무 담당자들은 대체로 직각, 기주관(記注官) 등으로 불리며, 사초의 보관과 관리를 책임지고 있었다.

춘추관 직각 박상화가 야간 당직을 서고 있을 때의 이야기였다.

박상화가 춘추관 사료 보관실을 순찰하고 있을 때였다. 어디서 어떻게 나타났는지 서리 김성호가 사초 보관실 입구에서 기다리고 있더라는 것이다.

박상화는 어딘가 모르게 께름직하지만 내색하지 않고 그와 간단한 인사 몇 마디를 나누었다. 사초를 보관하는 일에서부터 봉인하는 과정에 대해 김성호는 일사천리로 줄줄 꿰고 있었다. 묻지도 않는데 그는 박상화에게 말했다.

"사초를 보관할 때는 자물쇠 외에도 봉인 제도가 사용되고 있지요. 사초가 담긴 봉투나 상자에 봉인을 하여, 이를 열거나 훼손한 흔적이 남도록 했지요. 봉인은 주로 왕이나 고위 관원이 직접 확인할 수 있도록 했으며, 봉인이 손상되면 바로 문제를 인지할 수가 있지요."

김성호는 실무자인 자기보다 사초의 봉인 제도에 대한 관례와 절차를 하나에서 열까지 죄다 꿰고 있었다. 직각 박상화는 약간 자존심이 상하는 느낌이 들었다. 그래서 김성호에게 열쇠 관리에 대해 하나하나 늘어놓았다.

"서고의 열쇠는 특정한 인물들에게만 배분되었으며, 이 열쇠를 소지한 사람들은 엄격한 관리와 책임을 지게 했습니다. 열쇠를 소지한 관리는 정기적으로 점검을 받고, 열쇠 분실 시에는 중대한 처벌을 받게 했습니다. 열쇠가 배분된 인물은 주로 당상관이나 책임 있는 고위 관료들이었죠."

두 사람은 잠시 말문을 닫았다. 춘추관의 업무에 대해 누가 더 많이 알고 있나 자랑하고 있는 것 같은 느낌이 들었을 것이다. 그런데 말문을 닫고 있던 김성호가 갑자기 웃어제끼다가 이윽고 말했다.

"그런데 말입니다. 이렇게 철저한 보안 체계에도 큰 구멍이 하나 있지요. 그게 뭔지 아십니까?"

"그게 뭡니까?"

"인간의 욕심과 음험한 욕망이라는 것입니다."

"도대체 그게 뭡니까?"

"사초나 실록을 보고자 하는 야망엔 손을 쓸 수 없다는 것입니다."

"구체적으로 얘기하자면…?"

"절대 권력인 왕이나 대간들의 음험한 욕망엔 속수무책이라는 겁니다."

직각 박상화는 갑자기 맥이 풀렸다. 춘추관의 철두철미한 보안 체계에도 구멍이 있었다는 점이다. 그 사초나 실록을 보고자 하는 음험한 욕망은 막을 수 없다는 것이었다. 연산이나 유자광, 이극돈 같은 절대 권력이나 대간들의 마음속에 자라는 독버섯은 막을 수 없다는 것이다.

"인간의 옳지 않은 마음엔 속수무책이라는 겁니다. 그 단적인 예가 바로 김일손의 사초에 대한 불법 유출입니다."

"그도 그렇군요."

김성호가 벌떡 일어나며 한마디 툭 던졌다.

"우리가 지금까지 괜한 이야기를 나누었군요."

"알고 보니 그것도 그렇네요."

직각 박상화는 춘추관 복도를 빠져나가는 김성호의 뒷모습을 물끄러미 바라보았다. 그의 뒷모습은 그처럼 현실감이 없어 보였다. 엊그제 어떤 절차로 춘추관에 들어왔는지는 모르겠지만, 인간의 음험한 욕망에는 춘추관의 보안 체계가 속수무책일 수밖에 없다는 김성호의 결론은 뜻밖이었다.

김성호의 실체가 무엇이며 누구인지에 대한 소문은 연일 춘추관을 떠돌았다. 어느 날이라고 했다. 차승헌 기록사가 야간 당직을 서고 있을 때였다. 그는 서고가 줄지어 있는 춘추관 복도를 걷고 있었다.

저쪽 어느 구석에 사람의 실체가 보였다. 그가 야간 당직을 서고 있는 동안 서고로 출입하는 자는 아무도 없었다. 그런데 저쪽 사초를 보관하는 곳에서 인기척이 나기에 가까이 가 보았다. 엊그제 김일손의 국문 현장에서 연산의 칼에 맞아 죽었다는 서리 김성호가 김일손의 사초를 보관하고 있는 서고 앞에 서 있었던 것이다.

차승헌 기록사는 심장이 쿡 내려앉는 것 같았다.

그는 아무런 말이나 제지도 없이 김성호의 행동을 예의 주시하고 있었다. 김성호는 아직도 핏물의 얼룩이 남아있는 듯한 사초 보관함을 쓰다듬고 있었다. 그러다가 갑자기 끓어오르는 감정을 주체할 수 없다는 듯, 김성호는 자신의 이마를 마치 그날의 일을 재현하듯 보관함에 찧어대기 시작했다.

핏물이 흥건하게 번져 흘러내리고 있었다. 차승헌 기록사는 뒤에서 김성호를 끌어안으며 소리쳤다.

"김성호 서리, 제발 진정하세요."

김성호는 아무 대꾸도 없었다. 그를 뒤에서 끌어안은 차승헌 기록사는 두 손을 풀지도 못한 채 그대로 서 있었다. 살아있는 사람의 온기를 전혀 느낄 수 없었다. 차승헌 기록사가 두 손을 풀고 조금 뒤로 물러나자, 김성호는 갑자기 흐느끼기 시작했다.

차라리 서로 말이라도 했으면 좋을 것 같았다. 말없이 그의 이상한 행동을 지켜보는 것도, 아무 낌새 없이 그의 흐느낌을 듣고 있어야 한다는 것은 여간 고역이 아닐 수 없었다. 용기를 내어 차승헌 기록사가 말문을 열었다.

"김성호 서리 님, 이곳엔 어쩐 일이십니까?"

"……."

"아무리 인정 없는 임금이라도 김성호 서리에게 자신이 한 짓을 뉘우치고 있을 것입니다."

"그렇게 생각하시지요?"

김성호 서리가 마침내 말문을 열었다. 그러나 거기까지였다. 그 이후로 김성호 서리는 연신 묵묵부답이었다. 한동안 그렇게 서 있던 그가 흐느적거리며 춘추관 서고 복도를 걸어가기 시작했다. 한 번쯤 돌아볼 만한 시간이었는데도 그는 일언반구도 없이 춘추관을 빠져나갔다.

이영수 춘추관 기록사는 춘추관 직원 전입 서류를 뒤적여 그에 관한 실체를 찾아보았다. 그러나 김성호의 전입 서류는 감쪽같이 사라지고 없었다. 아예 처음부터 그러한 전입 서류가 없었는지, 중간에 누가 서류를 빼돌렸는지는 알 길이 없었다. 그 일이 있은 지 얼마 되지 않아 춘추관 직원들은 그의 흔적에 대해 이야기를 나누었다.

"그러고 보니 김성호 서리는 실체가 없는 틈입자였네요."

"그 말은 집도 절도 없는 사람이, 어느 날 갑자기 이곳 춘추관에 떨어졌다는 얘기 아닙니까?"

"그렇다면 우리라는 존재는 도대체 뭡니까?"

거기까지 이야기를 듣고 있던 이영수 기록사가 갑자기 뜬금없는 말을 했다.

"그럼 우리도 실체가 없는 것 아닐까요?"

이영수 기록사가 단정석으로 그들의 존재에 대해 결론을 내리자, 모두 서로 어안이 벙벙한 채 약속이나 한 듯 일제히 소리쳤다.

"그럼 우리도 허깨비?"

12.

1500년 8월.

성종실록 편찬을 축하하는 세초연(洗草宴)이 치러진 뒤 한 달쯤

뒤였다.

　춘추관 사관 이영수는 김성호의 실체가 정말 궁금해 안절부절못했다. 그의 실체에 대한 의혹이 풀리지 않고서는, 이영수 자신에 대한 존재 규명도 어려울 것 같았다. 당시 한성에는 연산 임금과 그에 관한 여러 가지 소문이 떠돌았다. 그것이 뜬소문인지 실제 일어난 일인지는 알 길이 없었다.

　민심이 하도 흉흉해 걸핏하면 사건마다 김성호를 개입시켜 만들어낸 허구의 이야기인지, 아니면 실제 일어난 사건인지는 확인할 길이 없었다. 연산 임금이 참여한 아침 조회의 이야기는 그중에서도 가장 신빙성이 있었다.

　아침 조회가 근정전(勤政殿)에서 열렸다.

　근정전은 경북궁의 중심 건물로, 중요한 국가 행사나 조회가 열리는 곳이었다. 이 자리에서는 국정 현안, 관료 인사, 백성의 민원 처리, 법령과 정책 결정 등의 주요 안건들이 올려져 논의되었다. 그날은 임금과 고위 관료들이 정기적으로 만나는 상참(常參)의 자리였다. 삼정승, 육조 판서, 사헌부와 사간원의 대사헌, 한성부 판윤 등이 참석한 자리였다.

　이날의 조회는 이영수의 친한 친구인 승지가 사관으로 참석했기 때문에 허구적인 윤색이 없는 실제 상황이었다. 주요 현안에 대한 의제가 논의되고, 마지막으로 언론 및 사대부 탄압에 대한 안건이의제에 올랐다.

　사간원 수장이 무릎걸음으로 앞으로 나섰다. 사간원은 간쟁을 통해 임금과 신하의 잘못된 정책이나 행위를 바로잡는데 주력하는 기관이었다. 사간원장이 말했다.

　"전하, 전하께서 궁궐 내의 언론을 통제하고 탄압하다는 소문이 자자합니다."

　"소문이오, 아니면 실제로 근거가 있는 이야기요?"

　"언론을 탄압하면 언로가 막혀 뜬소문이 더 횡행하게 되옵니다. 결국 그렇게 되면 전하께서 쏘신 시위가 자칫 전하께 되돌아오는 경우가 생길 수 있습니다."

　"오호, 그러니까 짐이 잘못하면 제 무덤을 스스로 팔 수 있다는 얘기군요."

　"전하, 곡해하지 마시옵소서. 언로가 막히면 전하께 더 불리해질 수 있다는 뜻입니다. 그러하오니 막힌 언로를 풀어주심이 좋을 줄 아뢰옵니다."

　"막혔으니까 풀어라, 그 말이네요? 풀어준 그 언로 때문에 짐이 오히려 피해를 입는다면… 그러면 그때 사간원장께서 책임질 거요?"

　그때였다.

　가만히 앉아 있던 연산 임금이 놀란 표정으로 벌떡 일어나더라는 것이다. 연산이 벌떡 일어서며 밖을 향해 소리쳤다.

"듣거라. 아침 조회가 열리는 이곳에 누가 저런 놈의 출입을 허락했느냐?"

그런데 출입을 통제하는 관리들은 아무런 반응이 없었다. 뜻밖의 일은 그런 연산을 지켜봐야 하는 사람들이었다. 그것도 연산은 그자를 알아보는데, 그들의 눈에는 그가 누군지 보이지 않는다는 점이었다.

사간원장이 벌떡 일어서서 주위를 살피다 한마디 했다.

"전하, 이곳에 누가 들어왔다는 것이옵니까?"

연산은 더욱 놀란 표정으로 단 아래의 대신들을 살펴보다가 털썩 주저앉았다.

"내 눈에만 보이고 그대들 눈엔 보이지 않는다는 것이지요."

사헌부 수장인 대사헌이 벌떡 일어서며 연산 임금에게 말했다.

"전하, 도대체 이곳에 누가 들어왔다는 것입니까?"

"그래 그렇나. 경늘의 눈에 보이지도 않고 들리지도 않는데, 저 놈하고 나, 우리 둘만 보고 듣는다는 게 문제인 거요?"

조회 안은 술렁이기 시작했다. 모두들 일어서서 주위를 살피는가 하면 연산 임금의 반응까지 주시하기 시작했다. 연산이 김성호가 하는 말을 듣는 듯 귀를 기울이고 있었다. 연산의 얼굴이 붉으락푸르락했다,

"네놈이 막힌 언로를 뚫어라 말아라 할 계제가 아니다."

말을 끝낸 연산 임금이 다시 김성호의 응답에 귀를 기울이는 듯 조용했다. 그의 이야기를 다 들은 연산은 다시 벌떡 일어서며 소리쳤다.

"너 이놈, 김성호라고 했지? 지금 조정에선 과인을 비판하는 발언이나 기록이 도를 넘고 있다. 눈만 떴다 하면 과인의 실정에 대해 비판, 비판이 넘쳐난다. 이런 데도 내가 느긋하게 웃으며 그 비판을 다 수용하란 그 말이구나."

갑자기 연산 임금의 몸이 뒤로 쏠렸다. 누군가가 뒤에서 연산 임금의 목을 조르며 압박하는 형상이었다. 대사헌을 비롯한 몇몇 대신이 단상으로 뛰어 올라갔다. 뒤로 쏠리는 연산 임금의 몸을 앞으로 잡아당기며 안간힘을 쏟았다. 갑자기 연산이 외미디 비명을 내질렀다.

"김성호, 김성호 너 이놈!"

그제서야 아침 조회에 참석한 대신들은 연산 임금을 압박하는 존재가 누구인지 비로소 알게 되었다. 무오사화 국문 현장에서 연산 임금의 칼에 찔려 죽은 춘추관 말단 서리 김성호라는 것을 알게 되자 어안이 벙벙해지지 않을 수 없었다.

춘추관 사관인 이영수의 친구이자 승정원 사관인 그는 그날 아침 조회 현장에서 일어난 일을 실시간으로 기록했다. 사초를 춘추관 서고에 봉인 보관한 다음에 사건의 전말을 이영수에게 넌지시 알려 주었다. 그가 알려준 것은 당일 사초에 진실로 기록된 만큼 신빙성이 있었다. 이처럼 김성호와 연산에 관한 크고 작은 일화들이 한성에 파다했다. 이영수는 마지막으로 그의 집을 방문해 가족들을 만나 그 실체를 확인하는 일만 남았다고 생각했다.

13.

이영수는 아침 일찍 집을 나섰다. 김성호의 집은 조지서가 있는 차일암에서 시오리 가까이 떨어진 곳에 있다고 들었던 기억이 있다. 그럴 줄 알았더라면 그가 살고 있는 집을 한 번이라도 찾아봤어야 했었다.

김일손 선생과 단골 주막에서 술을 마시던 그 날이었다. 그는 거의 곤죽이 되다시피 해서 몸을 가누지 못했다. 김일손 선생을 먼저 집으로 보내고 난 뒤, 이영수는 김성호의 팔짱을 끼고 가까스로 몸을 일으켰다. 온몸의 맥을 놓아서 그런지 유난스레 몸이 무거웠다. 김성호가 갑자기 옷매무새를 고치고 나서 정색하며 말했다.

"지금 우리 집엘 간다고 했습니까? 세 식구가 겨우 몸 붙일 정도의 누옥입니다. 거의 돼지우리나 진배없죠."

"우리 집도 거기서 어금버금이오."

"난 이만 가겠으니 잘 살펴 가십시오."

김성호는 어디서 그런 힘이 솟았는지 어둠 속을 향해 내달렸다. 이영수가 그의 이름을 부르며 뒤쫓았지만 행방이 묘연했다.

차일암까지 뒤를 밟았던 것은 기억하겠는데 그 이후는 기억에 없었다. 차일암 계곡으로 흐르는 물소리만이 어둠을 찰싹찰싹 적시고 있을 뿐이었다.

거의 반나절 가까이 김성호의 집을 수소문했지만 만나는 사람마다 모른다고 했다. 그의 생김새를 붓으로 그려 보이기까지 했지만 헛수고였다. 춘추관에 적을 두고 있었다고 말을 해도 만나는 사람마다 고개를 갸웃거렸다.

다시 차일암 쪽으로 돌아와 너른 바위 위에 걸터앉아 가쁜 숨을 몰아쉬며 지나치는 사람들을 눈여겨보았지만 헛수고였다. 성종실록 편찬을 축하하는 세초연에서 그의 부인과 어머니를 만났었다. 며느리와 시어머님이 그곳까지 나들이를 나왔다는 것은 곧, 김성호의 집이 차일암에서 그리 멀지 않다는 것을 의미하기도 했다.

이영수는 벌떡 일어나 앉았다.

'그렇다면 김성호는 실제 인물이 아니라 허깨비고 틈입자란 말인가?'

문득 그런 생각이 언뜻 들었다.

그가 죽고 나서도 그의 행방이나 실체에 대해서 춘추관 관리들 사이에 여러 억측이 난무하지 않았던가? 하늘을 나는 새도 떨어뜨린다는 절대군주인 연산 임금 앞에서 고개 빳빳하게 쳐들고 누가 감히 대꾸할 것이며, 용안에 상처만 나도 의금부에 불려갈 참인데 연산 임금의 입을 물어뜯을 정도의 만용을 부린다는 것이 있을 법이나 한 일인가 말이다. 임금이 사초를 보자고 엄명을 내리는데에도, 보관함 앞에서 한 발짝도 물러남이 없이 온몸으로 거부한다는 게 말이나 되는 소리인가?

춘추관 내부에서도 김성호의 실체를 두고 논란이 많았다.

"밤이면 야간 당직 때마다 불현듯 나타나 당직자들의 근무 상태를 점검하고, 기강 해이를 들먹인다는 게 있을 법이나 한 일입니까?"

"딱히 임금에게 이렇다 할만한 원한이나 감정이 없음에도 그런 기이한 행동을 한다는 게 설득력이 없지 않습니까?"

"무오사화 때 국문 현장에서 임금에게 정면 대결을 했다는 그 자체가 정말 우습지 않습니까?"

춘추관의 실무 책임자인 부제학(副提學)도 모두의 의견을 청취한 뒤, 김성호는 한낮의 백일몽이 만들어낸 환영에 가깝다고 못을 박았다. 어떤 이는 부제학의 의견에 첨언하여, 그는 어수선한 세상이 만들어낸 허깨비라고까지 극언하기도 했다.

이영수 역시 김성호의 실체에 대해서는 회의적일 수밖에 없었다. 부제학 나리가 말한 것처럼 그는 이 풍진 세상이 만들어낸 허상일지 모른다고 생각했다. 그것도 아니면 언로가 막힌 우리의 가슴 속에서 동호 직필의 꿈이 만들어낸 하나의 허깨비인지도 모른다는 생각이 들었다. 우리의 가슴과 정신이 만들어낸 환영일 수도 있었다. 우리는 절대군주의 폭압에 맞설 수 없으니까, 우리의 소망을 이루어줄 허깨비를 스스로 만들어냈을지도 모른다는 생각이 들었다.

　뜰에는 봄이 한창이었다.
　이영수는 춘추관으로 나들이하다 문득 동백나무를 보았다. 어머님이 뒤따라 나오다 동백꽃을 발견하고 탄성을 내질렀다.
　그때, 문득 붉은 동백꽃 한두 송이가 연이어 투욱, 툭 떨어졌다.
　어머니가 흙바닥에 나뒹구는 동백 꽃송이를 바라보며 언짢아했다.
　"쯧, 쯧… 동백꽃이 온몸으로 몸져눕는구나."
　이영수도 연민의 눈길로 꽃송이를 바라보다 한마디 했다.
　"어머님께선 늘 그러셨잖아요. '동백꽃이 몸져눕는 걸 보니 또 누군가 세상을 버리는구나'하며 애처로워하셨잖아요."
　"그러면 우리 아들은 거기 덧붙여 '누군가 세상 떠나니 세상 한 모퉁이가 반짝하고 잠시 밝아지네'하고 맞장구를 치곤 했었지."

　이영수와 어머니는 땅바닥에 통꽃으로 떨어진 동백 꽃송이를 한동안 안쓰럽게 바라보았다. 갑자기 어디선가 세찬 바람이 휘몰아치며 동백나무 둥치를 한순간 뒤흔들었다. 동백나무에서 기다리고 있었다는 듯이, 선혈보다 붉은 꽃송이들이 후둑후둑 떨어지기 시작했다.

　어머니가 담장 너머로 바깥을 흘긋 내다보며 걱정스런 목소리로 말했다.

　"나라에 변이라도 나려나… 웬 동백 꽃송이가 아직 봄도 채 이울지 않았는데 저렇게 후둑후둑 떨어진다더냐."

　이영수가 어머니를 집 안쪽으로 밀어붙이며 말했다.

　"그러게 말입니다. 차라리 무슨 변이라도 났으면 합니다."

　어머니가 섬섬옥수로 아들의 입을 갑자기 틀어막았다.

　이영수는 주위를 흘긋 살피다가 어머니에게 눈을 흘겼다.

　"왜, 제가 못할 소리를 했나요, 뭐?"

　"그래도 항상 입은 조심해야 한다."

　1506년 9월 2일.

　드디어 중종반정이 일어나 연산군이 폐위되었다. 재위 12년이 물거품처럼 사라지며 종지부를 찍었다. 중종반정으로 연산군은 폐위된 후 강화도로 유배되었다. 이후 연산군은 강화도에서 교동으로 이송되었으며, 유배 생활을 하던 중 1506년 11월 20일에 사망했다. 그는 사후에 왕으로서 예우를 받지 못했고, 연산군이라는 군호(君號)로 불리며 역사에 불명예로 남게 되었다. 그의 나이 서른이었다.

연산군이 폐위되어 강화도로 유배를 떠나던 날.

춘추관 사관 이영수는 밤늦게까지 단골 주막에서 술을 마셨다. 김일손 선생과 김성호가 현재는 없지만, 마치 그곳에 앉아 있는 양 술잔 가득 막걸리를 따랐다. 밤하늘에는 별이 가득했다. 어디선가 별똥별 하나가 길게 빛의 꼬리를 어둠 속에 휘익 그으며 창덕궁 쪽으로 떨어지고 있었다.

잠시 잠깐이었다.

세상이 한순간 환한 듯 밝아지다가 이내 어두워졌다. 그 시각, 이영수의 집 뜰에 있는 동백나무에서도 음험한 붉은 꽃송이가 연이어 투, 투둑 떨어지며 몸져누웠다.

작품 해설

불멸의 예술혼에 대한 갈망
―김문홍 소설의 의미

김경복(문학평론가, 경남대 교수)

 예술은 무질서한 세계에 형상을 부여하여 정형의 아름다움을 만드는 작업이다. 미는 질서의 형식을 갖춤으로써 무질서와 구별되고 그에 따라 특별한 의미를 띠게 된다. 예술은 이러한 미를 추구함으로써 가치 있는 방향으로 삶과 세계를 재구성한다. 그런 까닭에 예술 활동은 인간 내면에 있는 생명 에너지가 더 아름답고 가치 있는 세계를 찾고자 하는 본능적 활동이다.
 예술적 행위에 대한 욕망이 모든 사람에게 본질적으로 내장되어 있다 하더라도 양과 질적인 측면에서 정도의 차이를 보인다. 제 존재의 특별함을 자각하는 사람일수록 이 예술적 충동에 강렬하게 노출되어 있고, 예술적 감각에 민감하게 반응한다. 그런 사람들은 의미 있는 삶과 아름다움의 가치에 관심이 많고 이를 실현하는 구체적 방법을 현실에서 추구한다. 세상에 특별한 예술가로 알려진 사람들이 그런 경우다.

김문홍 소설가가 바로 그런 전형적인 사람 아닐까? 오랫동안 작가로서 소설과 희곡을 써 왔으며, 더 나가 연극평론을 하고 연극 연출까지 하여 온 생애를 예술적 활동으로 채우고 있다. 왕성한 예술 활동에서 보이는 충만한 열정, 섬세한 감식안에 바탕을 둔 예술 감각, 당대 사회에 대한 끊임없는 직시와 이를 바르게 형상화하고자 하는 예술정신 등 한 시대를 대표하는 예술가의 모습이 그에게서 너무나 자연스럽게 나타난다. 80살이 되는 현재까지 예술가의 신명에 휩싸여 온 생애를 불사르는 김문홍 소설가의 모습은 예사롭지 않고 어떻게 보면 장엄하기까지 하다. 한 사람의 생애가 예술 하나로 환한 아우라를 켤 수 있다니!

이런 생각은 이번 소설집의 내용을 볼 때 더욱 확연하게 들게 된다. 이번 소설집은 그의 생애를 결산하는 듯한 내용의 소설들이 실려있는데, 대부분 작품들이 예술가들의 삶을 소재로 그들이 어떤 가치를 추구하는지를 제시하고 있다. 한 마디로 그것은 소설가 자신이 추구하는 가치로서 '예술혼'의 특성 찾기라 볼 수 있는 내용이다. 가히 예술가 소설이라 부를 수 있는 작품을 중심으로 자신의 예술적 삶과 예술에 대한 견해를 집대성한 것이 이번 소설집이 아닐까 생각되는 것이다. 그런 점에서 김문홍 소설의 특징을 이해하는 측면에다 본인의 한 평생 꿈과 가치가 무엇인지를 파악하는 측면에서 그의 작품이 이야기하는 내용 속으로 한 번 들어가 볼 필요가 있다.

예술정신의 발현에서 예술혼으로의 전이

루카치는 "예술은 영혼과 운명을 제시한다"고 말한다. 그 말은 예술이 영혼의 특성이라 할 수 있는 고귀하고 영원한 가치를 추구하는 운명적 존재라는 뜻일 것이다. 이는 앞에서 보았던 예술적 기능의 특성을 고려할 때, 보다 아름답고 가치 있는 삶을 이야기하려면 영적 삶을 그 본질로 생각하지 않으면 안 된다는 것을 말하는 것이라 할 수 있다. 그때 영혼의 의미는 인간의 불완전하고 유한한 한계를 극복하여 고귀하고 영원한 가치의 세계를 추구하는 내용을 상징한다. 김문홍 소설가 역시 이런 생각에 동의하고 있는지 그의 소설 속에 그려지는 인물들이 추구하는 가치의 표상은 '예술혼'이다.

그렇지만 역사적 현실에서 영혼의 출현은 비현실적이다. 영적인 가치를 추구하고 갈망하는 차원에서 있을 수 있는 의지의 표출이 진실에 가깝다. 그것은 자신이 추구하는 예술의 목적에 대한 염원을 응집한 것이기 때문이다. 우리는 이것을 작가의 예술정신이라 부를 수 있다. 그것은 작가가 당대의 현실 속에서 예술이 가져야 할 태도나 지향에 대한 신념으로 해석할 수 있다. 실제 김문홍 소설 속에서 작가는 예술이 추구해야 할 이념적 부분에 대하여 말하고 있다. 다음 작품들을 통해 이를 확인할 수 있다.

"네, 정말 그러했지요. 이옥은 어딜 내놓아도 부끄러움 없는 진실한 문인이었지요. 늘 당당한 목소리로 이렇게 입버릇처럼 말했지요. 나는 요즘 세상 사람이다, 내 스스로 나의 시, 나의 문장을 짓는데 사대부 문체가 웬 망발이며, 도덕군자의 문체가 무슨 소용이냐며… 끝까지 자신만의 문체를 고집했지요."

…(중략)…

"성균관 유생 시절에도 그랬었지요. 다른 유생들은 모두 벼슬자리에만 급급해 사대부들이 즐겨 쓰는 문체의 틀에 맞춰 시문을 지었지만, 이옥 그 사람은 진정 백성들의 들끓는 감정을 그만의 개성 있는 문체로 절절하게 노래했지요."

…(중략)…

이옥은 한 발짝도 물러서지 않는다. 그 꿋꿋한 모습은 바위처럼 단단하게 굳은 이옥의 마음을 받쳐주고 있었다. 이옥은 목청을 가다듬어 당당하게 나섰다.

"전하! 소신은 일찍부터 인간의 마음과 감정을 통제하려고만 하는 성리학에 염증을 느껴, 사람의 감정 그 자체를 소중한 거라 생각하게 되었습니다. 성리학에서는 희노애락과 같은 감정은 가능한 한 절제하고 밖으로 드러내지 말아야 할 것으로 간주하지만, 소신은 감정을 그대로 솔직하게 표현하고 그 감정을 글에 실어 표현해 왔사옵니다."

—「이옥(李鈺)」부분

    박 대감도 이에 지지 않겠다는 듯 한발짝 다가서며 제법 아는 체를 했다.
    "허허, 이놈 이거 갈수록 태산이로구나. 산수화 하면 중국 걸 제일로 치는데, 그래 그쪽 그림에도 물이 없더냐?"
    "눈에 보이는 그대로 만을 그리는 게 실경산수가 아닙니다. 난 눈에 보이는 것만을 그린 것이 아니라, 마음의 눈으로 산천을 바라본 것입니다."
    "뭐, 마음의 눈? 술주정뱅이 주제에 마음이나 제대로 있긴 한 것이냐?"
    "대감 나리! 무릇 사람의 풍속도 중국 사람들 풍속이 다르고 조선 사람 풍속이 다 다릅니다. 그것처럼 산수의 형세도 중국과 조선이 서로 다른데, 대감께선 어찌 중국 산수 형세만을 고집하시는지 모르겠습니다."
    "요즘 조선에서 잘 나가는 겸재와 단원의 산수화에도 물이 있는데, 네놈 그림엔 왜 그게 없느냐 이 말이다."
    "나리! 겸재는 겸재고 단원은 단원입니다. 난 조선 사람 최북입니다. 조선 사람은 마땅히 조선의 산수를 그려야 한다고 생각합니다."

—「설야행(雪夜行)」부분

    이 두 편의 작품은 김문홍 소설가가 지니고 있는 예술관, 즉 예술정신이 무엇인지를 보여준다. 그것은 작가 개인의 주체적 결정에 따른 진실의 표명이다. 이를 먼저 「이옥(李鈺)」을 통해 보면 주인공 이옥은 "끝까지 자신만의 문체를 고집"하고 있다. 즉 "개성 있는 문체"를 유지하는 것이 문인으로서 할 일이라는 것이다. 그러면서 "성리학에서는 희노애락과 같은 감정은 가능한 한 절제하고 밖으로 드러내지 말아야 할 것으로 간주하지만, 소신은 감정을 그대로 솔직하게 표현하고 그 감정을 글에 실어 표현"해야 한다고 주장함으로써 개성에 입각한 진실의 표명이 문장가의 사명으로 생각하고 있다. 이는 이옥의 문장을 당대의 현실을 진실 그대로 그려내고 있고, 이를 자신만의 글쓰기 방식으로 풀어내는 것으로 본다는 의미다. 작가는 조선 후기 문신 이옥의 생애를 통해 작가정신이 무엇인지를 밝히고, 이옥의 문학적 행위를 통해 예술가라면 마땅히 지녀야 할 예술적 태도를 규명하고 있다.

이러한 내용은 「설야행(雪夜行)」에 나오는 조선 후기 화가 '최북'의 미술관(美術觀)을 통해서도 구체화하고 있다. 이 소설에서 고정관념에 싸인 당대 산수화에 대한 비판을 하면서 "눈에 보이는 그대로 만을 그리는 게 실경산수가 아닙니다. 난 눈에 보이는 것만을 그린 것이 아니라, 마음의 눈으로 산천을 바라본 것"을 그린다든지, "무릇 사람의 풍속도 중국 사람들 풍속이 다르고 조선 사람 풍속이 다 다릅니다. 그것처럼 산수의 형세도 중국과 조선이 서로 다르"다라고 말하는 것은 대상의 진실성과 함께 내면적 진실성 또한 중요하다는 것을 강조하고 있는 것으로 볼 수 있다. 거기에 이런 진실을 형상화할 때 "겸재는 겸재고 단원은 단원입니다. 난 조선 사람 최북"임을 밝혀 개성에 입각한 진실 파악이 예술정신의 표출에 가장 중요한 것임을 밝히고 있다. 이것 역시 주체적 자기 결정에 따라 대상의 진실을 어떤 이념이나 편견에 얽매임 없이 사실대로 형상화하는 것이 중요하다는 것을 말하고 있다.

　이러한 예술관은 다른 소설에서 비록 예술은 아닐지라도 어떤 직업을 가진 사람이라면 자기 직업 수행에 따라 지켜야 할 정신이 있음을 강조하는 데에서도 나타난다. 곧 「사초(史草)」에서 사관으로서 지녀야 할 정신으로 말하고 있는 내용, 곧 "'동호의 곧은 붓'이란 뜻으로, 권력이나 권세에 아부하지 않고, 있는 사실을 그대로 쓰는 사관의 정신을 이르는 말입니다."에서 볼 수 있는 것으로서 '동호직필의 정신'이 그것이다. 직업을 가진 사람이라면 그 직업이 요구하는 진정한 태도와 귀감으로서 정신이 있을 것임을 말하면서 소설가로서 김문홍은 작가정신을 강조하고 있다고 볼 수 있는 것이다.

　이러한 예술가 정신을 치열하게 유지하고 실현하였을 때, 예술가의 삶은 고귀해지고 아름다워지게 된다. 그리고 그가 남긴 예술 또한 아름답고 고귀한 미적 실체가 인류의 역사에 불멸의 숭배 대상으로 남게 된다. 이때 예술정신은 예술혼으로 승화되어 질적 전환을 이룬다. 김문홍 소설가는 제대로 된 예술은 인류의 역사에 아름다운 생명체로 남아 길이 후손에게 영향을 끼칠 존재가 되어야 한다고 생각하는 것이다. 다음 작품들에 보이는 예술 작품들의 성스러운 모습이 바로 그런 내용을 상징한다.

세 사람은 사랑채에 앉아 밤이 이슥하도록 이옥의 환상에 휩싸인다. 그들 세 사람은 그 환상 속으로 걸어 들어간다. 어둠에 잠긴 풍경 저쪽에서 사람들이 하나둘씩 걸어 나온다. 그 속에 이옥도 함께 있다. 김려는 그들을 가리켜 보이며 부인과 아들에게 찬찬히 설명한다.
"저 사람들은 모두 이옥의 글에 나오는 등장인물들이지요. 저기 저 어여쁜 여자는 이옥의 소설 「심생전」에 나오는 호조계사의 외동딸이지요. 저, 저것 좀 보세요. 이옥에게 정중하게 예를 표하고 있지 않습니까."
호조계사의 외동딸이 이옥에게 반듯하게 절을 한다. 이옥이 고개를 갸웃하며 물어온다.
"오, 어느 집 규수이기에 날 아는 체 하는고?"
"소녀는 심생전에 나오는 호조계사의 외동딸이옵니다. 양반 자제와 중인 처녀의 사랑을 다뤄… 제게 사랑이 이렇게 눈부시고 아름다운 것이라는 걸 일깨워 주셨지요. 눈물 나게 고맙고 고마울 따름입니다."
"그래, 하늘나라에선 아무런 방해도 받지 않고 도령과 사랑을 나누고 있겠지?"
"이승에서 이루지 못한 사랑, 저승에서 활짝 꽃 피우고 있습니다. 그런데 유배지 생활, 외롭지 않으시옵니까?"
"내 문장이 이렇게 살아있는데, 그 속의 너희들이 이렇게 잘 지낸다는데… 외롭긴 뭐가 외롭다고 그러느냐."
이번에는 이옥의 산문 '신아전(申啞傳)'에 나오는 칼의 명인인 벙어리 신 씨가 등장하여 수화로 이옥에게 말을 걸어온다. 이옥이 반가워 활짝 웃으며 말한다.

"오오, 이게 누군가? 칼의 명인 벙어리 신씨 맞지?"

벙어리 신 씨가 활짝 웃으며 꾸벅 인사를 한다.

"통역으로 자네의 손발이 되어 주었던 아전이 죽었을 때, 자넨 그의 널을 매질하며 마치 개 우는 소리처럼 슬퍼하였다며? 그래, 그 고마운 아전은 저승에서 만났겠지?"

벙어리 신 씨가 고개를 끄덕이며 활짝 웃는다.

"그래? 그런 속 깊은 사람은 만나기가 힘들다네. 이승에서 자네가 되로 받았던 그 은혜, 이제 거기선 말로 돌려주게. 알았나?"

벙어리 신 씨가 고개를 끄덕이다가 이옥을 안쓰럽게 바라본다.

"뭐라고? 유배 생활을 하는 게 억울하지 않았느냐고? 아니다, 아니다! 내 글이 이렇게 시퍼렇게 살아 있는데, 그 글속의 너희들이 이렇게 행복해하는데 이 이상 무얼 더 바라겠느냐, 응?"

김려가 손을 들어 그들을 가리켜 보인다. 이옥의 부인과 아들도 마치 아버지가 곁에 있다는 듯 숨소리가 거칠어진다. 이옥의 모든 시문과 산문에 등장했던 인물들이 모두 이옥 앞에 무릎을 꿇고 정중하게 예를 갖추어 절을 올린다. 이옥의 얼굴에 웃음이 꽃처럼 벙글어진다. 그들은 이옥을 가운데에 세워두고 서로가 손을 맞잡고 원을 그리며 춤을 추어댄다.

—「이옥(李鈺)」 부분

옥선과 월향이 빈산을 향해 팔을 저어 보이며 한마디씩 툭 던졌다.

"아버지, 어서 저승길 드시지요. 꽃같이 어여쁜 우리 엄니가 마중 나왔을 거예요."

"거기서 이승에서 못다 한 사랑이나 실컷 하시구려."

갑자기 다시 엄동설한 눈발이 쏟아지고 있었다.

주위가 어두워지고 있었다. 일행은 또 한 번 놀라 전전긍긍했다. 최북이 그렸던 그림 속의 소재들이 저마다의 형상과 몸짓으로 나타나 눈밭을 돌아다니기 시작했다. 그것들이 최북의 시신이 누워 있는 들것 주위를 맴돌기 시작했다. 들것의 거적을 들어 올리며 최북이 스르르 일어섰다. 그것들을 데리고 빈산 속으로 걸어 들어가기 시작했다. 시간이 뒤엉키고 모든 경계가 무너지는 순간이었다.

  최북이 잠시 뒤돌아서며 환하게 웃었다.
  반짝하고 세상이 잠시 환해진 듯했다.

―「설야행(雪夜行)」 부분

  이 두 편의 소설은 예술의 완성이 가지는 신비한 효능을 말하고 있는 셈이다. 그것은 현실 속에서 일어나는 것이 아니라 우리의 정신이나 영혼 속에서 일어나는 예술적 환각, 다시 말해 예술적 황홀경이 가져다주는 의미에 대한 성찰이다. 이를 '예술혼'의 표출로 불러 무방할 것이다. 이를 먼저 「이옥(李鈺)」을 통해 살펴보면 작가는 이옥이 만든 작품 속의 인물들을 현실에 소환하여 각자 자신의 존재 의의를 감사해하는 말을 통해 그것이 이루어진 예술적 과정의 가치를 방증하고 있다. "이옥의 모든 시문과 산문에 등장했던 인물들이 모두 이옥 앞에 무릎을 꿇고 정중하게 예를 갖추어 절을 올리"게 함으로써 이 무상한 세계에 의미 있는 실체를 만들어냄에 대한 가치, 즉 이야기 형식으로 삶과 존재에 대한 성찰을 예술적 형상화로 드러낸 의미를 밝히고 있다. 이는 예술의 목적과 가치를 보여주는 것으로서 궁극으로 추구해야 할 내용을 환상적 현상으로 보여줌에 해당한다. 그러기에 작가 자신의 투영체로

서 이옥은 이 작품에서 "내 문장이 이렇게 살아있는데, 그 속의 너희들이 이렇게 잘 지낸다는데… 외롭긴 뭐가 외롭다고 그러느냐."라는 말을 통해 예술가로서의 운명에 대한 자각과 예술혼의 추구에 대한 정당성을 확보해 보여주고 있다.

이런 내용은 「설야행(雪夜行)」에서도 마찬가지다. 최북 화가가 자신의 예술적 작업을 여한 없이 완성하였을 때, 김문홍 작가는 이를 영원하고 아름다운 예술혼의 경지에 이르게 된 것으로 표현한다. 곧 "최북이 그렸던 그림 속의 소재들이 저마다의 형상과 몸짓으로 나타나 눈밭을 돌아다니기 시작했다. 그것들이 최북의 시신이 누워 있는 들것 주위를 맴돌기 시작했다. 들것의 거적을 들어 올리며 최북이 스르르 일어섰다. 그것들을 데리고 빈산 속으로 걸어 들어가기 시작했다. 시간이 뒤엉키고 모든 경계가 무너지는 순간이었다. 최북이 잠시 뒤돌아서며 환하게 웃었다. 반짝하고 세상이 잠시 환해진 듯했다."라는 언급을 통해 예술적 성취와 경지가 현실의 단계에 머물지 않고 영혼의 단계에 이르렀음을 보여주는 것이 그것이다. 이는 예술혼의 완성으로 최북의 삶과 예술을 김문홍 작가가 바라보고 있음을 의미하는 것이자 그의 작품도 이와 같은 결말에 이르기를 바란다는 것을 암시한다.

그런 점에서 볼 때 김문홍 소설은 당대의 역사 현실에서 예술가가 지녀야 할 태도로서 예술정신의 필요성을 부단히 강조하고,

이의 궁극적 완성으로서 예술혼의 경지가 어떠해야 함을 스스로 밝히고 있는 것으로 볼 수 있다. 이는 소설가 자신이 운명으로 주어진 작가의 삶에 대한 깊은 성찰의 내용이자 자신의 작품이 후대 세상에 불멸로 남길 바라는 염원의 표현이다.

허위와의 대결 의식과 경계 해체

대상의 재현적 진실은 내면의 진실성을 담보하지 않고 실현될 수 없는 일이다. 작가의 올곧은 정신을 바탕으로 하지 않고 예술적 진실성을 얻기 힘들다는 말이다. 불멸의 예술혼을 획득하기까지 예술가는 제 운명을 불살라야 할 결단의 시간을 견디어야 한다. 이 시간은 보통 사람들에게는 집념, 결기 등을 넘어 광기, 잔혹으로 보일 만큼 비참한 모습으로 주인공들에게 다가온다. 그렇지만 그 시련의 세례를 거쳤을 때 놀라움과 함께 아름다움이 솟구치며 경외의 감정을 들게 한다.

김문홍 소설에서 이런 내용은 권력으로 유형화된 고정관념과 싸우는 예술정신의 발현에서 나타난다. 소설의 주된 갈등이 있다면 그것은 권력으로 꾸며진 허위의식과의 대결이다. 변화와 실체를 덮고 기득권적 욕망을 충족하기 위한 것으로 나타나는 권력은 진실을 추구하는 예술가와 대립한다. 그것은 예술정신이 어디에 기반해 있으며, 어디에서 작동하며, 어디로 나아가야 하는지를 보여주는 대목이다. 다음 작품들이 그것을 잘 보여준다.

    금군 대장이 칼을 냉큼 뽑아 복두장이의 목을 내려친다. 덜렁 나뒹구는 머리통이 그들을 비웃적거리고 있다. 병사들이 나뒹구는 머리통을 유현한 대숲의 그늘 속으로 휙 내던져 버린다.
    나뒹구는 머리통의 입이 움직인다. 입 속에서 시퍼렇게 살아있는 말들이 봇물처럼 터져 나온다. 대숲도 이에 질세라 배반의 말들을 쏟아내기 시작한다.
    "임금님의 귀는 크지 않다. 임금님의 귀는 당나귀 귀가 아니다."
    이렇게 뒹구는 복두장이의 머리통이 말을 쏟아내면
    "임금님의 귀는 크다. 임금님의 귀는 당나귀 귀다."
    이렇게 대숲의 적요한 침묵이 응얼응얼 대꾸하기 시작한다.
    "좋은 소리만 들을 수 있다면 얼마나 다행한 일이겠느냐. 봄이면 노란 산수유 꽃망울 터지는 소리, 얼음장 밑으로 물 흐르는 소리, 서라벌 고샅고샅마다 만백성 웃음보 터지는 소리, 백성들이 한껏 부른 배를 토닥토닥 두드리는 소리라면 얼마나 좋으랴만… 안 그렇느냐?"
    움트는 죽순 속에서 응렴 임금의 말이 실꾸리 풀리듯 흘러나오면
    "이제부턴 듣기 싫은 소리에도 귀를 기울이셔야 하옵니다. 백성들이 무슨 원한을 품고 있는지, 무슨 일로 그들이 고통의 신음 소릴 내고 있는지… 그렇게 그렇게 열망을 쏟아내다 보면 인젠가는 전하의 귀가 커질 것이옵니다. 그러면 그 큰 귀로 하나하나 백성의 소릴 놓치지 말고 들으셔야 하옵니다."
    하고 나뒹구는 머리통의 입에서 피울음 섞인 절절한 소리가 대꾸한다.
―「귀」 부분

임금은 시문을 적은 종이를 이옥의 눈앞에 들이밀며 무거운 목소리로 물었다.

"공이 쓴 글을 읽어보니 실로 황당하여 과인은 얼굴을 붉히지 않을 수 없구나. 그래, 이게 정녕 사대부의 시란 말인가?"

이옥은 한 치의 흔들림도 없는 꼿꼿한 자세로 대답했다.

"전하! 삼십 년이 지나면 세대가 변하고 백 리를 가면 풍속이 같지 않다고 했습니다. 어떤 공간도 동일한 공간이 아니며, 모든 시대 또한 동일한 시대가 아니옵니다. 그리고 모든 개별적인 것은 나름의 존재 의미를 갖는다고 소신은 생각하옵니다."

대사성이 불같은 호통으로 이옥의 기를 꺾으려 했다.

"어느 안전이라고 주둥아릴 함부로 놀리느냐?"

임금이 이번에는 희미하게 웃으며 이옥을 지그시 내려다보았다.

―「이옥(李鈺)」부분

박 대감이 급기야 최북이 가슴 속에 불을 놓았다.

"그림 하나 그려 밥 한 끼 얻어먹고, 또 한 장 그려 술이나 처먹는 주제에 알량한 자존심은 살아서… 여봐라! 저 놈 정신이 들게 다 때려부셔라."

최북은 무너져 내리는 가슴을 어찌할 수 없어 이리저리 휘둘러보았다. 문득 화구통 안에 들어있는 송곳이 눈에 들어왔다.

최북은 예리한 송곳을 오른쪽 눈 가까이 가져가며 소리쳤다.

"오냐, 너희들이 날 저버리느니 차라리 내 눈이 날 저버리게 하겠다."

최북이 번쩍하고 살기를 내뿜는 송곳으로 자신의 오른쪽 눈을 냅다 찔렀다. 맨드라미꽃보다 더 붉은 피가 눈에서 뚝, 뚝 떨어졌다. 최북은 땅바닥의 산수화를 집어들어 선혈이 낭자한 눈을 훔쳤다. 핏빛으로 얼룩진 산수화를 박 대감의 발치에다 집어 던지며 음산하게 웃었다.

―「설야행(雪夜行)」부분

이 세 편의 인용문은 권력에 예술이 어떻게 대응하는지를 잘 보여주는 부분들이다. 모두 예술가 정신으로 무장하여 불의에 항거하고 예술적 진실이 어디에 있는지를 목숨을 걸고 당당하게 밝히고 있다. 이를 「귀」 작품을 통해 먼저 보면, 임금님의 귀를 크다고 소문을 냄으로써 권력의 유지를 노리기 위한 권력자의 패악에 맞서 목숨마저 바치며 진실을 말하는 복두장이는 어디에 예술정신이 있는지를 밝히고 있다. 즉 "임금님의 귀는 크지 않다. 임금님의 귀는 당나귀 귀가 아니다."란 진실을 말함으로써 권력자들의 탄압에 목숨을 잃게 되지만, 그렇게 함으로써 임금에게 "이제부턴 듣기 싫은 소리에도 귀를 기울이셔야 하옵니다. 백성들이 무슨 원한을 품고 있는지, 무슨 일로 그들이 고통의 신음 소릴 내고 있는지… 그렇게 그렇게 열망을 쏟아내다 보면 언젠가는 전하의 귀가 커질 것이옵니다. 그러면 그 큰 귀로 하나하나 백성의 소릴 놓치지 말고 들으셔야 하옵니다."란 당당한 제언을 할 수 있게 된다. 이때 복두장이의 직업정신은 하나의 예술가 정신으로 세계의 진실을 밝히려는 저항정신이다.

이런 점은 「이옥(李鈺)」과 「설야행(雪夜行)」에도 그대로 나타난다. 이옥은 권력의 정점인 정조의 부당한 지침에 대하여 "전하! 삼십 년이 지나면 세대가 변하고 백 리를 가면 풍속이 같지 않다고 했습니다. 어떤 공간도 동일한 공간이 아니며, 모든 시대 또한 동일한 시대가 아니옵니다. 그리고 모든 개별적인 것은 나름의 존재 의미를 갖는다고 소신은 생각하옵니다."란 말을 함으로써 소신을 꺾지 않는다. 이로 목숨을 잃게 되지만 그 행위로 남는 결기의 실체로서 그의 작품은 불멸의 예술적 가치로 승화한다. 허위에 대한 진실의 표출이 예술적 행위를 유발하면서 그 결과로 남게 되어 고귀하고 영원한 가치 체계로 응집되는 것이다. 이는 최북이 박 대감의 일방적 예술 행위를 요구하는 탄압에 맞서 송곳으로 제 눈을 찌르며 그것에 저항하는 장면에서도 마찬가지로 나타난다. 이는 목숨을 건 행위로 자신이 생각하는 예술정신을 결단코 포기하지 않으려는 무서운 결기의 표현이다.

 이에 따라 예술은 탄압받는 진실의 형상을 띠는 모습으로 김문홍 소설에 등장한다. 이는 예술의 입장에서 볼 때 당연한 것이다. 기득권 세력에 포섭된 예술은 처음에 그 생명력이 왕성하고 찬란하였을지 모르나 점차 상투화되고 총체성을 잃어 허위로 전락한다. 변화된 현실의 진상을 인식하고 있는 예술가에게 기존의 예술적 방법은 타성적이거나 억압적 표현 형식으로 변질된다. 양심 있는 작가라면 이런 방식을 거부하고 당대의 진실을 표현할 수 있는 새로운 수단을 찾아 나선다. 그런 면에서 김수영이 "모든 문학은 본질적으로 불온하다."라고 말한 것은 매우 정당한 말이 된다. 기득권의 이익이나 입맛에 맞지 않은 새로운 예술의 출현은 기득권 세력으로 볼 때 불온해 보일 수밖에 없으니 말이다. 김문홍 소설 역시 이 점에 동의하고 있는 셈이다.

이에 따라 예술의 존립 근거는 무질서로 대변된 세계의 경직 체제를 무너뜨리거나 그것에 최소한 균열을 내는 데 있게 된다. 예술의 목적인 아름다운 삶과 세계의 재구성은 기존 체제의 부정성을 떨쳐버리고 이상적 삶과 사회를 수립하는 데로 수렴되어야 한다는 것이다. 그럴 때 김문홍 소설의 저항적 방법론은 경계 해체, 기득권의 허위로 경직되기 쉬운 고정관념을 해체하는 것에 놓여 있다. 그것은 예술의 특성에 기반한 방법론적 저항이다. 이를 다음 작품들이 보여주고 있다.

> 뜰로 내려선다. 주위의 풍경들이 비로소 제 모습을 완연하게 드러내기 시작한다. 휘적휘적 몇 걸음을 옮긴다. 뒤란에서 인기척이 느껴져 걸음을 재촉한다. 웬 사내 하나가 우두커니 앉아 거울로 자신의 모습을 비춰보고 있다. 소스라치듯 놀라며 김려가 소리친다.
> "거기 누구, 누구…시오?"
> 사내는 말이 없다. 뚫어질 듯 바라보니 그 모습이 어딘가 눈에 익어 보인다. 정체를 알고 뒷걸음질 치며 내뱉는다.
> "아니, 이옥! 자네가 여긴 웬일인가? 이승 떠난 지 두 해가 넘었는데… 그럼, 지금 자넨 귀신이란 말인가? 내 초라한 꼴, 비웃으려 그러는 겐가?"
> 이옥이 김려 쪽으로 얼굴을 돌리며 대답한다.
> "거울하고 몇 마디 얘길 나누고 있었지."
> 문득 이옥의 글 '경문(鏡問)'이 떠오른다.

"지금 자네 그 모습… 그렇다면 자네 글 '경문'에 나오는 그 장면 말인가?"

―「이옥(李鈺)」부분

이영수는 아까부터 풀숲을 경계하고 있었다. 누군가 인기척이 있어서이다. 수상한 그림자는 아까부터 소리 없이 흐느끼고 있는 듯했다. 처음에는 바람에 풀숲이 사각이겠거니 했다. 이영수는 풀숲이 서걱거리는 소리를 다시 들으며 어둠 속을 향해 의심의 눈초리로 불쑥 물었다.
"거기 뉘시오? 거기 뉘신데 선생님의 죽음을 슬퍼하시는 겁니까?"
어둠 속에서 가까이 다가오는 얼굴을 보자 이영수는 깜짝 놀랐다. 죽은 아버지의 혼령이었다. 그렇게나 그리움으로 맴돌며 그의 마음을 사무치게 했던 얼굴이었다.

―「사초(史草)」부분

이 두 편은 현실과 환상의 경계를 무니뜨리는 내용이다. 합리적이고 과학적인 사고방식으로 볼 때 환상, 곧 귀신의 출현은 현실에 개입할 수 없고 어떠한 영향도 미칠 수 없다. 그러나 이 작품 속에서 귀신은 현실 속 존재들에게 삶의 방향성을 개진해주는 상징으로서 영향을 주고 있다. 권력은 대체 경계를 나누고 구획을 지어 통제 시스템을 발동하려 한다. 때문에 이 경계를 해체하고자 하는 의식은 그 발상 자체가 반항적이다.

「이옥(李鈺)」에서 죽은 이옥은 살아있는 친구 김려에게 등장하여 참된 문장가의 삶은 어떠해야 함을 주지시키고 있다. 이는 이옥의 삶을 지켜본 김려의 삶에 지대한 영향을 미치는 행위로 볼 수 있다. 실제 현실에서 김려는 이옥이 남긴 글들을 모아 문집을 편찬하여 후대에 전하는 역할을 한다. 당시 탄압받는 정국에서 이러한 일을 했다는 것은 매우 용기가 필요한 일이라는 점에서 김문홍 소설가가 생각하기에 그것이 가능한 것은 죽은 영혼과의 교류, 즉 사라지지 않는 예술혼의 확인에 있지 않았을까 하여 설정하였으리라는 것이다. 귀신의 출현은 영원불멸의 의미를 생각하게 하고 진정한 아름다움과 가치가 일면적 상태로 존재하지 않음을 생각하게 한다. 이는 「사초(史草)」에서 사관 이영수에게 모범으로써 존재하는 아버지가 귀신으로 출현하여 마음을 다잡게 하는 내용에서도 적용된다. 올바름에의 갈망은 현실과 환상을 가릴 것 없이 총체적 현상 속에서 살펴야 하고 그렇게 구현되어야 한다는 것이다.

그런 점에서 김문홍 소설가는 일면적, 단선적 인식으로 하나의 진리만을 고집하는 기득권 세력이나 근대 기술적 사유에 반항하기 위해 현실과 환상의 경계를 해체하는 내용을 도입한다. 그는 스스로 "시간이 뒤엉키고 모든 경계가 무너지는 순간이었다."(「설야행」)라는 말을 통해 경계의 해체가 관념의 해체로서 하나의 이데올로기로 모든 현상을 재단하는 독선적 인식에 저항하는 방법임을 암시하고 있다. 역사적 현실에서 볼 때, 예술정신이 바로 그러한 일면적 인식에 저항하는 하나의 행위가 될 수 있다. 그 행위를 통해 예술은 새로 밝혀낸 진실로 역사의 위대한 예술혼으로 격상되어 가는 것이다. 김문홍 소설이 추구하는 궁극은 여기에 있다.

　김문홍 소설의 모든 주제가 다 그런 것은 아니다. 몇몇 작품에서는 사랑과 포용, 해원(解冤)과 용서 등의 주제를 보인다. 이번 소설집에서 실려있는 「달밤」, 「눈길」, 「개망초꽃」 등이 그런 작품이다. 특히 이들 작품 중 '눈길'을 무대로 하여 맺힌 한을 풀고 사랑과 용서를 보여주는 서사는 매우 서정적이고 따뜻하여 많은 감동을 준다. 그리고 이들 장면을 표현하는 방식 또한 압축된 언어 형식에다 세련된 기교를 보여 어떤 부분에선 시적 표현이라 할 만큼 감미로운 느낌이 든다. 가령 "그들 두 사람은 어느새 읍내를 벗어나 있다. 빈 들녘이 가없이 이어지고 있다. 빈 들녘으로 솜덩이 같은 눈송이가 펑펑 쏟아져 내린다. 주위의 산들이 하얀 눈발을 뒤집어쓰고 깊은 적요 속에 잠겨 있다. 이따금 바람이 불 때마다 가지에 피어 있는 눈꽃들이 할랑할랑 부서져 내린다."(「달밤」)라든지, "눈발은 금세 모든 사람을 하얗게 덮어 버리고 만다. 눈발은 '엄니, 엄니!'하고 내뱉는 아버지의 울음소리도 야금야금 삼켜 버리고 만다. 먼 어디에선가 컹컹 개 짖는 소리가 들려온다. 눈발은 밤 내내 이어질 모양이다."(「눈길」)라는 표현에서 볼 수 있는 것처럼 아름답고 따뜻한, 그러면서 순결한 이미지들은 시적 정취를 물씬 풍기게 하고 있다. 이런 눈길은 해원의 과정을 통해 용서와 화해, 그리고 그것을 통한 자기 정체성에 대한 인식을 회복하는 것으로 나타나 서정에서 멈추지 않고 소설의 미학이라 할 수 있는 루카치의 자기 인식의 여로라는 의미도 낳고 있다.

  김문홍의 소설은 전체적으로 볼 때, 그 인물들이 매우 격렬하고 역동적이어서 입체적 성격을 띠고 있다. 이러한 인물들의 특성은 독자에게 매우 강렬한 인상을 남기게 되므로 극적 감동을 주는 것 같다. 실제로 이번 소설들의 전반적 흐름은 절정의 강렬함을 중심의 문제 중심적 구성이란 측면에서 극적 구성에 가깝다. 극작가이기도 한 작가의 생리적 현상이 소설 쓰기에도 영향을 미치고 있다고 볼 수 있는 부분이다. 그렇지만 이번 소설들이 주제로 삼고 있는 예술가 정신과 그것의 승화로서 예술혼은 무대에서 보여주기에는 한계가 있어 소설적 형상화가 적절해 보인다. 그의 소설은 당대의 예술가가, 곧 작가가 무엇에 대응하여 자신의 입지와 개성을 마련해야 할지를 탐색하고 제 나름의 결론을 도출해 낸 것으로 보인다. 그것은 불멸의 '예술혼' 추구라는 관점에서 이해될 수 있는 일이기에 놀랍고 장엄한 작업이라 하지 않을 수 없다. 80세를 넘기는 이 순간까지 힘든 작품 활동을 하며, 작가로서 긴장의 끈을 놓지 않고 있는 김문홍 작가에게 찬사의 박수를 보낸다.

설야행(雪夜行)

1판 1쇄 · 2024년 12월 20일

지은이 · 김문홍
펴낸이 · 서정원
펴낸곳 · 도서출판 전망
주 소 · 부산광역시 중구 해관로 55(중앙동 3가) 우편번호 · 48931
전 화 · 051-466-2006
팩 스 · 051-441-4445
출판 등록 제1992-000005호
ⓒ 김문홍 KOREA
값 15,000원

ISBN 978-89-7973-642-7
jmw441@hanmail.net

*저자와의 협의에 의해 인지를 생략합니다.
*이 책 내용의 전부 또는 일부를 재사용하시려면 저작권자와 도서출판 전망 양 측의 동의를 받아야 합니다.

*이 책은 2024년 부산광역시, 부산문화재단 〈부산문화예술지원사업〉으로 지원을 받았습니다.